大唐秘梟
卷·7
墨者之志
方白羽 著

大唐秘梟

卷·7 墨者之志

目錄

第一章 抓捕 005
第二章 偷天 031
第三章 墨者 055
第四章 獲救 079

第五章　噩耗　103
第六章　復仇　127
第七章　斬將　151
第八章　離間　177
第九章　奪關　201
第十章　殺相　227
第十一章　掉包　253
第十二章　破城　277

抓捕

第一章

任天翔目視杜剛與任俠，就見二人已悄然來到門後，杜剛猛然拉開房門，任俠的劍隨之閃電刺出。

就見門外果然立著一個人，對刺到咽喉的劍鋒全然不躲不閃。

任俠的劍已做到收發隨心，立刻停在了那人的咽喉之上。

嗚——嗚——

渾厚的號角在郊外的曠野迴蕩，數百名白衣白襪的漢子緊隨號角之後，緩緩走向長安郊外的墓地。

這是義安堂堂主蕭傲的葬禮，吸引了無數長安人的目光，人們對壯年暴斃的義安堂堂主，充滿了各種各樣的揣測。雖然義安堂對外宣稱蕭堂主是死於暴疾，但人們卻寧可相信，義安堂前後兩位堂主先後英年早逝，必是由於義安堂堂主這個職位，是不祥之位。

現在這個不祥之位，暫時由長老季如風代理。此刻，這個義安堂元老滄桑的眼眸中，沒有一絲初登高位的躊躇和欣喜，望向天邊的銳利眼眸，只有一絲隱約的憂色。

在目送蕭堂主的靈柩入土為安、義安堂眾人燒香磕頭敬拜之後，他轉向身旁的任天翔，低聲道：「鉅子此去范陽，一切以謹慎為要，若無機會，萬萬不可勉強。」

任天翔點點頭：「我曉得。義安堂就拜託季叔多多勞心了。」

朔風從曠野刮過，令人越感蕭瑟，任天翔裹緊衣衫，縱馬來到任天琪和洪邪面前，見妹妹兩眼紅腫，他心中略感歉疚，柔聲道：「你舅舅的事……我很抱歉。」

任天琪擺擺頭：「三哥你別說了，這不怪你。」

任天翔默然片刻，低聲道：「你娘……還沒有消息？」

任天琪含淚點點頭：「洪勝幫上下都找遍了，一直都沒找到她。」

任天翔嘆了口氣，轉向洪邪道：「洪勝幫既已認祖歸宗回歸墨門，以後與義安堂就是同門，有什麼解決不了的難事可找季叔幫忙，我希望洪勝幫與義安堂能精誠合作，重塑墨門輝煌。」

洪邪毅然點點頭：「三哥放心，我已經將洪勝幫改名洪勝堂，與義安堂一樣同為墨門分堂。我已經將這消息通知了洪勝幫幾名長老，他們已經知道你就是千年之後新任墨門鉅子。」

洪邪說著，向身後幾名洪勝幫長老招了招手。洪勝幫原有七名長老，除了銀狐段天舒叛幫，另一名長老隨洪錦戰死泰山，還剩下五名長老。

就見五人遙遙對任天翔抱拳為禮。任天翔忙還禮一拜，頷首對洪邪道：「天琪就拜託你了，我希望你們能和睦相處，白頭偕老。」

洪邪連忙點頭，任天琪則紅著臉白了夫君一眼，面含羞澀對任天翔道：「他要再敢欺負我，我就拿他的孩子出氣，看他心不心痛孩子？」

「別別別！」洪邪趕緊求饒，「我以後要有什麼不對，你儘管打我罵我甚至殺我都成，千萬別拿咱們孩子撒氣。」

孩子？任天翔先是一愣，跟著就恍然大悟，驚喜莫名地問妹妹：「你……有喜了？」

任天琪紅著臉點點頭：「已經有三個多月了，你就要當舅舅了，高不高興？」

任天翔一愣，忍不住嘿嘿一笑：「高興，當然高興，沒想到昨天還少不更事的妹子，今天就要當媽了，我這當哥的當然非常高興。」

任天琪聽出了兄長心中那一絲傷感，不由問道：「三哥呢？好像你身邊也不缺女孩子，為啥就沒個上心的？抓緊時間早點給我找個嫂子，我也好有個閨中密友。」

「哥一定抓緊，不過，一個怎麼成？起碼得七八個。」任天翔玩笑道，「到時候你也可以多幾個嫂子疼，好不好？」

「不好！」任天琪嗔道，「你要敢多找，我就不認你這個哥，免得你將我邪哥也帶壞了。」

「我帶壞他？他帶壞我還差不多。」任天翔開了句玩笑，見洪邪暗使眼色，顯然是怕刺激到懷孕的妻子。他趕緊轉開話題，三人又說了會兒閒話，見野外寒風蕭瑟，他忙對洪邪道：「帶天琪早些回去吧，外面風大，千萬別傷了風。」

目送洪邪帶著任天琪登上馬車，隨送葬的隊伍緩緩而回後，任天翔轉向季如風拜道：「我妹妹和朋友，就拜託季叔照顧了。」

季如風點點頭：「你放心去吧，我會盡力保證他們的安全。」

任天翔恭敬一拜，正準備帶著褚剛等人與義安堂眾人告別，就見女扮男裝的小薇縱馬過來，急切地道：「我要跟你一起去。」

任天翔皺眉道：「我們不是去玩，你一個女孩子……」

「女孩子怎麼了？」小薇爭辯道，「當年武后都能當皇帝，令天下所有男人心甘情願屈膝跪拜，那時候怎麼沒人充男子漢？」

任天翔苦笑道：「我此去凶險異常，不想讓你跟著我冒這無謂的風險。」

小薇嗔道：「你都不怕冒險，我一個丫鬟有何懼？你別再推搪，要不咱們賭一把運氣。」她說著，從袖中拿出一枚銅錢，「咱們就以銅錢為賭，正面你贏反面我贏，我要贏了你就得帶上我，敢不敢賭？」

任天翔被小薇的挑釁激起了好勝之心，莞爾道：「好，我跟你賭。」

小薇將銅錢翻滾著拋上半空，跟著用右手將銅錢拍在左手背上，然後緩緩移開右手，就見她手背上的銅錢正是正面，按約定，任天翔輸了。

「小薇，這事咱們從長計議。」任天翔連忙勸道：「別的地方可不像長安這樣繁華，沒什麼好玩的。」

小薇慨然道：「你別再相勸，如果你不帶上我，我會讓所有人都知道，堂堂義安堂少堂主任公子，卻是個出爾反爾，願賭不服輸的無賴小人。」

任天翔無奈道：「怕了你了，咱們走！」

與季如風等人拱手道別後，任天翔帶著幾個同伴毅然縱馬向北，直奔幽燕。

就在眾人離去的同時，只見一雙美麗的碧眼飽含深深的怨毒，正隱在蕭傲新墳後方數丈外的灌木叢中，默默注視著離去的任天翔。

那是滿臉悲憤的蕭倩玉，一直藏身暗處注視著義安堂眾人為蕭傲下葬。直到眾人離去後，她才步履蹣跚地從藏身處出來，撲倒在蕭傲的墓碑前，扶著墓碑上那冰涼的文字哽咽道：「蕭郎，你……你死得好慘，是我害了你……」

哭得多時，她漸漸止住悲聲，遙望北方切齒道，「蕭郎你放心，我會為你報仇。我不僅要讓那個害死你的小子，付出血的代價，還要將逼死你的整個墨門，從精神上徹底摧毀！讓自詡精神高潔的墨者，成為供人驅使奴役的走狗！」

「咦，這荒郊野外，居然有個漂亮的胡女？」身後突然傳來一個猥瑣的聲音，跟著是另一個人更加猥瑣的調笑，「美人，是不是迷路了？要不要爺送你回去？」

蕭倩玉回過頭，就見是兩個蓬頭垢面的江湖浪漢，看樣子，二人經過風塵僕僕的長途跋涉，早已落拓得比乞丐好不了多少，不過那兩雙沾滿眼屎的眼眸，卻越發顯出狼一樣的饞光。

蕭倩玉目光落在二人的馬上，嘴邊泛起一絲冷笑。她緩緩走向一旁那濃密的灌木叢，然後回頭對二人嫣然一笑。兩個浪漢連忙跳下馬，爭先恐後跟了進去。

就見灌木叢微微動了動，蕭倩玉已手捋鬢髮，緩緩從灌木叢中走了出來，她無意間將手上的血跡抹上了髮梢，就見那一縷帶血的鬢髮染紅了她的臉頰，使她美麗的面容看起來多了幾分血腥和猙獰。

輕盈躍上一匹江湖浪漢留下的坐騎，她往任天翔一行消失的方向，打馬追了上去。

就在蕭倩玉離去後，又一個佝僂的人影從遠處藏身的灌木叢中鑽了出來。

那是在義安堂總舵對門開茶館的阿三，他腳雖有點跛，行動卻一點也不遲緩。三兩個起伏就來到高處，手搭涼棚望了望任天翔和蕭倩玉消失的方向，然後從袖中拿出兩隻鴿子，抬手放飛天外。

鴿子展翅高飛，一路向北，越過千山萬水，經歷無數個白晝與黑夜的交替之後，前方一望無際的曠野中，終於出現了一座巍峨宏大的城池，但見城上兵甲林立，城下遊商旅客往來不絕，雖不及長安金碧輝煌，卻也是城高牆厚，氣勢恢宏。

兩隻鴿子從雲端落下，撲騰著翅膀飛入城中，最後落到一座僻靜小院的廂房窗櫺上，一雙敏捷的手輕快地抓住鴿子，將牠們腿上的竹筒解了下來，匆忙送到後院臥房門前。就聽臥房中偶爾傳出一兩聲咳嗽，像是撕扯著骨肉般帶著微微的呻吟。

「長安，有信到！」僕人在門外小聲稟報。

「送進來。」臥室中話音方落，就見門扉微開，一個少女從門裏露出半個臉，接過竹筒便立刻關上房門。

少女拿著竹筒來到病榻前，卻不想交給床上已支起半個身子的男子，只柔聲道：「你先把這碗雞湯喝了再看吧。」

男子擺擺手：「沒有要緊事，長安不會千里迢迢送信過來，你快給我。」

少女無奈，只得倒出竹筒中的字條，將它們交給了那男子，就見他緩緩展信看了兩眼，眼中先是有一絲意外，跟著又釋然，嘴邊微微露出一絲意味深長的笑意。

少女忙問：「信上說什麼？」

男子悠然一笑，蒼白的臉上泛起一絲期待的紅暈：「咱們的老朋友，正在來范陽的路上。」

少女一愣，跟著就恍然醒悟：「是任天翔？」

男子微微頷首：「沒錯，而且不止他一個。」

「他來范陽做什麼？」少女皺起眉頭。

「我不知道。」男子的回答顯然有些言不由衷，「也許是為你而來，你離開長安時沒見他的眼神，顯然他對你一直念念不忘。」

少女大窘，含怒嗔道：「你又說這些渾話，看我再不搭理你了。」

「對不起，小生不敢了。」男子趕忙道歉，跟著又若有所思地道，「不過說真的，現在你是他的剋星，只要你肯出馬，必定能將這小子收拾得服服貼貼。」

少女雙目一瞪又要發火，就聽門外有人小聲稟報：「公子，辛乙求見。」

男子忙道：「讓他進來。」

少女起身退到一旁，恢復了一本正經的模樣。就見房門砰然被撞開，雙目微紅的辛乙已大步進來，不及關心男子傷勢，卻啞著嗓子道：「先生借我的書，我看完了。」

男子對少女點點頭，對方恨恨地瞪了他一眼，最終還是收起窗前的雞湯退了出去，並順手帶上了房門。

房中僅剩下辛乙與那男子二人，才聽他微微笑道：「沒想到你學得這般迅速，這麼快就能看懂契丹文的史書了。」

辛乙雙目微紅，舉起書澀聲問：「這書上寫的，可都是真的？」

男子心中暗暗好笑，這些書當然是經過他特別的挑選，而且是在最合適的時候被送到辛乙手中。他對辛乙可能出現的反應早有預料，不過，此刻他臉上卻是一副茫然的表情，搖頭道：「我不知道，我只知道它是契丹人寫下的歷史，而你正好在學契丹文，所以就將它借給了你。」

辛乙手上青筋暴綻，將那本書幾乎捏成了一團，雙目含淚一字一頓道：「如果這書上記載屬實，那麼我的父母，便是死於胡人之手，我們整個部落高過車軸的男子俱已被殺光，女人則被賣到內地為奴，只有我們這些不懂事的孤兒……才僥倖活了下來。」

男子望著辛乙啞然半晌，突然一聲嘆息：「我真不該教你識字。」

「多謝先生教我識字，讓辛乙明白了自己的身世。」辛乙緩緩在床前屈膝拜倒，咬牙切齒道，「不然辛乙至今還在認賊作父，將滅族仇人當成最大的恩人！」

男子淡淡問：「你說這話，不怕我向將軍告密？」

辛乙正色道：「辛乙在識字之前，完全是條不明是非的狗，活得渾渾噩噩，毫無心機，是先生讓我開智明理，知道了自己的來歷和族人的滅族之仇。先生就如同我的再生父母，你就是要辛乙去死，辛乙也毫不畏縮，豈會害怕先生告密？」

男子頷首道：「既然你如此信任我，那我要你忘了過去的血仇，你能否做到？」

辛乙臉上閃過一絲痛楚，使勁搖頭道：「我絕對做不到。」

「但是你必須要做到。」男子深深地盯著辛乙的眼眸，一字一頓道，「你只有做到了這點，才能夠談到其他，否則你就沒有任何一絲機會。」

辛乙遲疑良久，終於緩緩點頭：「我一定努力做到，只要先生肯給辛乙一個承諾，辛乙便是竭盡全力也要做到。」

男子沒有說話，卻微不可察地點了點頭。辛乙見狀大喜，連忙大禮拜道：「從今往後，辛乙唯先生之命是從，赴湯蹈火，在所不辭！」

男子嘴邊泛起一絲悠然笑意，微微頷首道：「近日咱們有一位老朋友要來范陽，你暗中盯著他們，必要的時候，還要暗中幫他們一把。我希望他們能給安將軍多一些壓力，令他早一點下定決心，而不是徒勞地等到世子安慶宗平安回來。」

見辛乙有些不解，男子勾勾手指，示意他附耳過來，然後在他耳邊耳語片刻。辛乙依然有些似懂非懂，卻還是立刻點頭答應：「好，我一定照先生吩咐去辦。」

見男子有些虛弱地躺回病榻，辛乙趕忙道：「先生好好休息，我去了！」

辛乙走後，就見那男子望向虛空的眼眸中，閃爍著一絲期待和興奮，用手指敲著床沿喃喃自語：「這個遊戲，終於要開始了。」

「什麼要開始了？」方才出去的少女剛好進來，聞言不禁好奇地問。

男子從容笑道：「我是說秋獵的季節要開始了，你二哥早就約我一起打獵，只可惜我傷的不是時候。還好現在已無大礙，不如明天帶我去郊外散散心，將你二哥也一併叫上。」

少女有些擔憂道：「車馬勞頓，你這傷怎麼吃得消？」

「我沒事！」男子掙扎著翻身下床，故作從容地活動了一下手腳，「你看，我早已經好得差不多了，要是再整天關在屋裏，只怕傷沒好，病倒先給悶了出來。」

少女想了想，無奈道：「好吧，明天我去請二哥，咱們就在近郊狩獵，陪你散散心。」

「不，咱們去蓬山。」男子嘴邊掛上了一絲意味深長的微笑，「我聽說你奶奶就在蓬山，咱們去狩獵散心的時候，不知你能否順便帶我去拜訪一下她老人家？」

少女臉上飛起一絲紅暈，她故作不解地瞪了男子一眼：「好好的怎麼突然想起去拜訪我奶奶？」

男子微微笑道：「我早聽說你奶奶是薩滿教法術高深的巫師，是北方薩滿教的大宗師，心中對她老人家一直充滿好奇，現在我傷勢好了七八成，正好借狩獵散心的機會去拜訪。」

少女似乎對男子的回答略感失望，但還是點頭答應道：「好，我帶你去拜訪她老人家。」

幽州乃范陽都護府所在地，也是抵禦北方奚、契丹、靺鞨諸部的邊陲重鎮，在大唐帝國的疆域中有著舉足輕重的地位。不過在另一方面，它又是中原商賈與北方遊商交易往來的主要城市，南來北往的商賈雲集。因此即便守城兵勇最嚴格的盤查，也不會對那個洛陽來的年輕富商起疑，何況那富商隨手孝敬的兩疊大錢，足抵得上幾個守城兵勇半個月的軍餉。

半個時辰後，那年輕富商已在城中一間不起眼的客棧中安頓下來。

幾碗烈酒洗去了眾人旅途的勞頓，不過在喝到第三碗的時候，那年輕富商沒有像往常那樣讓人家開懷暢飲，而是神情凝重地擱下酒碗，肅然道：

「這是咱們在范陽第一次，也是最後一次喝酒，喝完這一碗後，從此得滴酒不沾，因為我們肩負著一樁幾乎不可能完成的使命。」

幾個同伴立刻倒掉烈酒，皆以探詢的目光望向他們的東家。不用說，這個東家就是化裝成富商的任天翔，就見他的目光從五個夥計——褚剛、小川流雲、任俠、杜剛、小薇——臉上徐徐掃過，輕聲道：

「這個任務，就是將抗旨不遵的范陽節度使安祿山，秘密抓捕入京。若不能抓捕，又發現他有謀反的跡象，那就就地處決。」

此言一出，眾人雖有所預料，卻也十分吃驚，褚剛看看眾人，低聲問：「就憑咱們這幾個？萬一失手怎辦？有沒有密旨救命？」

任天翔搖搖頭：「只有口諭，沒有密旨，萬一失手，就算有密旨也未必能救咱們性命。所以我們沒有任何退路，只能成功不能失敗。」

「失敗會如何？」任俠小聲問。

「那我們不僅要死，而且留在長安的親人朋友也可能會受到牽連。」任天翔嘆了口氣，「如果我們失手，聖上定會將咱們的行動說成是個人行為，與朝廷無關，並將咱們的親人朋友交由安祿山處置，以安安祿山之心，如果我是聖上，多半也會這樣做。」

幾個人交換了一下眼神，杜剛遲疑道：「就憑咱們幾個人，要想從安祿山的老巢將他抓捕，而且還要帶著他平安脫身，這簡直是個根本不可能完成的任務。」

「但也是成本最小的平叛手段。」任天翔接口道，「如果我們成功了，一場叛亂很快就可消弭於無形，就算我們失敗，對朝廷來說也沒什麼損失，也就死幾個無關緊要的江湖人而已，最多再加上我這個早已有名無實的國舅。」

「朝廷既然這樣對咱們，咱們為何一定要為它賣命？」小川大為不平。

「聖上這樣做，也是無奈之舉。」任天翔苦笑道，「而且我們已經沒有選擇。一路過來，大家也都看到了，安祿山正在秣兵厲馬，蠢蠢欲動，謀反之心昭然若揭。咱們若能趕在他起事之前將之秘密抓捕，或許可消弭一場天下大禍。雖然這裏是安祿山起家的老巢，但也未必就是鐵板一塊。只要我們耐心尋找，總能找到機會。」見幾個人再無異議，長身而起，「明天一早分頭行動，今天大家就早點休息。」

話音剛落，就見杜剛與任俠如獵犬聞到獵物般突然豎起了耳朵，小川流雲也隨之握住了刀柄。就見杜剛比了兩個手勢，任天翔立刻醒悟，繼續道：「哦，對了，還有一件事，咱們還得詳細商量一下。」

小薇莫名其妙地問：「還有什麼事？」

「就是……」任天翔目視杜剛與任俠，就見二人已悄然來到門後，杜剛猛然拉開房門，任俠的劍隨之閃電刺出。就見門外果然立著一個人，對刺到咽喉的劍鋒全然不躲不閃。任俠的劍已做到收發隨心，立刻停在了那人的咽喉之上。

那人脖子上繫著一條顯眼的紅巾，眾人一見之下都吃了一驚。

任俠失聲問：「是你？」

「是我！」

「你怎麼會找到我們？」

「從你們入城那一刻。」

幾個人不禁面面相覷，如果一入城就已經被發現，那大家只怕連逃命的機會都已經沒有了。不過，對方似乎只是孤身一人，並未帶任何幫手隨從。

任天翔走上前，從他脖子上拿開劍鋒，笑問：「阿乙不是為抓咱們而來吧？」

「不是。」辛乙淡淡道，「我是來幫你們。」

「幫我們？」任天翔有點意外，「你知道我們為何而來？」

「大家心照不宣。」

「你為何要幫我們？」

「因為沒有我的幫助，你們根本沒有任何機會。」

任天翔皺起眉頭：「我們好像不是朋友？」

「不是！」辛乙坦然道，「不過，現在我們有共同的敵人。」

從對方的眼眸，任天翔知道他沒有說謊，而且按照《心術》上的記載，對方那緊抿的雙唇更是表明了他的決心。

任天翔有點糊塗了，不知是什麼原因讓安祿山這個最信任的侍衛突然間倒戈助敵。不過他沒有再問，因為他已經從辛乙堅定的眼神和緊握的雙拳等細節中，看到了這契丹少年真實的心意。

他抬手向辛乙示意：「辛公子屋裏請。」

「不必了！」辛乙沒有動，只壓著嗓子道，「七天後是薩滿教的節日，所以明天他將親自去蓬山接蓬山聖母來軍中做法事，通常有六、七名侍從和五百多名親兵隨行，所以途中你們沒有任何機會。唯一機會就是在蓬山，那是薩滿教的聖山，因此他會將所有兵丁留在山下，僅帶幾名侍從登山。」

「你為什麼會告訴我們這些？究竟有何居心？」任俠在一旁喝問。

辛乙沒有回答，卻從懷中拿出一張薄絹繪製的地圖，以及一塊樣式奇特的銅牌，掛到任俠的劍上，冷冷道：「這是可以通行范陽、平盧、河東三鎮所有關卡的腰牌，以及蓬山附近的地圖和周圍的兵力駐防圖。往南撤離的安全路線，圖上已經標注出來，這是你們唯一的機會，就看你們有沒有那個膽量和運氣。至於我為啥會告訴你們這些，那是我的事，跟你們無關。」

說完，辛乙轉身就走，杜剛伸手想要阻攔，任天翔已喝道：「讓他走！」

杜剛只得收回手，悻悻地目送著辛乙傲然而去。

褚剛忍不住問：「公子為何要放他走？」

「因為他說的句句屬實。」任天翔嘆了口氣，「雖然我不知道他背叛安祿山幫助咱們的真正原因，但卻知道這確實是個千載難逢的機會。」

「萬一要是陷阱呢？」褚剛遲疑道。

「如果他要想對咱們不利，何不直接帶兵包圍了這裏？」任天翔沉吟道，「我想不出他繞那麼大個圈來坑咱們的理由，所以我決定賭上一把。」

眾人交換了一個眼神，齊齊道：「願遵鉅子號令！」

任天翔點頭道：「好！咱們就仔細來研究下這張地圖。」

「停！」

隨行的侍從一聲高喝，五百多名騎手應聲而停。安祿山從漫天揚起的塵土中抬起頭來，望向前方那座並不算巍峨險峻的山巒，眼中隱約閃過一絲柔光。

蓬山在幽州數百里之外，是一座僅有數百丈高的小山。山勢雖然不算高險崎嶇，但重巒疊嶂延綿百里，卻也算得上是幽燕之地的一處名勝。

蓬山老母修行之處就在主峰半山腰的猿王洞，相傳洞中曾有一群猿猴出沒，不過在蓬山老母三十年前看上這處風水寶地，將之作為薩滿教聖壇後，那群猿猴便銷聲匿跡，從此猿王洞就只剩下一個名字，再也沒有猿猴。而蓬山，也就成為了北方薩滿教的聖地。

安祿山擺擺手，侍從立刻高喝：「下馬，紮營！」

五百多名兵將應聲下馬，在蓬山前駐足安營，而安祿山則帶著六名隨行侍從，縱馬登山而上，直奔接近主峰山巔的猿王洞。翻過兩道山梁，山勢漸漸崎嶇，戰馬僅能吃力地緩步而行。幾名侍從翻身下馬，將馬留在一個山谷中，僅徒步護著安祿山的馬沿山而上。

前方出現了一條清澈的小溪，戰馬不禁發出一聲歡嘶，幾名侍從也都加快了步伐。長途奔行後，眾人早已一身臭汗，嗓子冒煙，能痛痛快快洗個臉，那是旅途中難得的享受。

來到溪水邊，幾名侍從先將安祿山扶下馬，又奉上新裝灌了溪水的羊皮袋，先侍候主子喝過後，這才開懷暢飲。出發前裝灌的水，時間一長，難免有點異味，自然不及這新鮮的溪水甘甜可口。

幾個人喝夠歇好，侍候安祿山上馬繼續前行，走出沒幾步，突見前方山道中央，一個富家公子模樣的年輕人，正氣定神閒負手而立，擋住了眾人去路。走在最前方的侍從正要喝問，卻聽對方已搶先喝道：「安祿山接旨！」

安祿山嚇了一跳，本能地翻身下馬，正要跪地接旨，突然想起這是在自己的地盤，而且對方手中空無一物，哪來的聖旨？跟著，他就看清了對方的模樣，不禁一愣：「是任大人！」

就聽任天翔一本正經地喝道：「范陽節度使安祿山，還不快跪地接旨？」

安祿山在最初的驚詫過去後，心中已平定下來，啞然笑問：「任大人這是在鬧什麼玄虛？聖旨在哪裡？拿出來我看看？」

任天翔正色喝道：「安祿山，聖上召你進京，你卻托病推辭，所以聖上特令任某前來探病。如果安大人真是病得臥床不起，那也就罷了，若是欺君罔上，那就捉拿進京。我看安將軍滿面紅光，步履矯健，哪是有病的樣子？既然如此，那就隨我進京向聖上請罪吧。」

安祿山饒有興致地打量著任天翔，就像在看一個小孩在大人面前吹牛。他撫著頷下短髯呵呵笑問：「任大人要拿我？不知是憑什麼？」

任天翔沒有回答，卻是抬手一揮，就聽四周風聲拂動，幾道人影已從藏身處閃身而出，將安祿山一行包圍在中央。

安祿山雖然有點意外，卻並不擔心，他對自己幾名心腹侍從的武功頗有信心，何況這裏還是薩滿教聖地，只要自己的人能堅持片刻，薩滿教的弟子必定會聞聲趕來救援。所以他一點不急，只是饒有興致地等著任天翔表演。

任天翔似乎也不著急，並沒有令手下動手。安祿山有些奇怪，笑問：「你還有伏兵？」

任天翔搖頭：「沒有。」

「那你還在等什麼？」

「我在等藥性發作。」

話音剛落，安祿山突然感覺頭目一陣暈眩，差點從馬鞍上摔了下來，他心中一驚，跟著立刻醒悟，勃然變色道：「那溪水……那溪水被你們下了毒藥？」

「從上游算著時間，源源不斷地下藥。」任天翔嘴邊泛起得意的微笑，「不過不是毒藥，只是讓你們昏迷片刻的蒙汗藥。」

像是在驗證任天翔的話，一名水喝得最多的侍從，已經無聲摔倒。安祿山見狀心神大亂，調轉馬頭急呼：「快走！」

話音未落，就見任俠、小川等人已先後出手，幾名侍從武功原本就跟他們有點差距，加上蒙汗藥的作用，哪裡還抵擋得住？片刻間就被義安堂眾人盡數打倒，只是眾人手下留情，沒有傷他們性命。

「任兄弟，不知皇上給了你什麼好處？為兄可以加倍給你！」安祿山換了副面孔，陪著笑臉軟語央求。

頭暈目眩的感覺越來越強烈，他已是在勉力支撐。突然想起這小子最是好色，他急忙道，「你不是喜歡我女兒秀貞嗎？我可以將她嫁給你，你看怎樣？」

任天翔怔了一怔，冷笑道：「你以為美人計就可以打動我？」

安祿山急道：「現在秀貞跟馬師爺走得很近，你要再猶豫，她可就嫁給馬師爺了！」

任天翔又是一怔，跟著立刻對一旁的杜剛示意：「能不能讓他閉嘴？」

杜剛揮手在安祿山脖子上一斬，終於令他徹底昏了過去。與此同時，任俠等人已將幾名中了蒙汗藥的侍從，閉住穴道藏入密林深處的洞穴，並將打鬥的痕跡盡數抹去，相信短時間內，不會有人能找到他們。

見眾人已將四周恢復原狀，任天翔立刻揮手下令：「撤！」

蓬山南麓的另一條路上，一輛窗簾緊閉的馬車和幾匹馬早已等在那裏。見到任天翔等人終於出現在山道上，小薇連忙將車趕過去接應。就見褚剛和任俠將抬著的安祿山扔到車上，褚剛忍不住罵了句：「這死肥豬，簡直比豬還沉！」

任天翔跳上馬車，向眾人一揮手：「走！」

馬車向南疾馳，車中，任天翔在任俠的幫助下，剝去安祿山的衣衫，給他換上了一身粗布衣服，連靴子鞋帽也全部換過。接著，任俠拔出一柄寒光閃閃的匕首，將安祿山修剪整齊的鬍鬚全部剃盡，然後又在他臉上抹上泥土污垢。經過這一番喬裝打扮，相信就是他親娘老子，匆忙間也未必認得出來。

忙完這一切，任天翔終於舒了口長氣，緊張的心情也稍稍鬆弛下來。按照計畫，眾人將安祿山假扮成重病求醫的老人，小薇與任天翔則分別假扮他的兒女，其餘幾人則是隨行的車夫和僕傭。只要趕在安祿山失蹤的消息傳到范陽、平盧、河東三鎮各關卡之前，憑著那塊可通行三鎮的腰牌，相信可以蒙混過關。

馬車在轔轔而行，任天翔聽著車行聲在閉目養神。他神情雖然平靜鬆弛，心神卻如那車軸在高速旋轉。順利！太順利了！順利得令人恍如夢中。但是他心中卻始終有一絲不安，尤其是隨著時間的流逝，他心中這種不安越發強烈。

「停！」他終於鑽出馬車，讓褚剛停車。

眾人不解地勒馬停了下來，就見任天翔若有所思地望向南方，突然沒來由地來了句：「咱們不能照辛乙的路線走。」

「為什麼？」褚剛十分奇怪，忍不住問，「他沒有騙我們，到目前為止，咱們一切都進展得相當順利，沒有理由懷疑他給咱們畫下的撤離路線。」

「是啊！」杜剛也皺眉道，「公子不是說那個契丹人可以信賴麼？為何現在又突然變卦？」

任天翔若有所思地自語道：「辛乙沒有騙咱們，但是我懷疑他也是被人所騙。」

見眾人都有些不解，任天翔耐心解釋道，「以咱們對辛乙的瞭解，他也許會因某種特別的原因背叛安祿山，但決不會想出如此周詳的計畫，就連撤離路線都給咱們畫了出來，地圖腰牌也準備得妥妥當當。這不是辛乙的作風，他的背後另有其人。」

幾個人被任天翔這一提醒，頓時有所醒悟。

褚剛遲疑道：「公子懷疑辛乙背後是司馬公子在指使？那他這樣做究竟是為了什

麼？」

「我不知道。」任天翔皺眉道，「但是我堅信，他這樣做一定有特別的原因，而這個原因決不是要幫咱們秘密抓捕安祿山。」

眾人面面相覷，暗自為司馬瑜的詭詐吃驚。就見任天翔遙望天邊，微微笑道：「雖然我不知道他的企圖，但只要咱們不照他的計畫走，也許就能將計就計，將安祿山帶回長安。」

「公子好像已有對策？」看到任天翔嘴邊那熟悉的微笑，褚剛也不禁會心一笑。

任天翔拿出地圖展開，指向地圖道：「現在咱們在這裏，按計畫，咱們該一路往南直奔翼州。不過，現在咱們計畫要變一變，暫時分成兩路，一路依舊照計畫去翼州，另一路則往西去朔州方向。」

眾人先是有些茫然，跟著就若有所思地點頭，褚剛頷首笑道：「公子是想讓人依舊趕著空車照計畫往南走，儘量拖延麻痹司馬公子，而自己則帶著安祿山往西，繞道朔州回長安？」

見任天翔點了點頭，褚剛慨然道：「那這路伴兵就交給我來扮演，我是青州人，對這一代比較熟悉，遇到盤查也好交代。你們隨公子走朔州，希望不久後咱們在長安會合。」

「那就有勞褚兄了！」任天翔又交代了幾句，然後與褚剛揮手道別。

褚剛依舊趕車直奔南方，其餘眾人則將昏迷不醒的安祿山捆在馬鞍上，掉頭望西而去。

偷天

第二章

司馬瑜不禁在心中默默道：

好兄弟，謝謝你祝我完成了這貌似不可能完成的偷天換日之舉，而且還替我背了個天大的黑鍋，但願你能逢凶化吉，逃過追殺。我還等著你與我連袂登上這歷史的大舞臺，一展胸中抱負！

數十快騎激起漫天的塵土，遮蔽了黃昏時分西天將沉未沉的夕陽。褚剛急忙將馬車趕到一旁，早早避在道旁讓路。

就見數十名騎士或牽狗或架鷹，一路招搖疾馳而來，打頭是個身材壯實的年輕將領，面目粗豪眼神陰鷙，一身玄黑大氅更讓他增添了幾分煞氣。

緊隨年輕胡將身後的，是個滿身火紅的獵裝胡女，正衝那胡將輕喝：「二哥你慢點，馬先生身上有傷。」

那胡將哈哈笑道：「我看你這麼心疼馬先生，不如早一點嫁給他算了，免得牽腸掛肚。」

在那胡女身後，是個眉目清秀、溫文儒雅的青衫書生。褚剛遠遠就認出那是司馬瑜和安秀貞，雖然領頭的胡將從來沒見過，但聽安秀貞對他的稱呼，也猜到那是安祿山另一個兒子安慶緒。褚剛趕緊壓下頭上的斗笠低頭避讓，心中暗自佩服任天翔有如神助的預料。

「等一下。」眾騎手經過馬車時，司馬瑜突然勒馬停了下來。

領頭的安慶緒皺眉回頭問：「先生怎麼了？」

司馬瑜沒有看到褚剛的臉，因此並未認出對方，只道：「查查那輛車。」

兩個兵卒應聲上前，掀開車簾看了看，跟著又盤問了褚剛幾句，然後回來稟報：「車是空的，車夫是青州商販，前日送貨到幽州剛回來，沒什麼問題。」

司馬瑜若有所思地點點頭，似乎並未感到意外。

眾人繼續前行，片刻後就見蓬山已然在望，安慶緒在山前勒馬回頭道：「這裏就是蓬山了，天色已晚，我在山腳下紮營，等你們回來。」

「二哥不隨咱們去拜望奶奶？」安秀貞忙問。

「我就不去了。」安慶緒有些心虛地縮縮脖子，「每次那老巫婆都沒有好臉色給我看，我何必自討沒趣？你們去玩，我就在這裏等你們。」

話音剛落，就聽前方山道上馬蹄聲響，幾名騎手已氣喘吁吁地從山上疾馳而來。安慶緒認出那是父親的親兵，連忙喝問：「哈爾托，你們慌慌張張地做甚？」

那個叫哈爾托的小頭目連忙翻身下馬，跪地拜道：「少將軍在上，我們是隨安將軍前來迎接聖母，誰知安將軍去了幾乎一整天，至今也沒見回來，這在以前還從未有過。所以小人派人到薩滿教詢問，哪知他們全都說沒見到過將軍，小人無奈，只得滿山搜尋。」

「找到沒有？」安慶緒急忙問。

「還沒有。」哈爾托趕忙叩首道，「我們已將全山搜了個遍，至今沒有發現任何線索。只在後山發現了兩道車轍印，所以一路追蹤而來。」

「你們不用再追了，快帶我去安將軍上山的路線。」司馬瑜急忙道。片刻後，他開始沿著安祿山行進的路線登山，沒多久就找到了藏在密林深處那幾個昏迷不醒的侍從。

安慶緒忙令人將幾個人救醒，然後抓著一個侍從脖子喝問：「怎麼回事？將軍呢？」幾個侍從將被人下藥迷倒的經過草草說了一遍，安慶緒大急，喝道：「快通令全軍追擊，決不能讓將軍落到朝廷手裏。」

「不可！」司馬瑜急忙道，「將軍失蹤，一旦消息傳了出去，定會全軍震動。在如今這非常時期，必會動搖軍心。」

安慶緒想了想，急忙收回成命，低聲問：「先生有何指教？」

司馬瑜沉吟道：「將軍失蹤的消息萬不可洩露，先將這幾個侍從控制起來，然後向薩滿教求助，請他們秘密追蹤將軍下落。」

安慶緒點點頭：「先生言之有理，咱們這就去猿王洞，向聖母求助。」

三人將幾名侍從帶在身旁，交由安慶緒的親兵控制，然後直奔薩滿教總壇所在的猿王洞。

片刻後，就聽羯鼓在山中震響，狼煙在山巔沖天而起，那是薩滿教召集同門的信號，無數薩滿弟子從四面八方趕來，聚集到猿王洞前，聽候薩滿教蓬山老母訓示。

在一陣「依依啊啊」的禱告之後，突聽一個蒼老嘶啞的聲音從猿王洞中傳出，像厲鬼的嘯叫在山谷中森然迴蕩，「有來自長安的奸人侵入薩滿聖地，盜走了薩滿教歷代相傳的聖物。傳令所有薩滿弟子去將它們追回來，所有敵人通通格殺勿論。」

眾薩滿弟子哄然答應，開始分頭去追蹤那幾個來自長安的外鄉人。

「我也要去！」安秀貞在人叢中自語，見身旁司馬瑜似乎並不焦慮，她嗔道，「我爹爹失蹤，你好像一點也不擔心？」

司馬瑜強笑道：「我怎麼不擔心？只是擔心有什麼用？現在咱們最需要的是冷靜。」

「冷靜？光知道冷靜，」安秀貞跺足道，「你難道就沒有一點主意？」

司馬瑜示意安秀貞稍安勿躁，然後對安慶緒低聲道：「少將軍先令部卒封鎖消息，然後派人去范陽秘密調集人手，要最值得信賴的心腹高手。」

安慶緒點點頭，立刻照司馬瑜意思吩咐下去。

後半夜，包括辛丑辛乙在內的十幾名武士和上千名精銳親兵，從幽州匆匆趕到蓬山，司馬瑜鋪開地圖，指向幾條通往朔州的道路吩咐：

「南去的道路已經封鎖，往北往東俱是薩滿教的地盤，遍佈薩滿教眼線，現在他們最可能是西去朔州，因此大家可分頭往西去追，我與少將軍率大軍隨後接應。」

眾人哄然答應，司馬瑜抬頭望向辛乙，就見對方心領神會地微微點了點頭。司馬瑜嘴角閃過一絲滿意的微笑，正色下令：「出發！」

十幾名武士分成幾路，連夜向西追蹤。

在他們之後，安慶緒與司馬瑜率上千精銳騎手，猶如拉網般向西搜索前進，同時封鎖西去關卡的命令也以加急快馬全速送出，一場大追蹤悄然拉開了序幕。

朔風獵獵，捲起漫天風沙，模糊了遠方天地的界限，也讓天宇變得如大地一樣暗淡昏黃。這就是朔方，戈壁與黃沙交替出現的廣袤世界，偶爾的一片翠色綠洲，則如仙人遺落凡間的寶石一樣珍稀。

已經逃離蓬山三天半，憑著辛乙所給的那面通關腰牌，任天翔等人終於通過范陽最後一道關卡，進入漠北無人區。

這三天以來，一行人馬不停蹄夜不曾眠，總算搶在范陽的封鎖令到達之前逃離險地，眾人早已精疲力竭，人疲馬乏，就連一路都在懇求、威脅、央告的安祿山，現在也因饑渴困乏，無奈而疲憊地閉上了嘴。

就在這時，他們看到了立在沙丘之上那一根骷髏頭的細長藤杖，就像是從天而降的魔物，突兀地出現在漫漫黃塵之中，煥發著一種詭異而妖魅的氣息。

安祿山本已絕望的眼神，陡然間煥發出希望之光，掙扎著想要呼喊，誰知這幾天來不眠不休的奔波勞頓，加上前所未有的擔憂和驚嚇，已使他的嗓子徹底嘶啞，只能發出一種類似野獸般的嘶鳴。

任天翔扳過他的頭問：「你認識那根哭喪棒？什麼來歷？」

安祿山的嘴在張合，發出一種近乎耳語般的嘶啞聲。雖然聽不清他在說什麼，但從口形，任天翔讀懂了他的意思——你們死定了，一個也跑不了。

任天翔一聲冷哼：「我們就是死，也必定先殺了你，所以你最好別得意的太早。」

安祿山臉上一陣陰晴不定，跟著又努力張合著嘴唇，用「啞語」告訴任天翔——放了我，我讓他放你們走。咱們無冤無仇，何必為了李隆基那個昏君一道沒來由的口諭，拼個兩敗俱傷，魚死網破？

「少廢話，他究竟是誰？」任天翔說著拿出水袋，揚起脖子灌了一大口，見安祿山兩眼放光直舔嘴唇，他靈機一動，把水袋湊到他嘴邊，稍稍潤了潤安祿山乾裂的嘴唇，然後再問，「告訴我他是誰？說了給你水喝。」

渴極的人喝到一口水，反而感覺更渴。安祿山略一遲疑，努力發出了一點聲音：「那是薩滿教第一上師，月魔蒼魅的隨身法器，人稱白骨骷髏杖，它出現的地方意味著死亡，死亡，還是死亡。」

「月魔蒼魅？」任天翔皺起眉頭，「聽名號倒是挺唬人，白骨骷髏杖？骷髏我看到了，白骨又在哪裡？」

話音未落，任天翔就突然住口，因為他終於看到了白骨。藤杖頂端那個只有拳頭大小的白色骷髏，原本以為是由藤蔓雕刻而成，直到現在任天翔才看清，那是一個嬰兒的頭骨，不知經過怎樣的處理，已與藤杖結成了一體。

「放了我吧。」看到任天翔勃然變色，安祿山頓時多了幾分信心，綿裏藏針地威脅道，「月魔蒼魅是北方薩滿教第一嗜血殺神，就連家母對他也畏懼三分。趁他還未現身，你們放了我快走，我會求他放過你們。」

「閉嘴！」任天翔一面觀察著藤杖周圍的情形，一面向小薇示意，讓她看好安祿山。雖然他還沒有看到任何人影，但那種令人毛骨悚然的感覺，卻已經清晰地出現在了周圍。

不用任天翔吩咐，杜剛、任俠、小川三人已握住兵刃緩緩逼近那根骷髏杖。杜剛率先喝道：「什麼人在故弄玄虛？有本事現身出來！」

四周中除了嗚嗚的風聲，就只有漫天飛舞的黃沙。眾人等了半晌不見動靜，心弦正待放鬆，突聽任天翔一聲輕呼：「留意腳下！」

話音剛落，就見杜剛腳下的黃沙突然揚起，一道黑影從浮沙中沖天而出。

幸虧杜剛先聽到任天翔的提醒，稍微提前了剎那，跳開了半步，但終究未能避過突如其來的連環閃擊，勉強以唐手護住了下陰要害，小腿及腹部卻被由下而上的快拳連環擊中，頓時像個稻草人般跌出了數丈。

那黑影還想趁勝追擊，卻聽後方風聲微動，一柄快劍已經悄然刺到，速度驚人。

那黑影沒有回頭，鬼魅般倏然向前疾行三步，以他往日經驗，三步之內就能避開後方任何偷襲，但不曾想腦後那劍速度驚人，一劍落空緊接著又是一劍刺出，每一刺之間連綿不絕，幾無空隙，逼得他一連奔出十餘步，直到拔出黃沙中的骷髏杖反手回擊，才總算逼得對方回劍相格。

就聽「叮」一聲輕響，黑影已順勢回頭，脫口讚了聲：「好劍法！」

任俠收劍而立，心中暗自吃驚，他方才趁對方襲擊杜剛時悄然出手，以他出劍的速度加上又是由後方偷襲，這種情形下依然被對方躲開，那對方豈不是比自己更為迅速？任俠長這麼大，還從來沒遇到過比自己更快的人，心中震驚可想而知。

風勢漸弱，漫天的沙塵稍稍稀薄了一點，但見塵土飛揚的朔風之中，一個長髮披肩、黑衣如魅的老者手執藤杖蕭然而立，風沙拂動著他的衣袂，使他的身影看起來就像是一道不真實的幻影。

老者渾身瘦削無肉，臉上更是枯萎乾癟得就像一層黑皮包裹著的骷髏，加上手中所執那條白骨骷髏杖，讓他看起來就如同來自另一個世界的妖魔。

「月魔蒼魅？」任天翔明知故問，同時以「心術」在不斷觀察判斷眼前這個可怕的對手。方才若非他先一步發現杜剛腳下沙土中那微不可察的異動，只怕杜剛已遭毒手。

老者微微頷首，沒有理會與之對峙的任俠，卻仔細打量了任天翔一眼，蕭然道：「既知是老夫，還不快逃命？」

老者帶有明顯的異族口音，聽著讓人忍不住發笑。但現在沒有一個人笑得出來，方才他雖是占了偷襲之利，但轉瞬間傷杜剛、擊退任俠，已證明他的武功明顯比二人高出一籌，這對極其自負的墨門墨士級高手來說，簡直是難以想像的遭遇。

「其實你並沒有把握殺了咱們，又何必故作自信？」

任天翔突然笑了起來，他已經看到了老者自己都未意識到的隱思，「你要真的有十足的把握，又何必藏在沙中，以那根哭喪棒吸引咱們目光，卻乘機從沙中偷襲。」任天翔長長嘆了口氣：「你的武功已經極高，只可惜膽子卻越來越小，你方才若是膽子稍微大一點點，出手更乾脆決絕一點，我就算再開口提醒，只怕也救不了同伴的性命。」

杜剛已被小川扶了起來，他的小腿雖然傷得不輕，卻還能穩穩站立。就見他對月魔怒目而視，心有不甘地挑戰道：「出手偷襲，算什麼本事？咱們再來！」

蒼魅眼中閃過一絲驚詫，跟著嘿嘿一笑：「既然說我膽小，那你們就一起上吧，看能不能嚇走老夫。」

雖然方才蒼魅出手很快，但任天翔依然看清了他的出手軌跡，並從中發現了他可能的弱點。聽他出言挑戰，任天翔忙對任俠低聲道：「這骷髏頭最怕受傷，出手總是留有餘力，也許這就是他最大的弱點。」

任俠心領神會地點點頭，突然一劍直擊蒼魅握杖的手。他不攻其要害卻只攻其手，那是因為對方速度太快，若不搶先限制其兵刃的發揮，只怕就沒有任何機會。

蒼魅果然收杖後退，身形越來越快，任俠經長途跋涉，早已精疲力竭，方才勉力出劍，已經耗盡了他大半力量，再追不上蒼魅迅若鬼魅的身形。

他腳步剛緩下來，蒼魅立刻返身殺回，骷髏杖直點任俠頭頂。那骷髏不知經過怎樣的處理，任俠連擋兩劍也沒損骷髏分毫，反而被骷髏震得手臂發麻，胸口血氣上湧，已然有體虛脫力的跡象。

任天翔看出任俠力竭，急忙出言指點：「退！兌位！」兌位是八卦方位，練過武的中原人大多知道。任俠立刻往身後兌位退去，就見蒼魅杖勢大盛，鋪天蓋地追擊而來。二人一進一退十餘步，任俠左支右絀十分狼狽，而蒼魅杖勢卻越來越快，令任俠越來越難以招架。

就在這時，突聽任天翔陡然一聲厲喝：「斷喉刺！霹靂斬！」斷喉刺是忍劍中的招數，而霹靂斬卻是唐手中的霸道殺著，這根本不可能同時使出來。不過任俠已對任天翔有了完全的信賴，毫不猶豫一劍刺出，目標直指蒼魅咽喉，正是忍劍中凌厲無匹的「斷喉刺」。

這一劍不留後路，完全是兩敗俱傷的打法，令蒼魅也不得不後退避讓，不過他在後退之時也不忘出招反擊，骷髏杖當頭下擊，任俠雖避開了頭頂要害，但肩上依舊吃了一記重擊，一個踉蹌差點跪倒。

幾乎同時，就聽杜剛一聲斷喝，一掌暴然擊出，正是唐手中的霹靂斬！原來蒼魅被任俠的斷喉刺逼得後退之時，剛好退到杜剛的攻擊範圍內，杜剛雖然小腿已傷，行動不便，不過手上卻沒問題，這一掌蓄勢已久，隱然有開碑裂石之力。

蒼魅吃了一驚，急切間來不及避讓，只得沉肩硬受了杜剛一擊，一個踉蹌差點摔倒，黑漆漆的臉上泛起一陣紅潮。杜剛一招得手正要趁勝追擊，無奈腳下不給力，終究還是慢了一步，眼睜睜看著蒼魅從容退到三丈之外。

「好拳法！」蒼魅嘿嘿一笑，臉上紅潮漸漸褪去。

雖然那一記霹靂斬打得他氣血翻滾，差點嘔血當場，但憑他深厚的功力，稍一調息便無大礙。他將目光轉向了任天翔，他已然看出任天翔對他的威脅顯然不比杜剛和任俠小，這個貌似紈褲的傢伙，有一雙毒辣無比的眼睛，竟能從變幻莫測的戰場上，發現那轉瞬即失的機會，這小子究竟是人是鬼？

見蒼魅片刻間便若無其事，任天翔暗叫一聲可惜。遙見蒼魅深邃的眼窩中射出的寒光，他立刻猜到了對方下一步的企圖。但對方速度實在太快，不等他呼救，那柄骷髏杖已如閃電刺到，這一次是鋒銳如槍的杖柄，顯然是要一擊致命。

任天翔眼睜睜看著寒光閃閃的杖柄向自己心臟刺到，甚至能猜到它後續的可能變化，但身體卻來不及做出任何反應。他的目速、腦速雖然遠勝常人，奈何身體跟不上大腦的速度，只能眼睜睜看著杖柄刺來。

就在這時，突見一人挺身擋在了任天翔身前，剛好迎上了刺到的杖柄。就在杖柄刺中他肩胛的同時，他腰間的短劍也嗆然出鞘，順勢上撩，這一劍之迅捷突兀，已然超過任俠方才最快那一劍。饒是蒼魅留有後力也避之不及，只得拼盡全力暴然收腹，硬是將胸腹生生縮回一寸，就見這一劍由下而上，從蒼魅肚子到胸腹一劃而過，衣衫應聲而裂，乾瘦的胸腹上現出了一道細細的紅線。

蒼魅一聲痛叫，身形一晃暴然後退，再顧不得傷人，捂著胸口踉蹌而走。他已經有數十年未受過刀劍傷，對手的悍勇無畏令他再不敢戀戰，匆忙落荒而逃。

眾人驚訝地望向一劍重傷蒼魅的同伴，卻是一直守在任天翔身邊的小川流雲。

方才蒼魅與杜剛任俠惡戰之時，他不僅未曾出手相助，還藏起了自己胸中的殺氣，因此讓蒼魅錯誤地低估了他的實力。沒想到最後關頭他不僅替任天翔擋了一刺，而且還有餘力拔劍反擊，這隱然有墨家死劍之意，卻又沒有死劍之絕決。

「這是忍劍。」像是回答同伴疑問的目光，小川勉強笑了笑，話音未落，他身子就是一晃，差點軟倒在地。就見他肩胛上血流如注，頃刻間便濡濕了半幅衣衫，方才那一刺已將他肩胛洞穿，在他的肩頭留下一個血洞。

任俠連忙過去將他扶住，撕下衣衫為他包紮，然後將他緩緩放倒在地。

就在這時，突聽杜剛一聲驚呼，目瞪口呆地望著小川身後的任天翔，那神情將任天翔嚇了一跳。跟著他便感到胸口劇痛，低頭一看，就見胸前有血跡慢慢浸出，轉眼間便濡濕了一大片衣衫，任天翔不禁一聲驚叫，兩眼一黑軟倒在地——蒼魅那一刺，不光穿透了小川流雲肩胛，也刺中了他身後的任天翔。

幾個人一聲驚呼，急忙上前查看任天翔傷勢。

就在這混亂之時，被反綁雙手捆在馬鞍上的安祿山，突然低頭將身旁看守他的小薇撞下馬去，跟著猛踢馬腹，那馬吃痛不過，猛地將韁繩從小薇手中掙脫，一聲嘶叫放蹄飛奔。幾個人擔心任天翔傷勢，哪有心思追擊，片刻間，那匹馬便馱著安祿山消失在大漠深處。

「沒事沒事，公子沒事！」任俠手忙腳亂地解開任天翔衣衫，頓時舒了口長氣。就見那傷口雖然正在心臟要害，但入肉不到半寸，連肋骨都未刺穿。幾個人驚魂稍定，連忙為他止血療傷，然後將水噴到他臉上，總算令他醒了過來。

任天翔方才只是受了驚嚇，加上旅途勞頓極度虛弱，這才突然暈倒。見眾人都圍著自己，小薇在一旁更是淚水漣漣，一臉害怕，他茫然問：「我……我方才好像受傷了？」

「只是皮外傷，不算要緊。」杜剛忙寬慰道，「倒是小川傷得極重，得趕緊找大夫救治。」

任天翔想起方才那一幕，急忙查看小川傷勢，見他傷得不輕，任天翔不禁澀聲道：

「你……又救了我一命！」

小川勉強一笑：「是你送我的墨家典籍救了咱們，不然咱們今日都逃不過月魔的魔掌。」

任天翔又驚又喜：「想不到那劍譜還真有奇效，你初學乍練，功力就如此迅速提高？你以前劍法顯然不及任俠他們，但現在只怕已與他們不相伯仲，甚至更勝一籌。」說著，他轉向任俠和杜剛，「我會將這些劍法都傳給你們，墨門得祖師遺作之助，必能更上一層。」

掙扎著站起身來，抬眼望向四周，突然發現安祿山已不見蹤影，任天翔心神大亂，失聲驚呼：「安祿山呢？」

眾人面面相覷，最後還是小薇期期艾艾地道：「方才大家見你受傷，都擔心你傷勢，沒顧上安祿山，結果讓他逃了。」

任天翔一愣，急忙問：「逃了多久？」

「逃了好一會兒，往那個方向。」小薇說著往前方一指，見任天翔呆若木雞，她不禁小聲建議道，「要不咱們再追，也許還能追上。」

「還追個屁啊！」任天翔仰天長嘆，「茫茫大漠，風沙漫天，百丈之外就看不見人影，咱們往哪裡去追？功虧一簣，功虧一簣啊！」

一騎健馬吃力地奔行在漫漫黃沙之中，這裏已經遠離風口，但見前方天地分明，地平線盡頭甚至能看到隱約的城郭。安祿山疲憊已極的眼眸中閃過一絲狂喜，不顧坐騎已口吐白沫，拼命踢其肚腹，驅使牠加快了速度。

雖然雙手被縛，但從小就在馬背上長大的他，用嘴叼著韁繩也能將馬操控自如。遙見前方漫漫黃沙之中，似有幾個黑點正排成一線，向自己這邊搜索過來，安祿山先是一驚，忙將自己隱到一座沙丘之後，足足等了小半個時辰，直到看清那些騎手的服飾，他才興奮地縱馬迎上前，拼盡全力高呼：「這裏！本將軍在這裏！」

幾名騎手立刻加快速度縱馬馳來，雖然隔得極遠，其中一人那脖子上的紅巾也已經十分顯眼。安祿山縱馬迎上前，放聲高呼：「阿乙救我！」

幾名騎手來到近前，最前方果然是辛丑辛乙兄弟。

終於見到自己人，安祿山不禁淚如泉湧，一顆懸著的心終於落地。他將手伸給辛乙，正待令他給自己鬆綁，誰知辛乙卻冷冷望著自己，突然莫名其妙地來了句：

「將軍，勃律爾部落所有冤魂，托我向將軍問好。」

安祿山一怔，眼中如見鬼魅，滿臉更有恐懼之色，這沒有逃過辛乙的眼睛。就見他縱馬上前，短刀凌空而出，猶如一道閃電從安祿山喉間一劃而過。鮮血頓如湧泉噴薄而出，跟著安祿山那肥碩的身體從馬鞍上栽了下來，「砰」地一聲激起一片黃塵，將沙土也砸出個大坑。

「你瘋了？」辛丑被兄弟的舉動驚得目瞪口呆。

就見辛乙若無其事地道：「我沒瘋，這根本就不是將軍，不信你們仔細看看。」

安祿山被任天翔等人剃去鬍鬚化過妝，面目確實與原來迥異。幾名緊隨而來的武士將信將疑地來到安祿山近前，翻身下馬上前仔細查看，誰知辛乙這時突然向幾個人出手，幾名武士猝不及防，頃刻間全部栽倒，全是要害中刀。

「你……」辛丑瞠目結舌，本能地拔出長劍，卻又不知該不該向兄弟出手。

辛乙緩緩收起短刀，淡淡道：「大哥別害怕，我沒有瘋。因為我已知道安祿山並不是咱們的救命恩人，而是屠滅咱們整個部落的大仇人。二十多年前，他滅掉了契丹勃律爾部，只留下不懂事的孩子以補充自己部落人口。咱們兄弟僥倖活了下來，並憑著苦練而成的武功成為他的衛士，又因為比狗還要忠誠，得到了他最大的信任。他也許已經忘了咱們是契丹勃律爾部後裔，但是我卻決不會忘。」

「你怎麼知道自己是勃律爾部後裔？」辛丑質問。

辛乙解開衣衫，露出胸口那個隱約的狼頭刺青，緩緩道：「每一個勃律爾的男孩，一出生就會刺上部落的標誌，別跟我說你沒有。」

辛丑解開衣衫低頭望去，胸口果然有隱約的刺青，雖然已經極淡，但依然能看出那是一個狼頭。他疑惑地抬起頭，吃驚地問：「你怎麼知道這些？」

「因為我識字了。」辛乙臉上泛起一絲驕傲，「他只讓搶來的外族孩子學武，卻從不讓人教他們讀書識字，就是要他們永遠做一隻不知身世來歷的狗。幸虧我遇到了一位恩人和明師，才得知了自己的身世來歷和血海深仇。今日大仇得報，咱們的族人九泉之下也可以安息了。」

辛丑聽兄弟說得有根有據，疑慮漸消。看看地上那些屍體，再看看自己兄弟，他不安地問：「將軍已死，咱們回去怎麼交代？」

「大哥不必擔心，你一切聽我的便是。」辛乙說著，將安祿山的屍體橫放到馬鞍上，然後跳上自己坐騎，縱馬往東而去。辛丑猶豫了一下，也打馬追了上去。

「爹——」

當看到安祿山的屍體時，安慶緒不禁嚎啕大哭，拜倒在地。

安秀貞更是渾身一軟差點摔倒。司馬瑜連忙將她扶住，低聲對安慶緒道：「少將軍節哀，現在不是哭的時候。」

安慶緒一躍而起，咬牙切齒喝問：「是誰？誰幹的？」

一名在蓬山被迷藥放倒的侍衛戰慄道：「一定是朝廷派出的密使任天翔，他以陰謀詭計迷倒咱們幾個兄弟，將大將軍秘密抓走。他知道帶著大將軍逃不掉，所以才下此毒手。」

「你們身為大將軍貼身護衛，竟然讓人在眼皮底下將大將軍抓走，還有何面目活在世上？」安慶緒說著一聲低喝，「來人！」

一名目光陰鷙的將領應聲而入，安慶緒一揮手：「拉出去砍了！」

那將領一聲低喝，幾名親兵應聲而入，拉起跪在帳前的幾個侍衛就走。幾名安祿山的侍衛拼命掙扎哀求，卻不敢反抗，他們早已像狗一樣養成了對主子絕對服從的習慣，就是斧鉞加身也不知反抗。

直到幾名侍衛的哀求呼叫戛然而止，安慶緒才臉色鐵青地轉向辛乙。這契丹少年連忙拜倒，小聲稟報：「小人一路追蹤來到前方沙漠，發現了幾具屍體，除了幾個是先一步追來的同伴，其中竟有一具屍體身材相貌與大將軍依稀有些相似。小人不敢確定，便將它帶了回來。」

「混賬，你連大將軍的模樣也認不出來嗎？」安慶緒氣得渾身哆嗦，暴然一腳將辛乙踢開，拔劍還想砍人。卻被司馬瑜攔住道：「阿乙說得不錯，這人不是將軍，只是跟將軍長得有些相似而已。」

說著司馬瑜示意左右退下，並讓人將傷心欲絕的安秀貞送到後帳。這才回頭對安慶緒低聲道：「少將軍節哀，現在萬不能讓人得知大將軍已死。這消息若是傳了出去，軍心必定大亂，大將軍生前籌措多年的大事，只怕就要一夜崩潰。屆時范陽、平盧、河東三府將士，包括少將軍在內，皆如砧板上的魚肉，將任由朝廷宰割。別人或可得到朝廷赦免，少將軍合族上下卻是必死無疑。因為每一個想要活命的將領，都會樂於向朝廷供出大將軍生前意圖造反的真憑實據。」

安慶緒聞言面如土色，失聲問：「那先生的意思是？」

「密不發喪，立刻在軍中尋找與大將軍身材相貌相似的替身。」司馬瑜壓低聲音道。

「替身？」安慶緒一愣，「模樣再相似的替身，也只能瞞過普通將士，怎麼能騙過我爹爹身邊的親兵和愛將？尤其是我爹的結義兄弟史思明，若得知我讓人假扮我爹來騙他，那還不興兵問罪？」

「所以少將軍要立刻舉事，以大將軍的名義起兵討伐國賊楊國忠。將熟悉大將軍的將領全派出去，一旦戰事爆發，誰還顧得上理會大將軍的真偽？」司馬瑜說著，胸有成竹微微一笑，「至於將軍身邊的親兵，可以讓他們全部為大將軍殉葬。只留下知情的辛氏兄弟，並令他們嚴守這秘密，便可萬無一失。以後就算有人懷疑大將軍的身分，那時少將軍已經掌握實權，隨時可以殺掉替身取而代之。」

安慶緒似有所動，不過最終還是面有難色地自語：「倉促之間，哪裡去找體型外貌都與我爹相似的替身？」

司馬瑜微微一笑：「這個少將軍倒是不必擔心。大將軍生前就曾托我為他物色替身，以備舉事後代替他去冒險。我已找到一個神態外貌都有九分相似的備用人選，正養在府中秘密調教訓練，沒想到現在正好可以派上用場。」

安慶緒大喜過望，跟著卻又想起一事，不禁猶豫道：「我大哥還在長安做人質，萬一……」

「做大事者，萬不能瞻前顧後，形勢所迫時，親娘老子也可犧牲。」司馬瑜目光冷厲，沉聲道，「當斷不斷反受其亂，大將軍就是顧忌大公子安危，遲遲不願舉兵，結果反受其害。」

見安慶緒還在猶豫，司馬瑜又追問了一句：「少將軍想清楚，大公子若是平安回來，這范陽、平盧、河東三鎮的基業，是歸你還是歸他？」

安慶緒低頭沉吟良久，終於一咬牙一跺腳：「幹！就照先生意思去辦！」

司馬瑜眼中閃過一絲欣慰，頷首道：「我這就去安排，咱們連夜回幽州，以奉旨討伐國賊楊國忠為名，揮兵直驅長安！」

「等等！」安慶緒目中閃過一絲殺氣，「就算不能為我爹發喪，也不能放過殺害他的兇手。而且要想保住這秘密，也不能留下一個活口。」說著，他衝帳外一聲高喝，「來人！」

方才那名目光如狼的將領應聲而入，安慶緒解下佩刀遞過去，沉聲吩咐：「帶上我的獵犬和虎賁營精銳往西追擊，將任天翔一行和所有知情者通通殺掉，一個不留！」

「遵命！」那將領跪地接過佩刀，轉身大步而去。

片刻後，帳外傳來狗吠馬嘶，以及刀劍偶爾相碰的鏗鏘聲，緊接著，馬蹄聲如滾滾奔雷哄然遠去——追擊的虎賁營精銳出發了。

當天夜裏，安慶緒率大軍拔營東歸，除了派去追擊任天翔的百名虎賁營精銳，其餘人馬將連夜趕回幽州，以范陽、平盧、河東三府節度使、驃騎大將軍安祿山的名義，發動討伐國賊楊國忠的遠征。

在隨大軍趁夜東歸之時，司馬瑜不禁向西遙遙回望，在心中默默道：好兄弟，謝謝你祝我完成了這貌似不可能完成的偷天換日之舉，而且還替我背了個天大的黑鍋，但願你能逢凶化吉，逃過追殺。我還等著你與我連袂登上這歷史的大舞臺，一展胸中抱負！

轉頭遙望長安方向，司馬瑜心潮澎湃，胸中豪情萬丈，情不自禁地悄然低語：「天下，我司馬瑜終於來了！」

第三章

墨者

任天翔吃驚地望向杜剛，第一次從他有些木訥的臉上，
看到了一種發自靈魂深處的自尊和驕傲。
他漸漸有些明白這些墨者的堅守，
他們是在追求一種內心的強大和精神的高貴，
歷經千年血雨腥風也未曾中斷！

朔風如刀，刮起漫天飛沙，令灰濛濛的天地猶如混沌未分之時。一行人艱難地在風沙中跋涉，在這茫茫天地間顯得極其渺小。

「還有多久可到朔州？」任天翔疲憊地望向前方，但見前方沙海與天空相接，朦朦朧朧看不到盡頭，好像永遠也沒有盡頭一般。

「從地圖上看，應該快了。」杜剛有氣無力地答道，

這樣的問答其實已經進行了多次，任天翔這樣問並非是要知道一個答案，而是在這寂寞天地間，如果幾個人再默不做聲，恐怕悶都要悶死。

安祿山已經逃脫，行動徹底失敗，任天翔有些垂頭喪氣。不僅如此，想起身後隨時可能出現的追兵，再看看身旁幾個同伴，除了小薇還算完整，自己胸口受傷，任俠肩上掛彩，杜剛小腿骨裂，小川肩胛洞穿，一旦被追兵追上，幾乎就再無可戰之人。

想到這些，任天翔就不禁憂心忡忡，而且更讓人焦心的是，幾個人先後受傷，行進的速度大大遲緩，使原本準備充足的清水過早地消耗殆盡，能不能堅持到朔州還是個問題。

「水……沒了。」小薇將最後一點清水餵給了重傷的小川，然後倒過水囊，只見那一滴水珠出現在水囊出口，卻怎麼也滴不下來。

幾個人心情越發沉重，都知道水對沙漠中的人來說，究竟意味著什麼。

就在這時，任天翔聽到了順風傳來的隱約駝鈴聲，他連忙側耳細聽，以確認駝鈴聲傳來的方向，幾個同伴精神也為之一振。在茫茫戈壁之中，有什麼比聽到駝鈴更令人欣喜呢？幾個人不約而同停了下來，駝鈴聲是來自後方，如果那是一支商隊，也許就能向他們買到救命的清水。

風沙漸漸停息，天地漸漸又恢復了清澄，駝鈴聲也越來越清晰。眾人極目望去，但見漫漫沙海之中，一匹孤獨的駱駝正徐徐行來，不急不緩，優雅從容。

駝峰中那個騎手頭臉罩在衣袍中，完全看不清他的模樣。幾個人都有些驚訝，在這空寂無人的茫茫大沙漠，怎麼有人竟敢孤身穿越？

駱駝漸行漸近，漸漸來到近前，眾人又吃了一驚，從服飾上看，那孤身穿越者竟然是個女人，而且是個身著白色孝服、披麻戴孝的女人！

眾人心中雖然奇怪，卻也沒作他想。他們的目光已經被駱鞍上掛著的幾個羊皮水囊吸引，看它們鼓鼓囊囊的模樣，就知它們全都灌滿了清水，任俠忙搭訕道：

「夫人這是要到哪裡去？如果同路何不一起走？也免得你孤身一人在沙漠中迷路。」

「我跟你們走的不是一條路。」那身穿孝服的女人說著一口流利的京腔，卻又帶有一絲異族的尾音，「你們走的是死路，而妾身還要活著回去祭奠亡夫呢。」

對方雖然處處透著詭異，言語似乎也透著古怪，但任俠已經被她那幾大袋水吸引，無心探究她言下之意，忙陪著笑問道：「夫人好像準備了不少清水？能否分些給我們？我們的水已經喝光了，還請夫人施以援手。」

那女人淡淡問：「妾身這裏是有好幾大袋水，不過我憑什麼要分給你們？」

「我們不白要。」任俠急忙道，「我們可以掏錢買。」

那女人一聲輕嗤：「沙漠中的水貴逾黃金，你們買得起嗎？」

「多少錢一袋？夫人儘管開個價。」任俠忙問。

「我不要錢，只要命。」女人說著，拍了拍駝鞍旁掛著的水囊，「一條命換一袋水，你們一共是五條命，可以換到五袋水。你打算先換多少？」

任俠一怔尚未答話，就聽任天翔突然輕嘆道：「別搭理她，她這是成心在消遣咱們。她不會給咱們一滴水，她巴不得咱們全都在沙漠中渴死。」說到這，他頓了頓，一字一頓道，「因為她是蕭倩玉，專程跟來欣賞咱們的死相。」

眾人有些將信將疑，雖然看不清那女人罩在衣袍中的面目，但聽聲音卻十分陌生，怎麼可能是大家再熟悉不過的老堂主遺孀？

正驚疑間，就聽女人「咯咯」一笑，款款抬手摘下頭上罩著的披麻，露出了蕭倩玉那張既成熟又嫵媚的臉，她的聲音也恢復了本來的音色：「任公子目光如炬，這麼快就認出了妾身的身分，真是令人刮目相看。」

披麻落下，露出了蕭倩玉那張既熟悉又有點陌生的臉。任天翔一見之下立刻明白，方才她是故意改變聲音，沒想到竟真的騙過了所有人。若非她耳邊的吊墜讓任天翔的利眼給認了出來，也不會從聲音上聯想到是她。

這讓任天翔想起了長安大雲光明寺發生的那場大火，以及盧大鵬臨死前高呼的那些話。現在看來，摩門果有模仿他人聲音的絕技，盧大鵬臨死前高呼看到光明神的那些話，顯然是出自摩門高手之口。由於模仿得惟妙惟肖，所以將當時在場所有人的耳朵都騙過了。

「果然是蕭姨！」任天翔嘆了口氣，「沒想到你竟然從長安一直追蹤咱們來到這裏，不知你想做什麼？」

蕭倩玉碧綠的眼眸中突然閃過一絲怨毒，切齒道：「我要看著你們死，用你們的性命祭奠蕭郎在天之靈。」

「蕭堂主是自己剖腹謝罪，跟公子無關。」任俠急忙解釋道。

「是你們逼死了他，不然蕭郎怎會自絕於人世？」蕭倩玉恨恨道，「我要為他報仇，用你們的血來祭奠蕭蕭郎。我一直在暗中等待機會，沒想到老天爺這麼幫忙，不用我動手，就讓你們陷入了絕境。現在你們面前只有兩條路，要麼生生渴死，要麼拿命來換我的水。我倒想看看，在生與死之間，你們究竟是選擇生，還是選擇墨門所謂的義。」

「蕭姨好像忘了我們還有一條路。」任天翔嘴邊泛起一絲壞笑，露出一副無賴嘴臉，「我們還可以搶。」

蕭倩玉咯咯大笑：「我巴不得你們來搶，我就想看看你們這些自詡義字當頭的墨家弟子，在生死大事面前，會不會變得跟強盜一樣，將一切顧忌全都丟到一邊，動手搶我一個弱女子的救命水？我就想看看你們信奉的墨家之義，與你們的性命比起來，究竟孰輕孰重？」

任天翔愣在當場，只看任俠與杜剛沮喪的模樣，就知道他們決不會動手搶別人的東西，這不僅是墨家戒律的要求，更是他們做人的道德底線。

任天翔自己也不能動手去搶，一來沒那本事，二來自己好歹是墨門千年後誕生的第一個鉅子，如果自己在生死面前就拋開墨家戒律，恃強凌弱去搶一個女人，那以後還有何面目領導墨門？何況任俠與杜剛也決不會眼睜睜看著這種事在他們眼皮底下發生。蕭倩玉是看準了墨者嚴格自律的弱點，所以才如此有恃無恐。雖然救命的清水就在眼前，眾人也只能望水興嘆。

任天翔正束手無策之時，就見小薇挺身而出，對蕭倩玉道：「我不是墨家弟子，什麼戒律都跟我沒一文錢關係。你乖乖地給咱們兩袋水救命，不然就別怪姑奶奶不客氣！」

「我好害怕啊！」蕭倩玉誇張地做了個鬼臉，跟著冷笑道，「別說你未必有本事從我手裏搶東西，就算你有，我也不是一個人。」

「你還有幫手？」小薇十分驚訝，轉頭四處看了看，但見沙海茫茫，哪裡還有別的人？她不禁奇道，「你的幫手在哪裡？」

蕭倩玉手捋鬢髮悠然一笑：「所有墨家弟子，都是我的幫手。只要你敢動手搶，不必我出手，他們自會阻止你。」

小薇將信將疑地望向杜剛和任俠，就見二人毫不猶豫地點了點頭，證實了蕭倩玉的話。

小薇十分不解，失聲問：「我只要動手，你們就要幫這個女人？為什麼？」

杜剛正色道：「因為，墨家弟子決不能看著恃強凌弱的事在自己面前發生，只要有能力，就必須出手阻止。」

「你們是不是瘋了？」小薇驚訝道，「寧可不要性命，也要嚴守你們那些所謂的大義？」

杜剛淡淡道：「人生百年，誰無一死，不過早晚而已。如果為了求生就可以不擇手段，那人與獸又有何區別？人之為人，為這天地間最聰明最高貴的生靈，就在於懂羞恥、知榮辱、有節操，守尊嚴。在咱們墨者眼裏，尊嚴、大義、公平，每一樣都比自己性命還要重要，豈會為了多活幾年，就去踐踏這些人世間最根本的原則？在生死大事面前，墨者寧可堅守著人的尊嚴高貴地去死，也不願像野獸那樣卑微，甚至卑鄙地活。」

這幾句話從一向沉默寡言的杜剛嘴裏平淡道來，卻如驚雷，讓所有人啞口無言。

任天翔吃驚地望向杜剛，第一次從他有些木訥的臉上，看到了一種發自靈魂深處的自尊和驕傲。他漸漸有些明白這些墨者的堅守，他們是在追求一種內心的強大和精神的高貴，他們雖然布衣陋食，卻是從春秋戰國那個最為璀璨的時代誕生，歷經千年血雨腥風也未曾中斷，與墨家先聖一脈相承的精神上的貴族！

第一次，任天翔感覺人生中有些東西值得用生命去堅守，他對蕭倩玉淡淡道：「你留著你的水，我留著我的尊嚴，咱們兩不相欠。」說著他轉向同伴，平靜而從容道，「咱們走！」

一行人繼續上路，不再看蕭倩玉一眼。

前方依舊沙海茫茫，看不到一點人類活動的痕跡，更看不到一點綠色，任天翔不斷舔舐著乾裂的嘴唇，努力想要忘掉水的誘惑。

蕭倩玉騎著駱駝與眾人並駕而行，她不時拿起水囊在眾人面前狂飲，甚至將寶貴無比的清水故意倒在眾人的腳下，冷笑道：

「我不信你們能堅持到最後，你們要麼像狗一樣跪到我的面前向我哀求，要麼變成強盜動手來搶。我很想看看，你們最終是要做狗還是做強盜。」

日頭漸漸偏西，又是一天過去，前方依舊看不到任何道路或城郭的影子，而眾人的體力卻已經達到了極限。尤其是傷勢最重的小川，神智已有些模糊，不時發出一兩聲駭人的嚎叫，想要拔刀自殘。眾人只得將他綁在馬鞍上，以免他從馬上摔下來。

那是他們最後一匹馬，另外幾匹馬已經先後倒斃在沙漠中，現在這最後一匹馬也已精疲力竭，不斷在沙土中摔倒，最終徹底臥倒在地，任由怎麼鞭打也站不起來。

任俠默默解下牠背上的馬鞍，將馬鞍連同小川一起抬了下來。眾人默默地看著這最後一個動物夥伴緩緩閉上眼睛，這才心情沉重地轉身離去。

任俠與杜剛將馬鞍繩扛在肩上，拖著已經昏迷的小川率先而行，小薇則扶著越來越虛弱的任天翔緊隨其後，幾個人跌跌撞撞地走在茫茫無邊的沙海中，身邊緊跟著一匹悠然漫步的駱駝，駝峰間，蕭倩玉正捧著一小袋美酒怡然自得地淺飲，她就像盤旋於眾人頭頂的兀鷲般，在耐心地等待著獵物不支倒下。

最先倒下的是任天翔，雖然他胸口的傷並不算嚴重，但從小養尊處優的他，體質怎能跟練武者相比。他最先不支摔倒，滿臉煞白昏迷過去，小薇連忙拍打著他的臉焦急地呼喚：「公子你醒醒，千萬不能睡，現在千萬不能睡，千萬……千萬不要死啊！」說到最後，已是哽咽不能言。

杜剛與任俠急忙過來查看，但見任天翔面如死灰，呼吸已微不可察。杜剛忙示意任俠掰開任天翔的嘴，然後他拔出匕首，在自己手腕上劃開一道口子，將自己的鮮血滴到了任天翔口中。

有液體入口，任天翔本能地舔舐吞咽，片刻後終於悠悠醒轉。突然感覺到口中那黏稠的液體腥鹹有味，睜眼一看，就見自己正在舔舐杜剛手腕上的鮮血。他吃了一驚，急忙推開杜剛的手：「你……你這是做什麼？」

「你方才昏了過去，我只好用這辦法救急。」杜剛說著收回手，小薇急忙撕下一幅衣衫為他包紮傷口，哽咽道：「杜大哥……謝謝你……」

杜剛嘿嘿一笑：「沒事，我體質好，出點血無所謂。」話音未落，他身子一軟突然栽倒，幾個人急忙扶著他躺下，但見他臉色蒼白，嘴唇乾裂發紫，顯然也虛弱到了極點。

水！只有水才能救所有人性命！任俠突然轉向一旁的蕭倩玉，澀聲問：「你方才說你的水，可以用命來換？」

蕭倩玉點點頭：「不錯，一條命，換一袋水！」

「好，我就用一條命，換你一袋水。」任俠說著，拔劍就要橫過自己咽喉，突聽身後傳來任天翔嘶聲高呼：「住手！」

杜剛也吃了一驚，掙扎著坐起身來，虛弱地喝道：「兄弟你瘋了？快住手！」

任俠回過頭，平靜道：「我沒有瘋，如果沒有水，咱們都走不出這片沙漠，與其同死，不如有人做出犧牲，就讓我來領受這份拯救大家的榮耀吧。」

看到任俠臉上那平靜而絕決的神色，任天翔便知他已抱定必死之心。

任天翔急忙厲聲高喝：「住手！立刻給我住手！如果你還當自己是墨家弟子，就不要違抗來自鉅子的命令！」

任俠淡然一笑：「公子，你是墨門千年之後第一位鉅子，承載著墨家弟子千年的希望。墨門誰都可以死，唯有你不能死。作為一名墨士，我得盡一切努力保護你的生命，因為那不單單是你的生命，也是墨門鉅子千年之後的延續。請原諒我要第一次違背你的命令。」

眼看他就要橫劍劃過咽喉，任天翔突然跪倒在地，乾涸的眼眸中滾出兩滴滾燙的淚水，他嘶聲問道：「好！你要死我不攔你，但你先問問大家，你用生命換來的水，我們能不能喝得下去？」

「我喝不下去！」杜剛含淚怒視著任俠，厲聲質問，「我要喝這水，就像是在喝兄弟的血！你若是我，能不能喝下去？」

「我也喝不下去。」小薇哽咽道，「任大哥，這水我寧可去偷去搶去討，也不要你拿命去換！」

任天翔掙扎著走向任俠，一字一頓道：「你拿生命換來的水，我會毫不珍惜地將它倒在這沙漠中，就倒在你的腳下。因為這世上沒有一樣東西，可以比兄弟的性命還珍貴。」

任俠眼中漸漸泛起一層水霧，他無力地跪倒在地，痛苦地自責：「我沒用，我真沒用，不能救鉅子於危難之中，還算什麼墨士？」

任天翔扶起任俠，淡淡笑道：「生死有命，何必要強求？如果我命中注定難逃此劫，那也是冥冥中的天意，說明我並不是墨門等待了千年的鉅子。」

「你們要水救命，不一定要拿命來換啊。」蕭倩玉突然咯咯笑道，「你們只要做一回強盜動手來搶，這裏也沒有多的人，世人不會知道。要不做一回狗跪下來求我，我說不定會善心大發賞你們一點水。」

任天翔淡淡道：「我早說過，你留著你的水，我留著我的尊嚴，咱們誰也別欠誰。」

蕭倩玉臉上閃過一絲頹喪，氣急敗壞地喝問：「為什麼你們都是這樣，將一些空泛無用的信念，看得比感情、比生命、甚至比一切都重要？任重遠是這樣，蕭傲是這樣，現在就連你這個有名的紈褲子，居然也是這樣？墨子究竟有什麼魔力，竟能令千年後的弟子，依然自覺地嚴守著他的信條？」

任天翔臉上泛起一絲驕傲的微笑：「你不會懂，不理解墨子的人永遠都不會懂。其實我對墨子也才剛剛有點膚淺的認識，但這已經足以讓我看穿你所有別有用心的伎倆。你想用慢性死亡的威脅動搖墨者的信念，從精神上摧毀墨門信仰的根基，進而達到改變、收服、利用墨門的目的。你潛伏義安堂多年，無所不用其極，不僅害死了我爹爹，也害死了蕭堂主。但是你什麼目的都沒有達到，墨者還是墨者，即使是深愛著你的蕭堂主，最終也迷途知返，用最慘烈的方式維護了他作為一名墨者的尊嚴。」

說到這，任天翔微微一頓，「你可以等到我們精疲力竭的時候，從肉體上消滅我們，但你永遠也別想在精神上，戰勝一個真正的墨者。」

任天翔轉身就走，不再回頭。

蕭倩玉眼中閃過一絲震驚，因為她從那個她從來就瞧不起的紈褲子臉上，看到了一種由內而外、發自靈魂深處的自尊和自傲，那種睥睨一切、甚至看淡生死的豪情，以前她曾在任重遠身上看到過，但是現在，她從任天翔身上，也隱約看到了那種發自靈魂深處的光芒——那不僅是墨子思想的延續，也是人性中最高貴的精神在閃光。

墨者，精神上的貴族，寧死也不肯低下高貴的頭顱。

戈壁大漠的黃昏浩淼蒼茫，西天晚霞如血，東方卻已昏暗無光。幾個艱難跋涉者終於停了下來，他們的體力已經嚴重透支，身體更是嚴重脫水，明知一旦停下也許就再沒有力量站起，也只能屈服於大自然的規律，他們已經沒有力量再往前走。

五個人橫七豎八地倒在沙漠中，除了微微的喘息，跟死人已相差無幾。蕭倩玉驅使駱駝慢慢來到近前，一一打量著這些不可理喻的對手，現在不需要她動手，這幾個仇人也活不過今夜，但她心中卻沒有大仇得報的快感，只有一絲無奈和失落。她開始相信蕭傲是死於墨者的自律，而不是任何人的逼迫。

「如果你們有人開口求我，我會考慮給他活命的清水。」蕭倩玉打開水袋，故意將水傾倒在眾人面前，「我最後再問一次，有沒有人想要活下去？」

在一陣靜默之後，蕭倩玉終於聽到一個乾啞微弱的聲音：「蕭姨，我、求、你。」是任天翔，因為乾渴，他的聲音就像沙石在乾裂的土地上摩擦。

蕭倩玉嘴邊泛起一絲勝利的微笑，如果墨門鉅子都已開口向自己央求，那整個墨門拜服在光明神面前的日子，就一定不會太久遠。為這個目標，聖教已經謀劃了多年，沒想到今天終於看到了希望。

「你求我什麼？」蕭倩玉騎著駱駝來到任天翔跟前，以勝利者的姿態笑咪咪地問，「聲音太小我聽不見。」

任天翔勉力喘息道：「我求蕭姨，在我死了以後，救救小薇。她不是墨家弟子，跟你也無冤無仇，希望蕭姨心存一絲憐憫，救救這個可憐的醜丫頭。」

蕭倩玉的笑容僵在臉上，她愣了半晌，突然嘶聲道：「我偏不救，既然你決心要死，那就帶著遺憾去死吧！」

任天翔還想央求，小薇已吃力地爬到他面前，無淚哽咽道：「公子，你、你不肯為自己低頭，卻為了小薇向仇人哀求？」

任天翔嘆息道：「是我害了你，你跟這些江湖恩怨本沒有半點關係，是我貪圖你這不要工錢的傻丫鬟服侍，私心將你留在身邊，沒想到最終害你……」

「公子別說了！」小薇突然捂住了任天翔的嘴，「你不用內疚，因為我接近你本來就別有用心。不過現在，我倒是真的有幾分喜歡你了，你雖然是個小無賴小混蛋，但卻是個有良心有底線的混蛋，死到臨頭還在為別人考慮。還從來沒人這樣關心過我，我、我好開心……」

任天翔啞然一笑：「橫豎是死，能開開心心地死，也算不賴。」

見二人在死亡面前，竟然相擁而笑，蕭倩玉氣得渾身發抖。她突然跳下駱駝，拔刀指向小薇咽喉，對任天翔冷笑道：「如果她死在你前面，不知你還笑不笑得出來？」

任天翔一聲輕嘆：「天琪如此善良，卻怎麼有你這麼惡毒的母親？」說著他轉望小薇，柔聲問，「怕嗎？」

小薇搖搖頭：「有你在，我什麼都不怕。」

任天翔輕輕將她擁入懷中，對蕭倩玉道：「蕭姨，其實我很同情你。」

「同情我？」蕭倩玉愣了一愣，以為自己聽錯了。

就聽任天翔輕聲道：「沒錯，我同情你。只有未曾感受過憐憫和溫情的人，心中才沒有憐憫和溫情。你見不得別人幸福快樂，說明你從未有過幸福和快樂。」

蕭倩玉僵在當場，臉上陰晴不定。她想起了與蕭傲相戀的日子，那是她一生中最快樂的時光，但那樣的日子實在太短暫，為了聖教的大業，她毅然離開了蕭傲，成為了任重遠的女人。從此，二人近在咫尺，卻心隔天涯，她再沒有幸福快樂過，心中只剩下為聖教獻身的悲壯。

她的眼中突然閃過一絲冷酷的寒光，嘶聲道：「你說得不錯，這輩子既然不能跟蕭郎在一起，我也就見不得別人幸福快樂地在一起。你們兩個必定有一個要先死，快說，誰先死？」

任天翔與小薇相視而笑，對這問題已不屑於回答。

蕭倩玉氣急敗壞地揚起了刀，正待揮刀刺下，突聽極遠的天邊傳來了隱隱的雷聲，像潮水般延綿不絕，漸漸清晰可聞。

現在不是春夏，不該是打雷的季節，而且戈壁大漠水汽稀薄，更難在天空形成雷雨。蕭倩玉有些奇怪地望向雷鳴的方向，就見黃昏那朦朧的天宇下，不知何時多了一群跳躍的黑點，像潮水般洶湧而來。隨風傳來的除了奔雷般密集的馬蹄，還有獵犬興奮的狂吠。

那一群騎手漸行漸近，漸漸能看清他們的甲冑和服飾。蕭倩玉認出那是范陽精銳騎兵的服飾，不禁失笑道：「看來想要殺你的人還不少，看在天琪的份上，我乾脆就讓他們代勞，免得將來天琪知道後，對我這個母親心生怨恨。」

說著，蕭倩玉收起刀，翻身跨上駱駝退到一旁。

不多時，就見一百多名虎賁營將士縱馬趕到，將所有人包圍起來。領頭的將領打量著場中情形，見任天翔五人一動不動地癱在地上，顯然是因乾渴而虛脫。一旁卻還有個披麻戴孝、精神飽滿的女人騎在駝背上袖手旁觀，這情形實在令人看不明白。

「誰是長安來的密使任天翔？」那將領高聲喝問，目光卻是望向一旁那個女人。

他知道地上幾個人已經只比死人多口氣，要他們回答顯然不太現實。就見那女人往地上一個人一指：「他就是！」

那將領抬起手，做了個格殺勿論的手勢，身旁副將低聲問：「那個女人呢？」

那將領木然道：「少將軍有令，不留一個活口。」

那副將臉上泛起一絲淫笑：「既然如此，不如讓兄弟們先樂樂。奔波了好幾天，兄弟們早憋壞了。」

見主將沒有反對，那副將向身旁幾個早已躍躍欲試的心腹一揮手，幾個人立刻縱馬向蕭倩玉包圍過去。

蕭倩玉見狀急忙喝道：「喂喂喂，你們要幹什麼？我跟任天翔不僅沒任何關係，相反，他還是我的大仇人。」

幾個騎手根本不理會蕭倩玉的解釋，嘻嘻哈哈地調笑道：「美人別害怕，我們不會傷害你，只要你跟咱們玩玩。」

從那些騎手像狼一樣放光的眸子中，蕭倩玉終於明白了自己的處境。不過她也非尋常女人，雖置身於無數淫性大發的獸兵中間，卻也並不慌亂。見兩個騎手爭先恐後向自己衝來，伸手便想將自己拖下駱駝，她腰間的彎刀立刻嗆然而出，左右橫掃迅若閃電，刀鋒輕快地掠過二人咽喉。就見兩個騎手縱馬衝出幾步後，便從馬鞍上一頭栽了下來，伏在沙中再不動彈。

正在興奮高叫的一百多名虎賁營騎兵突然靜了下來，他們沒料到一個看起來弱不禁風的女子，竟然有如此犀利的刀法。就見她橫刀喝道：「誰要再敢無禮，別怪姑奶奶刀下無情。」

領頭那將領狼眼中閃過一絲驚訝，向手下輕輕一揮手，幾名騎手立刻又衝了過去，拔刀指向蕭倩玉。這一次，他們已有所防備，蕭倩玉雖然武功比他們高出一大截，奈何馬戰非她所長，胯下的駱駝也比不上戰馬靈活，被十幾個騎手連番圍攻，頓時陷入左支右絀的苦戰。

眾騎手也顧忌蕭倩玉凌厲的刀法，不敢過分緊逼，只輪番遊鬥，消耗她的體力。蕭倩玉幾次想要突圍，但駱駝的速度比不上戰馬，幾番衝殺只不過又砍翻幾個騎手，卻始終不能逃脫。

眼看眾騎手越逼越近，而那個眼神銳利如狼的主將還沒有出手，蕭倩玉便知今日再無倖免，堅持下去不過拖延點時間而已。她眼珠急轉，苦思脫身之計，突然看到地上躺著的幾個人，她眼中陡然一亮，急忙摘下駝鞍旁的水囊扔過去，低聲輕呼：「救我！」

水囊落在小薇身邊，她連忙拿過水囊拔掉塞子，對著嘴狠狠灌了一大口，然後將水囊湊到任天翔嘴邊，將救命的清水一點點灌入任天翔口中。餵完任天翔，她又連滾帶爬來到幾個同伴身邊，將水一一灌入他們的口中。

眾騎手忙著圍攻蕭倩玉，大多沒有看到小薇的舉動，就算看到，也暫時無心理會。清水入喉，幾個人便感覺生命的活力漸漸在恢復，不過他們依舊躺著未動，只是默默地調息，以便讓身體儘快從缺水的虛弱中恢復過來。

「啊！」那邊傳來蕭倩玉一聲驚叫，她被一個悍勇的騎手從駝背上生生拖了下來。落地後雖然一刀將之斬殺，但失去坐騎，她越發陷入被動，只能手舞彎刀拼命招架。

眾騎手見她如此悍勇，片刻間已連殺己方數人，心中也有顧忌，便都將她圍在中間，不敢過分緊逼。

領頭的將領見已方數十人，竟然奈何不了一個女人，不禁一聲輕喝：「退下！」眾騎手讓開一條路，就見那將領從馬背上一躍而起，在半空中腰刀已「嗆」一聲出鞘，借下墜之勢凌空下斬，迅捷威猛，狀若天神。蕭倩玉急忙舉刀相迎，兩刀相接，就聽「噹」一聲巨響，蕭倩玉彎刀應聲折斷，一口鮮血脫口而出，雙腿一軟坐倒在地，再無反抗之力。

眾騎手哄然歡呼，爭先恐後地撲上前，競相撕扯蕭倩玉的衣衫。蕭倩玉拼命掙扎，驚慌失措地高呼：「救命！快救命！」

眾騎手哄堂大笑，紛紛調笑道：「美人兒，現在這時候，除了神仙還有誰會來救你？」

話音剛落，那個已撲到蕭倩玉身上的副將，突然感覺身後漸漸靜了下來。他好奇地回頭望去，就見方才還像死人一樣癱在地上的幾個人，正掙扎著慢慢站了起來。他們依然還很虛弱，但卻以一種不容抗拒的口吻低聲道：「放開她！」

那副將愣了一愣，突然爆出一陣狂笑，捂著肚子哈哈笑問：「放開她？憑什麼？」

領頭那年齡最長的漢子淡淡道：「就憑一個墨者的決心。」

那副將又是一陣狂笑，雖然對方的眼神透著無比的堅定威嚴，但方才還只比死人多口氣，現在幾乎一陣風就能吹倒的傢伙，能有多大的威脅？那副將挑釁似地將手伸向蕭倩玉高聳的胸脯，咧嘴笑問：「我要不放呢？」

話音未落，周圍的騎手便看到方才還搖搖欲倒的漢子，突然變成了一道虛影射了出去。跟著就聽「啪」一聲脆響，他陡然停在了那副將面前，二人面對面相對不及一尺。副將的佩刀已拔出一半，剛好擋在胸前，巴掌寬的刀面已彎成了曲尺，裂開甲胄深深地嵌入了副將的胸膛，那漢子的拳鋒就抵在彎曲的刀面上，可以想見若非被刀面所阻，它一定已將人體洞穿。

副將滿臉懷疑地看看自己胸口，再看看面前正氣凜然的對手，然後像灘爛泥一樣慢慢軟倒在地，連一聲慘叫驚呼都沒來得及發出。所有人都目瞪口呆地靜了下來，他們也算是出生入死的悍勇之輩，見過各種各樣的武功，卻從來沒有見過如此霸道威猛的一拳。

「這……是什麼拳法？」領頭的將領滿臉震駭，澀聲輕問。就見對方緩緩收拳，淡淡道：「它叫義門唐手。」

「義門……唐手？」領頭的將領一聲讚嘆，「好凌厲的拳法，不知閣下怎麼稱呼？」

那漢子淡淡道：「在下不過是義門一無名小卒，賤名不足掛齒。」

那將領微微頷首，拱手一禮道：「北燕門燕寒山，非常佩服閣下拳法。只可惜少將軍有令，你們都得死，不然我倒真想交你這個朋友。」

那漢子咧嘴一笑：「要想殺我們，現在只怕沒那麼容易。」

燕寒山點點頭，陰陰一笑道：「不錯，如果現在要殺你們，確實要付出不小代價。不過我可以等。」

「等什麼？」

「等你們體內的水分再次消耗殆盡。」

說著，燕寒山向眾手下一揮手：「撤！」

片刻之間，一百多虎賁營騎士便縱馬呼嘯而去，他們不僅帶走了受傷戰死的同伴和所有的馬匹駱駝，也帶走了所有的水囊，沒給任天翔他們留下一滴水。

第四章 獲救

在旁人眼裏，這簡直就像是神秘莫測的巫術，
他突然想起幾百年前在赤壁大戰中作法借東風的諸葛孔明，
顯然這千門高手也是能看透天象的智者。
想到這，任天翔心中突然一個激靈：
難道千門中也有類似的修煉術？

「趁咱們還有體力，繼續走！」任俠說著，依舊拉起躺著小川流雲的馬鞍率先而行，方才他一直仗劍守在小川和任天翔身邊，雖然沒有出手，但他的氣勢已震懾了范陽鐵騎，加上杜剛一拳擊斃虎賁營副將，技驚全場，也令他們不敢再輕易冒險。

任天翔抬首眺望西方，頷首道：「不錯，希望在咱們倒下之前，能夠找到新的水源，或者趕到朔州。」說著他轉向蕭倩玉，就見她倒在地上，幾次掙扎也無法站起。燕寒山那一刀已經將她五臟六腑震傷，短時間內只怕無法恢復。

「我的傷不礙事，」任天翔對攙扶自己的小薇道，「你去扶蕭姨，把她也帶上。」

「憑什麼？」小薇瞠目質問道，「方才她眼睜睜看著咱們渴死，也不願給咱們一點水救命。若不是她陷入危險要咱們出手相救，也決不會給咱們一滴水。現在杜大哥已經幫她打退了那些禽獸，咱們跟她已兩不相欠。不找她算賬就已經便宜了她，憑什麼還要救她？」

任天翔知道小薇說得在理，以恩怨分明的江湖規則來說，蕭倩玉不僅是自己的殺父仇人，更是整個義安堂的敵人，不趁人之危向她尋仇就已經夠仗義了，出手救她確實有些說不過去。現在體力對每一個人來說都很寶貴，如今蕭倩玉身負重傷，義安堂眾人必須犧牲寶貴的體力才能帶上她，這簡直是拿自己的命去救仇人的命，難怪小薇不答應。

但她畢竟是天琪的母親，任天翔又怎忍心將她拋下？正猶豫著不知如何說服小薇，就見杜剛已拉過來一副馬鞍，那是方才范陽軍將士從一匹死馬身上卸下的馬鞍。

杜剛將馬鞍拖到蕭倩玉身旁，然後對小薇道：「現在她只是一個需要幫助的傷者，一個差點被禽獸凌辱的女人，咱們能忍心看她再落入那些禽獸之手麼？」

小薇啞然，她也是女人，那些獸兵的舉動令她既噁心又恐懼，再看到蕭倩玉滿臉慘白，衣衫破碎的樣子，她突然有種感同身受的憐憫。默默過去將她扶上馬鞍，小薇心有不甘地恨恨道：「我是因為後面那些禽獸才救你，要是沒有他們，我才懶得管你是生是死。」

蕭倩玉喘息著冷笑道：「我不會領你們的情，你以為你們以德報怨捨命救我，就能讓我敬佩感動，在你們面前心懷愧疚？錯，我只會笑你們傻，像你們這麼傻的人居然還活在江湖上，也算是個奇蹟。」

「你……」小薇氣得滿臉煞白，抬手就想一巴掌摑在蕭倩玉臉上，卻被身旁的杜剛一把捉住了手腕。

就見杜剛將馬鞍繩扛在自己肩上，對蕭倩玉的嘲諷若無其事地答道：「我們救你，並不是要你感激或改變什麼，只是源於一個理由——我們是墨者。」

蕭倩玉怔了一怔，冷笑道：「原來墨者都是些恩怨不分的傻瓜，難怪幾千年來你們活得很憋屈，不僅朝廷不容你們，就是江湖上對你們也沒什麼好感。你們前邊救了別人，轉過頭別人就將你們出賣，這樣的事在你們身上已經發生過很多次，就是最蠢的傻瓜也知道改變了，你們為什麼還不知悔改？要知道現在這世上騙子實在太多，傻瓜越來越不夠用，遲早有用完的一天。」

面對蕭倩玉最惡毒的嘲笑和譏諷，杜剛若無其事地淡淡道：「墨者不是傻瓜，只是他們有一個堅定的信念，是這種信念將他們和普通人區別開來。」

蕭倩玉冷笑道：「是什麼信念？」

杜剛骯髒污穢的臉上，突然泛起一種自信和驕傲的微光，一字一頓道：「擔當公平的最後守護者，做這天地的良心。」

拉起馬鞍慢慢踏上西去的旅途，杜剛不再浪費體力說話，所有人都沒有再開口。因為他所說的那個信念，已經足以解釋墨者的所作所為。

驕陽似火，烈日如焰，將整個天地變成了一個大火爐。昨晚還寒冷刺骨的沙漠，白天就變成了炙熱的世界。任俠拉著小川，杜剛拖著蕭倩玉，小薇攙扶著任天翔，一步步往西蹣跚而行，他們不知還要走多遠，只知道昨天喝下的水，最多只能再堅持兩天。

在眾人身後不遠處，幾名范陽遊騎在不緊不慢地尾隨著。他們一點也不著急，大隊人馬趁正午天熱之際紮營避暑，只由幾名遊騎兵遠遠尾隨跟蹤，在茫茫無際的戈壁荒漠中，幾個沒有坐騎又帶著傷者的人，是不可能逃過戰馬的追蹤。

「看！那邊好像有樹！」走在最前面的任俠突然停了下來，抬手遙指前方。眾人手搭涼棚極目望去，果見前方地平線盡頭，隱隱約約出現了零星的樹木，在確信那不是海市蜃樓後，幾個人不禁加快了步伐。有樹的地方必有水源，這是沙漠裏的常識，只要找到水源，他們就有信心一直走到朔州。

他們每個人身上都還有乾糧，所以糧食不是大問題，最要命的是水。

黃昏時分，六個人終於來到那片樹林前，但見無數枯木猶如猙獰怪獸，張牙舞爪地矗立在漫漫沙漠之中。那是一片早已不知枯死了多少年的胡楊樹，雖然早已經沒有一點生命的跡象，依舊屹立不倒。

眾人滿腹希望轉眼變成了無盡的絕望，胡楊是沙漠中最耐旱的植物，它們的根系可達地下十多丈，只要有一點水分它們就能生長。如果連它們都已經全部枯死，那說明地下至少十多丈範圍內，水分早已經蒸發殆盡，不可能找到一滴水。

幾個人疲憊地在胡楊樹下躺了下來，精疲力竭地喘著粗氣。任天翔回頭看看來路，對不遠處那幾個等著他們倒下的遊騎恨恨地啐了一口，對眾人喘息道：「休息一個時辰，等天黑再走。」

天色漸漸暗了下來，大漠變得朦朧一片。幾個人相互鼓勵著，強迫自己啃著乾餅，將乾得像石塊泥土的烙餅強行咽下肚。然後靠在胡楊樹旁閉目養神，只有任天翔睜著一雙依然閃亮的眼眸，在苦思脫困之策。

夜晚的風漸漸大了起來，在胡楊林中發出嗚嗚的怪叫，像無數厲鬼在林中穿行。一條枯枝受不住風的摧殘，「喀嚓」一聲突然折斷，剛好落到任天翔腳邊。

任天翔撿起枯枝，若有所思地望著在烈風中搖曳的枝條，再看看烈風吹來的方向和頭頂的月亮，他的眼睛漸漸亮了起來。

「快起來！」任天翔一聲輕呼，杜剛與任俠應聲而起，拔劍戒備。見四周如常，范陽鐵騎並沒有趁夜偷襲，二人舒了口氣，喃喃問：「誰在說夢話？」

任天翔對二人招招手：「我有辦法逃過范陽鐵騎的追蹤了。」

二人忙問：「什麼辦法？」

任天翔拍拍身旁一棵胡楊樹，悠然笑道：「砍樹！」

幾棵樹幹筆直、粗細合適的胡楊樹被砍倒下來，在任天翔的指揮下，杜剛與任俠將兩棵樹加工成船形，並將它們用橫杆榫接起來。乾枯的胡楊樹十分輕巧，卻異常堅固，正因為如此，才能在枯死之後屹立百年不倒。

杜剛與任俠並不知道任天翔要做什麼，但他們對這個史上最年輕的鉅子充滿了信賴，在任天翔的指揮下，他們的作品漸漸有了一個雛形，框架有點像海上見過的雙體船，只是缺少風帆。

任天翔滿意地打量著自己的即興之作，這不是墨子古卷中記載有的東西，但墨子古卷中關於守城器械的設計和製造圖，給了他最初的靈感，他想，墨子既然能將平常之物巧妙打造成各種器械和工具，那自己為何不能將身邊可用之材，變成幫助自己的工具呢？

杜剛與任俠雖然按照任天翔的指揮，將幾棵枯樹加工安裝了起來，卻還是沒看出它有何用處。就見任天翔脫下自己的外袍，然後綁在那東西豎著的桅杆上，二人這才看明白，它依稀像是一艘雙體船。

二人對望一眼，都從對方眼中看到同樣的懷疑——鉅子是不是因為乾渴發瘋了？竟然大半夜叫咱們在沙漠中造一艘船？

「我沒有瘋，」任天翔像是看透了二人的心思，悠然笑道，「將船底削平、打磨光滑，它們就能在沙中滑行。」

任俠遲疑道：「可是沒有風，它們如何滑行？」

任天翔肯定地道：「明日一定有風，而且是颶風。」

任俠奇道：「你怎麼知道？」

任天翔指指天上的月亮：「月影昏暗有暈，明日必起大風。」

任俠抬頭看看月亮，再看看一臉自信的任天翔，有些將信將疑：「公子怎麼知道這些？」

「我就是知道。」任天翔嘴邊露出了他那標誌性的微笑，「前日大風之前的夜晚，月色便是昏暗有暈，許多年前我在西域沙漠，也曾見到過同樣的現象。」他頓了頓，遲疑道，「準確說，我當時其實並沒有注意這些，只是現在突然想起了這些以前從未注意過的細節，它們就像我昨天剛剛看到過一樣清晰。」

這是修煉《心術》後產生的效果，不僅能觀察到常人難以留意到的細節，甚至能回想起多年前早已遺忘的資訊，它們總是在最需要的時候，從塵封已久的記憶角落冒出來。準確說是高速運轉的大腦，可以在更短的時間內，搜索到更多、更深、更久遠的記憶碎片，並在瞬間進行甄別、判斷和歸納，發現表象之下隱藏的「規矩」，並巧妙運用這些「規矩」為自己服務。

不過，任天翔沒有對任俠和杜剛做更詳細的解釋，他知道這道理對沒有修煉過《心術》的人來說，根本就無法理解。在旁人眼裏，這簡直就像是神秘莫測的巫術，只有達到這種境界的智者，才能相互理解和溝通。

他突然想起了幾百年前在赤壁大戰中裝神弄鬼、作法借東風的諸葛孔明，顯然這千門高手也是能看透天象的智者。想到這，任天翔心中突然一個激靈：難道千門中也有類似的修煉術？

任俠與杜剛雖然並不能理解，但任天翔已經無數次展露過這種神秘莫測的能力，令二人對他產生了一種近乎盲目的信任。二人脫下自己的外袍，像任天翔一樣將它們綁上桅杆，但見這艘沙漠中的船所有零件俱已齊備，就欠吹向西方的颶風了。

黎明時分，沙漠中果然刮起了西南方的強風，看苗頭有超越前日那場風暴之勢。不用任天翔吩咐，幾個人七手八腳將「船」抬到空曠處，然後將受傷的小川和蕭倩玉抬到船上，齊心協力推著船順風而行。

任天翔在船上操控著風帆的方向，讓它吃上更多的風力。就見這艘粗陋的雙體船終於在沙子上緩緩滑行，最終不靠人力也順風滑行起來。

「哈哈，成功了！」任天翔一聲歡笑，心中充滿得意。

小薇一面幫著任天翔操持風帆，一面向杜剛和任俠招手：「快上來！」

二人使勁又推了幾步，讓船滑行更迅速順暢，這才跳上沙船。

但見沙船順著風勢越行越快，在沙海中飛速滑行。幾個人剛開始對風帆的操縱還有些不熟，不過很快就掌握技巧，以風帆控制著沙船滑行的方向，向西高速急行。

身後傳來隱約的馬蹄聲，夾雜著雜亂的狗吠。顯然追兵已經發現了眾人的企圖，正縱馬追了上來。但見身後昏黃的天地間，上百快騎朦朧的身影在漫天沙塵中時隱時現，漸漸逼近，領頭的正是倒提長刀、殺氣騰騰的燕寒山。

「不行，船太重，速度起不來。」杜剛望著漸漸接近的追兵，突然拔刀在手，對任天翔毅然道，「我下去擋住追兵，為你們贏得時間。」

「我也去！」任俠說著也拔劍而起。小薇急忙喝道：「等等，就算要減輕重量，也該先將那個女人扔下去再說。」說著就要將蕭倩玉推下船，誰知杜剛與任俠不等任天翔阻攔，已搶先跳下船，消失在漫天風沙之中。

船體一輕，速度陡然加快，剎那間將身後的追兵和杜剛、任俠拋下老遠。

聽到狂風中隱約傳來兵刃的碰撞和隱約的慘呼，小薇不禁哭著向蕭倩玉打去：「都是你都是你都是你，要是杜大哥和任大哥有什麼三長兩短，我一定要你為他們抵命！」

蕭倩玉沒有還手也沒有躲閃，只是遙望杜剛和任俠消失的方向，眼中隱約有一絲異樣的微光……

風勢漸漸弱了下來，沙船的速度越來越慢，直到最後停止。不過任天翔已不再擔心追兵，因為方才那持續了近一個時辰的颶風，早已將追兵拋下老遠，颶風也吹散了沙船滑過的痕跡和他們身上留下的氣味，相信就是最好的獵犬，也再找不到他們的蹤影。

任天翔下得沙船，取下風帆繫在船頭上，然後吃力地拉起船想要繼續前進。小薇忙阻攔道：「你瘋了，你身上有傷，而且手無縛雞之力，如何能將兩個人拉出這沙漠？」

任天翔笑道：「你會幫我，不是嗎？」

小薇點點頭：「我可以幫你拉小川，因為他不僅是你朋友，還救過你的命。但是我憑什麼要拉那個女人？她不僅想要咱們的命，還害得杜大哥和任大哥為了救她而下落不明。你除非將那個女人留下，不然我不會幫你。」

任天翔柔聲道：「你也知道杜大哥和任大哥，為了救包括她在內的所有人寧可犧牲自己，他們要是知道你將一個重傷不能行的同伴拋下，會作何想？」

「她不是我們的同伴！」小薇急道，「她是我們的仇人，我們已經救了她很多次，再救她，也許會將我們自已也搭上。」

「也許在你杜大哥和任大哥這些墨者心目中，根本就沒有什麼仇人。」任天翔遙望來路輕聲道，「在他們心目中，每一個弱者都需要幫助。哪怕有時候因不得已而殺人，也是為了扶弱抗強，救助更多的人。」

小薇想了想，跺足道：「好吧，我就跟你一起犯回傻，但願老天爺開眼，看在咱們一片善心的份上，讓咱們儘早走出這片可惡的大沙漠。」

二人拉起沙船掙扎著繼續向前，只可惜老天爺似乎並沒有因他們的善舉而動心。一個時辰後，二人精疲力竭地摔倒在地，幾乎再無力站起。二人拼盡全力，也僅拉著沙船走出不到十里。前方地平線盡頭，依稀出現了朦朦朧朧的城郭，但就這個距離，他們已無力再跨越。

「實在對不起，我們已經盡力了。」任天翔渾身癱軟地靠在船頭，對一直昏迷不醒的小川愧疚道。

小川似乎聽到了他的聲音，睫毛微顫，緩緩睜開了眼睛。他的目光望向極遠的東方，啞著嗓子澀聲道：「如有可能，請將我的骨灰送回故土。」

任天翔不忍讓他失望，握著他的手笑道：「你放心，我一定會將你送回故土。」

小川放下心來，腦袋一歪又暈了過去。

就在這時，突見蕭倩玉慢慢站了起來，扶著桅杆跳下了沙船。經過長時間的休養，加上她缺水的時日很短，她的體力已經基本恢復，身上的傷也早已不是大問題。

小薇有些驚訝地望著早已恢復的蕭倩玉，氣得破口大罵：「好你個姦婦，明明已經恢復，卻還故意躺在船上讓我們拉你。我們如此好心待你，你卻將我們當成了傻瓜！」

「你們本來就是傻瓜！」蕭倩玉咯咯大笑，「現在你們是不是很後悔？後悔信了墨子那些愚蠢的信條，最終反而害了自己？」

小薇氣得還想破口大罵，卻被任天翔握住了手。就見他對蕭倩玉淡然笑道：「我沒有後悔，因為我已開始體會到像杜剛、任俠那些真正的墨者一樣的情懷，相信重新再來一次，我們依然會救你。」

蕭倩玉愣了一愣，突然拔刀喝道：「死到臨頭還要嘴硬，你以為救了我，我就不能殺你？」

面對恩將仇報的蕭倩玉，任天翔若無其事地笑道：「我們救你的時候，本來就沒有想過要什麼回報。你當然可以做你心中想做的任何事，根本不必有任何顧慮。」

蕭倩玉臉上陰晴不定，握刀的手緊了又緊，不過終究還是未能砍下去。她收起刀冷笑道：「我就是不殺你，你們也走不出這片沙漠，有什麼比眼看著城郭就在前方，卻再也沒有力量走到更痛苦的呢？」說完，蕭倩玉咯咯大笑轉身就走，往西大步而去。

風徹底停了下來，二人相擁而坐，默默地望著地平線盡頭那隱約的城郭，心中異常平靜。現在他們已沒有力量再走那麼遠，而且就算有，他們也不可能丟下昏迷不醒的小川。二人默默地望著天邊那澄淨得不帶一絲雜色的碧藍天宇，心情也像是融入到那片藍天一樣的寧靜。

小薇輕輕靠在任天翔肩上，突然沒來由地問：「公子，你以前有過多少女人？」

任天翔想了想，搖頭道：「記不清了，只記得從我懂事開始，身邊好像就沒少過女人。」

「她們中間，你都喜歡過誰？」小薇疲憊得直想睡過去，只有問些心中早已想問的問題，才能勉強令自己保持清醒。

任天翔想起了可兒，想起了丁蘭，想起了小芳，想起了高原上的仙子仲尕，也想起了記憶深處許許多多或模糊或清晰的面孔和名字，直到想起那個舞中的仙子，他的心突然隱隱一痛。默然良久，他微微搖頭道：「沒有，一個也沒有。」

「我不信！」小薇嗔道，「你不喜歡她們，怎麼會和她們在一起？」

任天翔眼中突然有種莫名的傷感：「因為我寂寞。」

「寂寞？」小薇有些不解，「為什麼會寂寞？」

任天翔目光落在極遠的天邊，良久方黯然道：「我在青樓長大，雖然青樓一直都很熱鬧喧囂，人來人往，但我卻很孤獨。母親每天都要應酬到深夜，所有人都在尋歡作樂或強作歡顏，沒人有功夫關心一個小孩的喜怒哀樂，哪怕我故意在她們的衣衫上塗上墨水，或往客人的茶杯裏吐口水，他們發現後也最多是扇我兩巴掌，從來不問我為什麼要那樣做。」

任天翔輕輕嘆了口氣：「後來我回到任重遠身邊，他是義安堂堂主，更沒有時間陪我。義安堂每一個人好像都有自己的事，我只好去外面交朋友。我結交了長安城一幫和我一樣無所事事的紈褲，整天混跡青樓妓寨，用熱鬧喧囂填補心中的空虛，用虛情假意彌補精神的失落。但是在每一次歡娛之後，心中只剩下更大的空虛和寂寞，必須用更大的刺激才能填補。」

「我陷入了一種惡性的循環，」任天翔輕嘆道，「吃喝玩樂成了我生命的全部，我不能停下來，因為一旦停下，就會陷入一種無所事事的空虛、寂寞和無聊之中。我害怕這種感覺，因此不斷追逐各種各樣的女人，結交和我一樣無聊空虛的朋友，用各種虛幻的幸福來麻痺自己，直到變成一具感覺遲鈍麻木的行屍走肉。」

小薇似懂非懂地問：「那……寂寞究竟是一種什麼樣的感覺？」

任天翔想了想，遲疑道：「就像自己是這個世界可有可無的過客，世上的一切都跟自己沒什麼關係。你活著沒有人在意你，你死去也沒有人會記得。你不知道自己究竟為什麼要活在這個世上，即使置身於最奢華的盛宴，左右抱擁著最美麗動人的女子，你依然感覺自己是孤獨的一個人，沒有人真正在乎你心裏在想什麼，更沒有人關心你心中的喜怒哀樂。」

任天翔眼中那一抹發自靈魂深處的寂寞和憂悒，令小薇心中莫名悸動，她怔怔地望向任天翔，突然低聲問：「那……你能不能告訴我，你心裏在想什麼？」

任天翔抬首望向天邊，幽幽嘆道：「在我離開長安之前，一直是衣食無憂、無所事事、麻木無知的紈褲，美酒美色鮮衣怒馬是我人生最大的喜好，只是這樣的生活，在旁人眼裏或許值得豔羨，對自己來說卻如同行屍走肉。直到我離開長安，嘗到貧窮和饑餓的滋味後，便將財富作為自己的第一追求，為財富殫思竭慮，不惜甘冒奇險，甚至是不擇手段。但是當我開始擁有巨大財富後，財富對我來說又變得索然無味，沒甚稀奇。」

任天翔說著，從項上摘下那枚伴隨了他很多年，也鼓勵了他很多年的「開元通寶」，用複雜的眼神翻來覆去看了片刻，然後一揚手將它扔出老遠。

望著那枚銅錢消失在黃沙之中，他收回目光繼續道：

「後來因為妹妹受洪邪欺負，我又把掌握權力，做個人人敬畏的權貴當做人生新的目標。很走運我做到了，成了皇上跟前的紅人，與公卿大臣稱兄道弟，與王公貴族把酒言歡。在外人眼裏我很威風，但其實我自己最清楚，多大的官其實都是狗，只是等級不同，大官伺候皇上，小官伺候上司，每天必須以主人的喜怒哀樂為自己的喜怒哀樂，主人叫咬誰就咬誰，叫打滾撒歡就打滾撒歡，不然輕則被主人冷落，被同僚欺凌，被下屬輕看，重則身家性命不保。」

說到這，任天翔幽幽一聲嘆息，「所以我心裏其實非常理解安祿山，沒人願意永遠做狗，只要有機會，誰不想堂堂正正地做個自由自在的人？」

小薇忙寬慰道：「現在公子被撤了官職，以後也就不用再侍候誰了。做義安堂的老大也挺威風，也不用曲意奉承任何人。」

任天翔啞然一笑，搖頭道：「以前我也是這樣想，但是後來我讀了墨子留下的那些著作，尤其理解了那些文字之下透出的思想之後，我才知道墨家鉅子不是一種權勢，而是一種責任和擔當。墨門內部沒有俗世中那樣的尊卑上下，只有職責的不同。」

見小薇有些似懂非懂，任天翔解釋道：

「雖然墨子沒有在遺著中明確說明他創立墨家學說的本意，但我想一千多年前，墨子也與我有過同樣的苦惱。人是天性自由的高貴生靈，從來就不習慣像狗一樣的生活，但是這世界到處都是上下尊卑，是君君臣臣父父子子，是用刀劍和鮮血維護的森嚴等級，大多數人不得不屈服於這種牢籠一般的秩序，或心甘情願或麻木不仁或全力維護這種狗一樣的生活。只有少數人以天性的自由反抗這種秩序，他們有的如陶淵明那樣逃入深山做隱士，有的則像安祿山那樣起兵造反，自己做人，讓天下人做狗。陳勝王『王侯將相寧有種乎』的名句，和楚霸王『彼可取而代之』的豪言，不知激勵著多少如安祿山這樣的梟雄，以登上權力的巔峰作為人生最高理想。只有墨子，千年來只有墨子一人，既沒有逃避，也沒有想要凌駕於天下人之上，他發出了自己最樸素的聲音——人不分幼長貴賤，皆天之臣也！在上天面前，天子與庶民並無尊卑貴賤，只是職責不同。他藐視一切尊卑等級，決心要將這種平等的理念傳遞給世人，所以他著書立說，並身體力行，以自己絕頂的智慧幫扶弱小，抗擊強權，他不光自己要做人，還要全天下的人都做人！」

任天翔眼裏閃爍著敬仰的微光，仰天長嘆：「與墨子的追求比起來，無論是遁世的隱士，還是成就霸業的帝王，都不過是過眼雲煙，唯有墨子的追求和理想，千年來一直激勵著無數嚮往自由、追求平等的熱血男兒，他們不光自己要頂天立地地做人，而且還要讓天下所有人，都來做這種有自尊、有平等、有自由的人！」

小薇眼中有種異樣的光芒在流轉，遙望虛空喃喃道：「難怪杜大哥和任大哥他們，跟別人是如此的不同，讓人既敬佩又放心。他們雖然身著布衣草鞋，卻如最富有最高貴的紳士，在任何情況下都堅守著心底的信條。」

任天翔頷首道：「墨者不光有強烈的正義感，更有擔當道義的決心和勇氣。這個世界，有人追求財富，有人追求權勢，有人追求名望、有人追求成仙得道。唯有墨者是在追求一種內心的強大和精神的完滿，他們自認是公正的最後守護者，也是這個世界的良知。唯有如此的擔當和榮耀，才能令他們捨生忘死，義貫雲天！」

小薇悠然神往，跟著又好奇問道：「慷慨赴義說起來簡單，卻不是每個人都能做到。墨子是如何讓眾多弟子做到這點呢？」

任天翔沉吟道：「每一個人心中都有最基本的良知，那是人之本性，只是在塵世中被各種外在的力量壓抑或蒙蔽。墨子所做的，就是將人心底最本真的良知和正義感激發出來，並從中遴選出正氣充沛的高潔之士，作為墨家弟子悉心培養。這種人具有人類最高貴的精神和節操，像太史公筆下的荊軻、豫讓、聶政等人，便是其中代表。墨子所做的便是將他們從碌碌大眾中發掘出來，將他們的義烈和忠勇，引導到墨者的理想上來，讓他們肩負起守護公正的重任，成為這天地的良心。」

小薇似有所悟，喃喃自語道：「難怪人們在最軟弱無助或遭受冤屈的時候，總是呼喚天地良心天地良心，原來他們是在呼喚公正的最後守護神——墨者？」

任天翔微微頷首道：「我想，也許在墨家學說流傳廣播的先秦時代，人們便是以天地良心來呼喚墨者。只是在危機面前，義烈忠勇的高潔之士，總是先於碌碌大眾而死，加上歷代朝廷的殘酷打壓，墨學漸漸式微，人們只記得『天地良心』這個詞，卻已忘了它最初的來歷。」

小薇突然有些擔憂起來，望著任天翔囁嚅道：「那……公子既為墨門鉅子，是否也誓要做這天地的良心？」

任天翔一愣，突然不知該如何回答。默然良久，他遲疑道：「雖然我很敬仰墨者的義烈和忠勇，但我自己……恐怕很難做到。」

小薇暗自鬆了口氣，笑道：「是啊，做天地的良心，這個擔子實在太重，非大智大勇大仁大善者不能做。公子最多算有點小聰明，還是做個平常人為好。」

小薇這貌似平常的一句話，卻令任天翔心中微微一蕩，突然泛起一絲從未有過的暖意。他輕輕握住小薇的手，柔聲道：「我會努力做一個平常人，只要你高興。」

小薇臉上突然有些羞澀，嗔道：「你要做什麼人跟我有什麼關係？為什麼要我高興？」

任天翔望著她沒有回答，他知道有些問題已不需要回答。

二人默然相擁良久，任天翔突然輕聲道：「小薇，你還有體力，也許能走出這片沙漠。你走吧，只要能走到有人的地方就可以得救，也就可以找人來救我們。」

小薇微微搖頭，輕聲道：「我不走，我怕我走不出這片沙漠，或者就算走出沙漠，也來不及找人來救你。你說你最怕孤獨和寂寞，所以我決不會丟下你獨自離開。從今往後，我不要你再有任何孤獨和寂寞，哪怕是與你共赴黃泉。」

任天翔心中突然湧起一種異樣的情愫，情不自禁將小薇緊緊擁入懷中，雖然沙漠的黃昏開始寒冷起來，但兩個人靠在一起，卻感覺非常溫暖。

一陣突兀而來的馬蹄聲，打破了二人靜謐相擁的寧靜。

抬頭望去，就見前方十餘名彪悍的騎手正風馳電掣而來，領頭是一個年近六旬的魁梧老將，古銅色的國字臉上鑲嵌著一雙睿智深邃的丹鳳眼，頷下半尺長的飄飄髯鬚已染上邊關蒼茫的風霜，令他看起來煞是威武。肩上披著的玄色大氅在風中獵獵飛揚，使他的威武中又多了幾分瀟灑飄逸。

十餘名騎手在數丈外勒住奔馬，領頭的將領沉聲問：「誰是任天翔任大人？」

也許是自己撤職的消息還沒傳到這朔北邊疆，所以對方才依舊稱自己為「大人」。任天翔掙扎著站起身來，點頭道：「是我，不知將軍是……」

「朔方節度右兵馬使郭子儀，見過任大人。」那老將不亢不卑地拱手一拜。

郭子儀？這名字好熟！任天翔突然想起，正是他不久前密奏朝廷安祿山欲反，差點害自己掉了腦袋。不過從事實來看，這姓郭的還真沒看錯。而且對方身為朔方節度右兵馬使，級別僅在節度使一人之下，卻沒有一點架子，讓任天翔心中頓生好感。

見幾名騎手除了隨身的佩劍，並沒有攜帶長兵器或長弓箭羽，顯然不是外出打獵或巡邏，他不禁奇道：「郭將軍怎麼知道我們在這裏，專程趕來救援？」

郭子儀答道：「是一個受傷的女人，專程到軍營來稟報，說任大人受傷在此。末將不知真假，便匆忙帶著幾名隨從趕來查看，沒想到真找到了大人。我看大人身上有傷，須得儘快回去救治。」說著他一招手，幾名隨從立刻翻身下馬，將坐騎讓給了任天翔三人。

任天翔與小薇對望一眼，立刻猜到那是蕭倩玉，沒想到這女人最後竟然救了他們一回，看來再鐵石心腸的人，也都會有被感動的時候。

見幾名隨從已將小川扶上馬鞍，任天翔搶過一個隨從遞來的水囊，仰著脖子灌了個痛快，這才抹著嘴喘息道：「我還有兩個同伴，落在後面沒有跟上來。還請將軍派人隨我去找，而且務必要多帶人手。」

郭子儀奇道：「為什麼要多帶人手？」

「我們在沙漠中被范陽鐵騎追上了。」任天翔掙扎著爬上馬鞍，急切地道，「他們為了擋住追兵落在了後面，我們得趕緊去救他們。」

郭子儀一驚：「范陽鐵騎追殺你們？安祿山反了？」

「恐怕是這樣。」任天翔嘆道，「請將軍務必儘快去救我的同伴，再晚就來不及了。」

郭子儀想了想，回頭對兩名隨從吩咐：「你們先送傷者和女人回城，然後率大軍趕來接應。」說完他轉身向其餘隨從一揮手，「我們走！」

任天翔見郭子儀僅帶十幾個人就要走，急忙提醒：「范陽騎兵有百多號人，將軍就帶這幾個人豈不是送死？」

郭子儀沉聲道：「救人如救火，片刻耽誤不得。咱們人數雖少，卻都是精力充沛的生力軍，范陽鐵騎由千里之外追到這裏，早已人疲馬乏，人數再多也是強弩之末，有何可懼？」說著他對眾隨從一擺手，「走！」

任天翔雖從未帶過兵，但立馬就理解了其中道理，他心中再無顧忌，急忙縱馬追了上去。

噩耗

第五章

在洪邪的帶領下，任天翔來到香積寺後方一座小山丘，
但見山上有新墳一座，墳前僅有的一塊木牌上，
歪歪斜斜地刻著幾個大字——愛妻任天琪之墓，夫洪邪泣立！
任天翔呆呆地望著面前的新墳，始終不敢相信這是事實。

烈日當空，陽光毒辣，廣袤無垠的沙海中，十幾具屍體散落在方圓十丈範圍，方才還被鮮血染紅了漫漫黃沙，如今已被風沙淹沒，只剩下一地的蕭瑟。

任俠與杜剛背靠背坐在一起，需要相互依靠才能保持現在的姿勢。他們已無力再站起，但就算是這樣，四周那上百名范陽鐵騎依舊不敢上前，方才那一場惡戰，已經令這些悍勇的戰士膽寒，他們不敢再發起新的衝鋒，只等著烈日蒸發掉敵人身上最後那一點水分，在極度虛弱後束手就擒。

「看來，咱們今日要命喪於此了！」杜剛一聲輕嘆，雖有遺憾，卻無一絲膽怯。

「我不想落到這幫畜生手裏受辱，」任俠微微喘息道，「既然難逃一死，我想要死得有尊嚴一點，還請兄長幫我。」

「好！」杜剛說著，將刀鋒反手擱到任俠脖子上，淡淡道，「兄弟也俐落點，黃泉路上，咱們兄弟也好有個伴。」

任俠吃力地抬起劍，反手將劍橫於杜剛咽喉，就聽杜剛平靜道：「我數一二三咱們一起。」一見任俠微微點了點頭，杜剛平靜地數道，「一、二……」

「等等！」任俠突然輕喝，「你聽！」

杜剛側耳細聽，終於聽到遠處隱隱傳來的馬蹄聲。二人極目望向西方，就見漫天風沙的天地間，十餘名騎手正快速馳來，領頭的是一個身披玄色大氅的魁梧老將，雖然看不清面目，但從他那矯健的騎姿和頷下那飄飄的髯鬚，依然能領略到他的威武。

范陽鐵騎剛開始有些緊張，不過在看到對方僅有十餘人時，卻又放下心來。燕寒山留下一半人馬繼續包圍著杜剛和任俠，自己則帶五十多名將士迎了上去，遙遙喝問：「來者何人？」

郭子儀在十餘丈外勒住奔馬，朗聲答道：「朔方節度右使郭子儀，特來迎接任天翔任大人的兩名隨從。」

燕寒山看到了郭子儀身旁的任天翔，他悄悄向手下比劃了個包抄的手勢，這才淡淡道：「在下奉安將軍之命，千里追蹤朝廷要犯任天翔到此。郭老將軍既然已將任犯拿獲，還請交給末將帶回范陽，以便向安將軍覆命。」

郭子儀沉聲道：「這裏是我朔方地界，范陽軍憑什麼越界抓人？安祿山的命令只在范陽、平盧、河東三鎮有效，卻還指揮不到我朔方軍的頭上。」

燕寒山淡淡笑道：「早就耳聞郭將軍威震邊關多年，在抵禦突厥南侵的戰爭中屢建奇功，末將一向仰慕得緊。不過現在你僅帶十餘人，就要從咱們一百多名虎賁營精銳手中將我們的俘虜帶走，將軍是不是也太狂妄了？你雖是朔方軍右兵馬使，但咱們一向只遵安將軍將令，旁人軍階再高，在咱們眼裏依然屁也不是。」

郭子儀若無其事地淡淡道：「本將軍不敢指揮范陽將士，只是想帶走任大人的兩個同伴。」

「我也不想冒犯將軍，只想帶走欽犯任天翔。」燕寒山見手下已差不多完成了對郭子儀等人的合圍，越發得意道，「還請將軍儘快交人，不然末將只好得罪了。」

郭子儀冷眼注視著范陽鐵騎的異動，冷冷喝問：「在朔方地界欲攻擊本將軍，安祿山莫非是要造反不成？」

燕寒山乃安慶緒心腹，對即將發起的叛逆心知肚明，如今見郭子儀已陷入己方重圍，他更加有恃無恐，陰陰笑道：「在這茫茫大漠，只有用實力才有資格說話。我最後再問一次，將軍交不交出任天翔？」

見范陽鐵騎已開始緩緩逼近，郭子儀立刻拔劍在手。

朔方軍將士剛開始只是趕去接任天翔，並沒有攜帶長兵刃，一旦開戰，兵刃上必吃大虧。不過十幾名朔方將士毫無懼色拔劍在手，緊隨主將身後，做好了戰鬥的準備。

郭子儀沒有回頭，悄然對身後的任天翔低聲道：「任大人待會兒請緊跟在末將身後，現在咱們先衝出重圍，再過去救人。」

話音剛落，郭子儀已仗劍拍馬，縱馬向燕寒山衝去。他身後十幾名隨從立刻應聲而動，一言不發直撲十餘丈外的范陽鐵騎。朔方軍戰馬奔馳殺意凜然，卻沒有一人吶喊呼號，其冷靜和從容，與常人迥異。

直到衝入范陽近前，才聽郭子儀一聲輕喝：「殺！」

兩名范陽將士搶先迎上前，以長矛分刺郭子儀面門和腰肋。但見郭子儀直等矛鋒刺到面門不及一尺，才突然側頭閃避，同時側身讓過腰肋那一刺，跟著左臂夾住刺到腋下的長矛，右臂揮劍橫掃，戰馬的衝力加上他驚人的臂力，竟將那范陽騎兵攔腰砍成兩段。

郭子儀馬不停蹄，在生生奪過對手長矛的同時，隨手以矛柄將他也擊於馬下，跟著縱馬直奔燕寒山。

范陽將士人數雖眾，但經長途跋涉，早已人疲馬乏，實力大打折扣。加上燕寒山又分了一半兵力包圍杜剛和任俠，面對朔方軍十幾名精銳，原妄圖聚而圍之，如今朔方軍一旦集中兵力，在主將率領下發動進攻，真正抵擋朔方軍正面衝擊的就只有十餘人。

但見朔方軍將士面對早已人困馬乏的對手，簡直就如同狼如羊群，范陽將士根本抵擋不住，包圍圈頃刻間便土崩瓦解。

燕寒山眼看朔方軍就要突圍而出，急忙拔刀親自上前阻擋。見郭子儀長劍迎頭劈到，他本能地舉刀上迎，就聽「噹」一聲巨響，郭子儀衝擊之勢終為他所阻，但他胯下的戰馬卻因連日奔波，再受不了這一記重擊，雙膝一軟突然跪倒，將燕寒山從馬鞍上摔了下來。

郭子儀彎腰又是一劍，卻被燕寒山就地一滾僥倖避過。他不再與之糾纏，長劍一揮，率眾衝出重圍，直奔數十丈外被圍的杜剛和任俠。

留下的范陽將士看到了朔方軍衝破包圍的這一幕，由於對方實在太快，根本來不及趕上去支援。不過他們也是范陽精銳，立刻將兵力集中在一起，以雁形陣式向郭子儀迎了上來。

兩軍相近不到十丈之時，郭子儀突然舉劍左右一揮。朔方軍十餘騎立刻分成兩股，往左右分散開來。一股隨郭子儀繞到右方，一股則在一名小校率領下從左方迂迴。

他們仗著比范陽騎兵的戰馬體力更充沛，速度也更快，避開范陽騎兵兵鋒正面，從兩側迂迴襲擊其兩翼，范陽騎兵由於兵力過於集中，前方的騎手隨敵而動想要調頭，後方的騎手卻還不知敵情繼續仍往前衝，前後隊形立時出現了一絲的混亂。

郭子儀準確地抓住了對手隊形混亂的短短一瞬，立刻揮劍衝入敵陣，另一側的朔方將士也配合默契，同時向范陽軍陣發起了衝鋒。兩股兵鋒猶如兩支利劍，在范陽軍陣中合成一處，丟下被衝得混亂不堪的對手，向不遠處的杜剛和任俠疾馳而去。

幾名留守的范陽騎手匆忙迎上來，卻哪裡抵得住如狼似虎的朔方精銳。轉眼便被擊於馬下，跟著兩快騎縱馬馳過杜剛與任俠，兩名朔方騎兵伸手將他們拉到了馬鞍上。

「走！」郭子儀揮劍一聲高呼，十餘名隨從立刻緊隨著他縱馬疾馳而去，燕寒山重新登上一匹戰馬，率眾氣急敗壞地迎上來。奈何朔方軍不再戀戰，仗著馬力比范陽將士充沛，縱馬避開兵鋒，往西迅速撤離。

「追！」燕寒山氣急敗壞地高聲厲喝，率范陽鐵騎緊追不捨。只可惜己方戰馬體力不濟，朔方軍即便帶著兩名傷者，范陽騎兵也追之不及。

一追一逃衝出百里，燕寒山遙見前方地平線盡頭，依稀出現了隱約的旌旗，顯然是朔方的援軍已然趕到。他急忙勒住奔馬，恨恨地遙望著郭子儀與援軍會合後，這才悻悻地一擺手：「撤！」

任天翔方才一直緊跟在郭子儀身後，將他指揮十幾名朔方將士，從上百名范陽精銳騎兵包圍之下將杜剛和任俠搶救出來的整個過程，看得是清清楚楚。就見這郭子儀雖然年近六旬，體力依然不輸壯年，尤其對戰場形勢的判斷、指揮，以及決戰時的勇氣，皆顯露過人的才幹，而跟隨他的十幾名朔方軍將士，也表現出極高的軍事素養。

任天翔曾以為范陽精銳騎兵是大唐帝國戰鬥力最強的邊軍，現在才知道，至少這十幾名朔方軍將士，無論從個人戰力還是從戰場戰術上，都已經明顯勝過范陽精銳騎兵。

「任大人怎麼會出現在這裏？」在回城的路上，郭子儀減緩騎速，與任天翔並駕齊驅。

任天翔忙將自己奉密旨捉拿安祿山，結果被他逃脫，最終功虧一簣的過程簡單說了一遍。郭子儀聞言臉色微變，勒馬問道，「這麼說，安祿山本已有反意，經你這一嚇，他必定會立刻起兵造反？」

任天翔苦笑道：「我想不出他還有什麼理由不反。」

郭子儀愣了片刻，突然在馬腹上重重一踢，回頭對任天翔輕呼：「快隨末將去見安大人。」

郭子儀口中的安大人，便是朔方節度使安思順。

當任天翔在靈州見到他時，突然嚇了一跳，就見他長得跟安祿山十分相像，除了沒安祿山那麼肥，年紀比安祿山大上一截，活脫脫就是另一個安祿山。

聽完任天翔簡短的彙報，他臉上一陣陰晴不定，望向郭子儀問道：「將軍是什麼意思？」

郭子儀忙道：「大人，你是安祿山族兄，安祿山突然造反，對大人十分不利。若想洗脫嫌疑，須立刻以八百里加急快報，將安祿山可能起兵造反的消息速速飛報朝廷，讓朝廷儘早做好準備。除此之外，末將建議由我親自率一支奇兵，穿過漠北沙漠直抵范陽首府幽州。無論安祿山有沒有舉兵，此舉必定會打亂他的部署，為朝廷排兵佈陣，贏得寶貴的時間。」

安思順臉上一陣怔忡，默然半晌方道：「安祿山造反，目前還只是揣測，而且還是任大人的一面之詞。派人飛奏朝廷也就是了，貿然動兵風險實在太大，一來沒有朝廷旨意，朔方軍就越界襲擊友軍，此乃死罪；二來，就算安祿山確有反意，咱們集全軍之力也不過六萬餘人，還得留兵守衛地方，而僅范陽一地兵馬就不下十萬，勞師遠襲豈不是以卵擊石？」

郭子儀急忙道：「末將率兵遠襲幽州，並非是要攻下范陽首府，只是意在騷擾，令叛軍不敢放手南侵，為朝廷贏得寶貴的時間。末將懇請大人予我一萬輕騎，末將定能拖延叛軍半個月。」

安思順想了想，還是搖頭道：「以一萬兵力投入十萬包圍，更是白白送死。你損兵折將不要緊，朝廷要追究下來，本官豈不擔著天大的責任？為今之計，咱們還是守好地方，飛騎速報朝廷，等候朝廷旨意方為上策。」

郭子儀還想爭辯，安思順已抬手道：「你別說了，本官主意已決，你退下吧。」

安思順丟下眾人逕自回府，將郭子儀和任天翔丟在中軍大帳。郭子儀呆呆地愣了半晌，不禁扼腕嘆息：「庸臣誤國，庸臣誤國啊！」

任天翔雖然沒有帶兵打過仗，卻也知道郭子儀的建議確實是拖延叛軍南下、為朝廷贏得時間的妙策，見左右已無他人，他便湊到郭子儀跟前，悄聲道：

「這安大人既為安祿山族兄，將軍何不起兵將之拿下，爾後率軍遠襲幽州。以後朝廷就算怪罪下來，也可辯解是怕安大人與叛軍有勾結，所以才不得已先發制人。」

郭子儀嚇了一跳，急忙道：「安祿山作亂，跟安大人沒有半點干係，豈可悍然興兵？再說，安大人於我有恩，如今這非常時期，我也不能趁人之危，以下犯上。」

任天翔還想再勸，郭子儀已斷然道：「你別再說了，再有類似言語，末將只好以動搖軍心之罪將大人扣押。朔州的事務，我與安大人自會處理，不知任大人下一步有何打算？」

任天翔見郭子儀主意已決，只得作罷。雖然他一方面不屑郭子儀的迂腐，但另一方面卻又十分欣賞對方的忠義。尤其這次遠赴范陽，見到沿途所過州府兵將懈怠，武備廢弛，一旦安祿山造反，只怕無人可以抗敵。在沿途所見諸軍中，唯有朔方軍訓練有素，戰鬥力不凡；在沿途所見諸將中，也唯有郭子儀有大將之材，將來平叛的重任肯定要落到此人身上。加上他又是自己和杜剛、任俠的救命恩人，所以任天翔想了想，正色道：

「我得即刻趕回長安，向聖上回報。不過在離開之前，我有一物要贈與將軍，以謝將軍救命之恩。」

郭子儀雖然遠在邊塞，卻也知道任天翔是長安城有名的暴發戶，他所擁有的「陶玉」早已天下馳名。以為任天翔是要以金銀珠寶為謝，郭子儀忙擺手道：

「舉手之勞，何足掛齒？任大人有心謝我，不如儘快趕回長安，將安祿山造反的消息儘快通知朝廷。大人請在此歇息一晚，明日一早，末將就送大人出城。」

任天翔沒有再多言，聽從郭子儀安排去官驛休息。

當天夜裏，他憑著記憶寫下墨子遺作中的《九攻》，他從與郭子儀短暫接觸中已看出，郭子儀是個擅長於進攻的將領，若以墨子所著從未流傳於世的《九攻》相贈，必能讓他如虎添翼。

第二天一早，郭子儀果然親自來送任天翔出城。在郊外分手道別之時，任天翔將寫下的墨家《九攻》遞到郭子儀面前，正色道：「這東西若在旁人手裏，便如同廢物一般，但若在將軍手中，必能發揮奇效。在國家危難關頭，將軍或許能用得上它。」

「這是什麼？」郭子儀好奇地接過來，草草看了兩眼，眸子中漸漸放射出驚詫和敬佩的光芒，顫聲問，「這……這兵書，你是從何得來？它是何人所著？」

任天翔笑道：「將軍別管從何得來，只說它可有價值？」

郭子儀微微頷首道：「博大精深，字字珠璣。倉促間，我也說不出它有多好，只覺得就像在茫茫黑夜中，一束閃電照亮了夜空，讓子儀胸中有種豁然開朗的感覺。子儀帶兵多年，讀過的兵書汗牛充棟，卻沒有一部給過我這種感覺。」

任天翔見郭子儀果然識貨，徹底放下心來，拱手笑道：「既然如此，那它也算找到了真正的主人。不瞞將軍說，這是千年前墨家祖師墨翟所著從未流傳後世的墨家兵書。望將軍善加運用，將來或可憑它建功立業，拯救天下於危難之中。」

郭子儀點點頭，仔細收起兵書，對任天翔拱手道：「大人贈書之德，子儀永世難忘！」

二人拱手作別，任天翔帶著杜剛、任俠、小薇踏上了回長安的歸途。

四人雖然都有傷在身，但經一晚歇息後，車馬勞頓已無大礙。唯有小川傷勢太重，所以任天翔只能將他暫且留下，托郭子儀為他療傷照顧，等他傷勢復原，再回長安與眾人會合。

一路無話，十天後，四人出現在長安郊外，看到那熟悉的城郭，任天翔心情陡然間愉悅起來。即便走遍天下，這座給了他最多回憶和故事的繁華城市，依然是他最喜愛的地方。

眼看長安在望，幾個人不由快馬加鞭歸心似箭，眼看就要趕到城下，任天翔卻突然勒馬停了下來。

雖然還離著好幾里，他已經看到城門外堵了無數車馬，既有商販，也有攜兒帶女的百姓，人們正排著隊等待進城。任天翔記得除了重大的節慶日子，城門外很少這樣擁堵，除非是一種情況，那就是守城的兵卒在嚴格盤查，因而將人們滯留在了城門外。

任天翔心思急轉，立刻就想到最大的可能，便是安祿山謀反的消息已經傳到京城。他心中掛念留在城中的兄弟和妹妹，急忙縱馬來到城門外，正想辦法插隊早點進城，卻見一個衣衫襤褸的少年撞到自己馬前。

二人四目交對，任天翔才認出，這少年竟然是小澤，許久不見，他長高了不少，嘴上甚至冒出了淡淡的絨毛。

任天翔正要相認，卻見他使了個眼色，然後轉身就走。任天翔心知有異，忙控馬緩緩跟了上去，小澤來到城門守軍看不到的地方，這才回頭道：

「公子好險，現在城裏到處都在抓你，你竟然還敢進城？幸好季先生令我到城門外等你，不然你不正好自投羅網？」

「抓我？為什麼？」任天翔十分意外。

「安祿山造反的消息已經傳到京城，聖上在楊相國鼓動下，正讓御前侍衛總管嚴祿在城中大肆搜捕私交安祿山的叛黨。」小澤小聲道，「你在楊相國眼裏是頭號叛黨，自然是在通緝搜捕之列。」

任天翔呆了一呆，忙問：「那義安堂兄弟和焦大哥他們沒事吧？可曾被抓？」

小澤忙道：「幸好季先生早有準備，發現勢頭不對，立刻帶大家出城避禍。不過，出城時，還是跟嚴祿所率的御前侍衛幹了一仗，損失了幾個弟兄，這才僥倖逃了出來。如今義安堂的主要人物都已經撤出長安，城中就只留下一些無足輕重的外圍弟子，倒也不怕朝廷責難。現在從城裏逃出來的主要骨幹，正藏身郊外的一處寺廟，季先生特令我和另外兩個兄弟，在幾個城門外等候公子。」

任天翔一聽這話，連忙將小澤拉上自己馬鞍，急道：「他們在哪裡？快帶我去！」

在小澤的指點下，幾個人來到長安南郊一處名叫香積寺的釋門寺廟。這寺廟原是為紀念淨土宗導善大師而建，寺中高高的導善塔，與長安城南門遙遙相望。雖然這香積寺有些來歷，但因地處偏僻，加上聖上一向敬道抑佛，因此寺中香火零落，罕有香客來訪。不過這寺廟的方丈原是個犯了事的江湖客，當年曾得任重遠之助在此隱居下來，是義安堂值得信賴的朋友，因此這裏便成了義安堂眾人臨時的落腳點。

當任天翔在觀中見到眾人安然無恙，一顆懸著的心才悄然落地。更讓他驚喜的是褚剛也在，問起別後情形，才知褚剛自范陽與任天翔等人分手後，照約定趕回長安報喜，沒想到剛回到長安，安祿山起兵造反的消息便接踵而來，這才與義安堂眾人一起出城避禍，總算等到任天翔回來。

任天翔見洪邪和洪勝堂幾個長老都在，卻不見妹妹任天琪，忙笑問：「天琪呢？怎麼沒看到她？知道三哥回來也不出來迎接？」

見眾人神情有異，欲言又止，任天翔心中突然閃過一絲不安，忙問洪邪道：「我妹妹怎麼了？是不是又是你欺負她？」

洪邪淚珠在眼眶中打轉，突然跪倒在地，哽咽道：「我沒用，沒能保護好琪妹，三哥你……你殺了我吧！」

任天翔驚訝地望向眾人，就見季如風神情沉重地低聲道：

「不能怪洪堂主，那日御林軍和御前侍衛在城中搜捕安黨，楊國忠公報私仇，將公子你也當成安祿山一黨。咱們只得拼死殺出城來，不僅祁山五虎中的『金剛虎』崔戰、『笑面虎』吳剛、『瘦虎』李大膽不幸戰死，小姐也因為身懷有孕，激戰中動了胎氣，出城後就不幸小產，母子雙雙俱亡……」

任天翔頭目一陣暈眩，不由自主往後便倒。連日來的奔波疲憊，加上乍聞噩耗的打擊，令他當場暈倒。

小薇急忙將他扶住，義安堂眾人則手忙腳亂地救助，片刻後，他終於悠悠醒轉，雙目空洞地望著虛空，半晌方澀聲問：「天琪……現在在哪裡？」

在洪邪的帶領下，任天翔來到香積寺後方一座小山丘，但見山上有新墳一座，沒有墓碑沒有修葺，顯得十分簡陋。墳前僅有的一塊木牌上，歪歪斜斜地刻著幾個大字——愛妻任天琪之墓，夫洪邪泣立！

任天翔呆呆地望著面前的新墳，始終不敢相信這是事實。

小薇見他面如死灰兩眼空茫，不禁含淚道：「公子你心裏難過，就使勁哭出來吧，你這樣子讓小薇很害怕。」

任天翔怔怔地望向小薇，神情從未有過的怪異，眼神空洞地喃喃自語：

「難過？我不難過。我現在心裏只有仇恨！我在前方為朝廷出生入死，為抓捕安祿山殫思竭慮、九死一生，李隆基和楊國忠居然將我當成安祿山一黨！他們冤枉我不要緊，卻連我朋友和妹妹也不放過！我恨我自己為啥要像狗一樣幫他們做事？安祿山反不反跟我有什麼關係？他要搶的是李唐江山，是楊家的富貴，跟我半點關係也沒有！我恨我自己非要依附朝廷，追權逐利，不僅害死了朋友，也害死了天琪。」

小薇見任天翔神情如癡如狂，眼神從未有過的駭人，她不禁嚇得連連後退，顫聲道：「公子你不要嚇我，你……你現在這個樣子，很讓人害怕。」

任天翔怔怔地愣了半晌，突然拔劍跪倒在墳前，對著木牌上妹妹的名字，一字一頓道：「天琪你聽好，無論是誰害死你，就是天王老子我都要為你報仇。我要做不到，就不是你三哥！」說著長劍立劈，將木牌一劈兩半，然後回頭對洪邪厲聲喝道，「你要還是男人，就跟我進城，去找害死天琪的李隆基和楊國忠算賬！」

洪邪愣了一愣，擦乾眼淚毅然點頭：「好！我跟你去！」

「等等！」有人在身後突然開口，卻是現任義安堂堂主季如風。

任天翔不等他再開口，已抬手阻止道：「我知道季叔要說什麼，無非就是國家危難之際，個人恩怨應該暫且放下。」

季如風輕輕嘆了口氣：「鉅子既然懂得這個道理，也就不用季某再廢話。」

任天翔微微頷首道：「不錯，繁榮已久的大唐帝國，現在已是危如累卵。咱們這次范陽之行，沿途所過州府俱是武備廢弛，兵員缺失，就連弓箭刀槍也都堆在倉庫中生銹。而范陽鐵騎卻早已籌備多年，兵強馬壯糧草充足，軍中上下戰意熊熊，一旦揮師南下，必定勢如破竹，直逼長安。」

任天翔說到這，微微一頓，突然冷笑道：「但這跟我有什麼關係？如果這個國家不僅不保護我的親人和朋友，反而害死了他們，那麼它就不是我的國家。這樣的國家，它是滅亡還是動盪，我都不會放在心上。現在，我只想為我的朋友和妹妹復仇，殺人者償命，就是天王老子也不能例外，這不正是天地間最基本的公平？墨者自認是公平的守護者，若連自己的公平都維護不了，談什麼維護天下人的公平？」

季如風默然半晌，無奈嘆道：「鉅子就算要復仇，也需仔細謀劃，從長計議。」

「好！」任天翔淡淡道，「現在我急需要休息，大家也都早些休息，明日一早，我希望季叔能給我一個仔細謀劃好的計畫。」任天翔說完，再不理會眾人，徑直大步離去。

第二天一大早，當遠處傳來公雞第一聲打鳴，任天翔便從朦朧中醒來。其實這一整夜他基本沒睡，只要一合眼，就會想起天琪小時候的往事，就像昨天一樣清晰。

聽到黎明時的雞叫，任天翔開門而出，見季如風和褚剛等人已等在門外。季如風低聲道：「大夥兒已在後殿等候，就等你醒來。」

任天翔點點頭，隨季如風來到後殿，就見義安堂和洪勝堂幾名長老，以及包括杜剛、任俠在內的幾名墨士和褚剛等人，俱已等在那裏，看他們的樣子顯然一夜未眠。

見他進來，眾人連忙起身相迎。任天翔示意大家坐下，然後才緩緩入座，靜等大家開口。

厲不凡清了清嗓子，最先開口道：「小姐的意外我們也很難過，所以非常理解公子現在的心情，望公子節哀順變，早點從悲痛中走出來。」

任天翔微微搖頭道：「我現在心裏不悲痛，只有仇恨，若不能讓殺人者償命，我永遠不會從這仇恨中走出來。」說著，他的目光從眾人臉上徐徐掃過，「我知道大家的心思，都希望我暫且將這仇恨放下，以國家、以天下百姓為重。只可惜天琪不是你們的妹妹，所以你們體會不到我現在的心情，你們更不是天琪，體會不到她此刻的感受。所以如果有人再想勸我放下仇恨或以大局為重的話，我要請他免開尊口，不然就不再是我任天翔的朋友。」

說到這，任天翔長身而起，對眾人淡淡道：「不過，這是我個人的仇恨，跟墨門沒有多大關係，所以你們也不必為難。願意追隨我向李隆基和楊國忠復仇的，我非常歡迎，不願意的，我也非常理解，撇開這件事，我們依然是好兄弟。」

「說得好！」任天翔話音剛落，祁山五虎之首的焦猛就拍案而起，昂然高叫，「捨得一身剮，敢把皇帝拉下馬！任兄弟，我們沒有看錯你，報仇的事算上我和老五，祁山五虎雖然本事低微，卻還有滿腔熱血。殺害了咱們兄弟的凶手，就是天王老子，咱們也要潑他一腔熱血，殺不了他也要噁心他一下！」

任天翔點點頭，目光從眾人臉上徐徐掃過，就見褚剛也站了起來，沉聲道：「我追隨兄弟多年，早已將兄弟的事當成是自己的事，兄弟的仇自然也就是我褚剛的仇。」

任俠與杜剛也先後站起，就見任俠微微笑道：「公子不以鉅子身分復仇，我也不以墨士身分追隨。我和杜大哥性命乃公子所救，就算還給公子也理所應當。」

洪邪也緩緩站了起來，嘶聲道：「天琪死得淒慘，復仇的事，我這個做丈夫的當然是當仁不讓。我願追隨三哥，為天琪討個公道！」

任天翔對幾個人微微點了點頭：「好！咱們走！」

「等等！」

有人突然開口，任天翔循聲望去，是義安堂碩果僅存的幾個長老之一的歐陽顯。

就見他正氣凜然地站起身來，對眾人緩緩道，「鉅子此去，顯然是要謀刺當今聖上和楊相國，是要將個人的私仇凌駕於國家民族之上。難道在座的墨家弟子，就沒有一個人想要阻止？」

在歐陽顯目光逼視下，義安堂眾人有的低下頭，有的則將目光悄悄轉開，不敢面對歐陽顯的目光。

就聽歐陽顯沉聲道：「昨晚咱們討論了一整夜，一致認為小姐之死是個意外，就算要復仇也不能是現在。試想如果鉅子僥倖得手，皇上和楊相國雙雙斃命，天下豈不大亂，誰還能阻止范陽叛軍？鉅子不以本門大業為重，冒然孤身犯險，萬一失手，在座諸位豈不是都是義門的罪人？你們若因鉅子一時的固執和堅持，就眼睜睜看著他去送死，還算什麼義門中人？」

說著，歐陽顯猛地轉向任天翔，義正詞嚴道，「不管別人怎樣，至少在我歐陽顯這裏，你不能為所欲為！」

眾人盡皆啞然，望著對峙的二人不知如何是好。一旁的焦猛見任天翔受阻，立刻拔刀喝道：「放肆！誰敢對我兄弟無禮？再不讓路，莫怪焦某不客氣！」

朱寶也拔出兵刃，對歐陽顯虛張聲勢的比劃：「快閃開，不然莫怪朱五爺手下無情。」

話音未落，就見歐陽顯已拔出長劍，左右兩劍將焦猛和朱寶的兵刃格開，還想趁機教訓一下這兩個渾人，卻見褚剛已拔刀擋住了他的劍，二人飛快地交換了兩招。

褚剛武功比起義安堂長老來還是稍遜一籌，不得已被逼退了一步。歐陽顯還想趁勢追擊，卻見一旁任俠與杜剛已同時出手。任俠的劍壓住了歐陽顯的劍鋒，而杜剛也擋在了他的面前。

三人這一交手，洪邪和義安堂眾人也都紛紛拔出了兵刃，雙方各執兵刃虎視眈眈，火拼之勢一觸即發。就在這時，突聽厲不凡一聲斷喝：「混賬！還不快住手？」

任俠與杜剛急忙收手退後，歐陽顯也悻悻收回手。厲不凡扼腕嘆息道：「多少年了，義門還從來沒有出現過這種事，難道你們竟然要內訌嗎？」

任俠與杜剛默默低下頭，洪邪也悻悻地退開，歐陽顯卻爭辯道：「我只是想教訓兩個不知天高地厚的渾人，沒想到義門弟子竟然站在了外人那邊。」

焦猛、朱寶聞言破口大罵：「你他媽說我們是外人？老子跟著公子賺錢的時候，你還不知道在哪裡呢！」說著作勢又要上前理論。

眼看雙方又要陷入爭執，季如風急忙站到中間，先示意歐陽顯收起劍，然後對焦猛、朱寶道：「兩位兄弟莫要見怪，這裏沒有外人，大家都是一起從長安城闖出來的好兄弟。」

想起自己二人能從御前侍衛包圍下衝出長安，多虧了義安堂眾人之力，焦猛與朱寶這才悻悻地收起兵刃。

季如風見雙方敵意稍消，這才對任天翔拱手道：「公子，歐陽長老說得雖然有點過激，卻也是為義門、為鉅子、為天下人考慮，還望鉅子三思。」

「我主意已決，莫說三思，就是三十思三百思也還是那樣。」任天翔神情異常堅決，目視眾人肅然道：「如果因為我是你們鉅子，你們便要阻止我復仇，那麼這鉅子我寧可不做。現在我要離開，你們誰要阻止，咱們就只好殺出去，從此便是敵人！」

見任天翔率洪邪等人執意要走，義安堂眾人只得讓開一條路。歐陽顯心有不甘還想阻攔，卻被季如風擋了下來。眾人目送著任天翔帶著幾個追隨他的兄弟，頭也不回毅然出門而去。

望著任天翔遠去的背影消失在門外，厲不凡不禁跺足道：「鉅子一門心思想要報仇，只怕沒有誰還有能力再阻止。總不能為了阻止他，義門就要火拼內訌吧？」

季如風憂心忡忡地望向門外，若有所思地嘆道：「現在只有一個人，或許可以阻止他。」

厲不凡忙問：「是誰？」

「在東宮陪太子讀書的李泌。」季如風慢慢回過頭，對怔忡不安的厲不凡低聲道，「即刻派人去長安給李泌送信，現在也許唯有他，才能阻止天翔一意孤行。」

第六章 復仇

任天翔肅然道，

「天琪是死在李隆基的昏庸和楊國忠的陷害下，這仇我一定要報。

天琪的死跟無辜的百姓沒有關係，不能因為她的死而遷怒所有人，

我幫朝廷平定叛亂是為天下大義；

我復仇，則是要為天琪和眾兄弟討還公道。」

雖然安祿山叛亂的消息早已傳到長安，但長安城內還是原來的老樣子，依舊喧囂熱鬧一如從前。在長安人心目中，范陽叛軍離這裏還很遠，而且沿途還有道道關卡，皆有重兵把守，各地勤王的唐軍也正陸續趕來。想安祿山一個外邦胡將，再鬧騰也掀不起多大風浪，所以人們一點也不擔心，依舊繼續吃喝玩樂、醉生夢死，最多只是在茶餘飯後，才將安祿山的叛亂當成一種有趣的談資。

任天翔一行，便是在這種情形下混進了長安城。雖然城門口盤查極嚴，不過這世上還很少有錢搞不定的事，因此他基本沒費什麼周折，就再次回到闊別多日的長安。

但見長安城雖然依舊一派歌舞昇平，卻也在這平安假象之下，透出一種外鬆內緊的恐怖氣氛。凡是跟安祿山有瓜葛的官吏，大多已被抓捕甚至抄家，就是跟安祿山關係泛泛的人家也人人自危。義安堂和洪勝堂在長安已經是非法幫會，就算合法，任天翔也不能再用到它們的關係，因為在他心目中，這是他的私仇，不想牽連到更多人。

過去那幫兄弟也不能聯繫，因為任天翔非常清楚，在現在這種情形下，他們的義氣肯定比不過對朝廷的忠誠。沒有他人的幫忙，他在長安就是瞎子和聾子，什麼事也幹不成，不過幸好他還有一個特殊的朋友，任天翔決定在他那裏賭賭運氣。

走在長安城最骯髒破舊的街區，衣衫破爛骯髒的任天翔，沒有引起別人的注意，因為這裏就是個長安城最大的貧民窟，像這種生意失敗淪落於此的販夫走卒每天不知有多少，所以化妝成破落小販的任天翔，以及他的夥計任俠，自然不會引起旁人注意。

「請問，滾地龍周通周大哥，是不是住在這裏？」任天翔攔住一個看起來依稀有些眼熟的乞丐，低聲下氣向他打聽。

那乞丐沒有認出眼前這近乎乞丐的流浪漢，就是不久前還在長安城風光無限的新貴。將他略一打量，便招手道：「你找咱們老大？跟我來！」

在一條陰暗潮濕、屋簷低矮的小巷深處，任天翔終於見到了那位長安丐幫的小頭目。周通剛開始沒有認出任天翔，直到任天翔撩開頭髮，露出自己招牌式的微笑，周通才「哎呦」一聲驚叫，趕緊將他拉入門，小聲問：「我的個爺，你怎那麼大膽？竟然在這個時候回到長安？」

就這第一個照面，任天翔就在以「心術」仔細審視周通的第一反應。對方的表情、眼神、舉動，尤其是那一絲發自內心的真誠喜悅，都讓他放下心來。

他對任俠略一示意，讓他留在門外警戒，這才跟著周通鑽入了他那比狗窩乾淨不了多少的家。

「小弟今天貿然前來，是有事求周大哥。」任天翔在一張只剩三條腿的凳子上坐了下來，開門見山道。

周通聞言，頓時興奮得脹紅了臉，連忙拍著胸脯保證：「公子這麼看得起我滾地龍，那為兄有什麼可說的？只要你一句話，為兄赴湯蹈火，在所不辭！」

任天翔點頭道：「多謝周兄心意，不過倒也沒那麼嚴重，我只是想托周兄幫我打聽點事。」

周通呵呵笑道：「那兄弟可是找對了人，只要咱們丐幫兄弟出馬，這個城市發生的一切情況，沒有咱們不知道的。不知公子想打聽什麼事？」

任天翔淡淡道：「就是有關楊相國和當今皇上的一切情況。」

周通一愣，臉上微微變色：「兄弟打聽這個作甚？」

任天翔木然道：「有些事不方便現在就說，還望周兄理解。我知道這事風險極大，弄不好就要掉腦袋，所以周大哥覺得為難也無需勉強，我理解。」

「兄弟你這是什麼話？」周通瞠目道，「難得你如此瞧得起我周通，這點小事我還能推辭？不知兄弟想打聽他們哪方面的情況？」

任天翔正色道：「凡是你們能打聽到的任何情況，都一字不漏向我彙報，我會付你們足夠高的酬勞。」說著，任天翔拿出一疊錢票，塞到周通面前。

周通怫然不悅道：「兄弟這是什麼話？難道我周通是那種見錢眼開的人？幫兄弟做事還能收錢？」說著將錢推了回來。

任天翔又將錢塞入他懷中，正色道：「咱們是兄弟，所以我不跟你談錢，但是這事，周大哥一個人也辦不了，而大哥手下那幫兄弟就是幫忙跑腿也需要吃飯，這就當是給他們的一點辛苦費，若是周大哥不收，我便不好意思求大哥任何事。事成之後，我會另有重謝。」

周通無奈，只得將錢收了起來，低聲道：「兄弟你回去安心等候，我會讓全城的兄弟幫你打探，每天的消息我會按時送到兄弟手裏。」

任天翔點點頭，將自己的聯絡地點留給了周通，這才與任俠悄然離去。

離去的路上，任俠心有忐忑的小聲問：「要不要我去跟著周通？萬一他要去告密，咱們可就麻煩了。」

任天翔自信道：「經我方才的觀察，周通不是那樣的人，決不會起這種心。何況，我答應給他的錢，遠超過官府的懸賞，他沒理由因小失大，還背個出賣朋友的名聲。能混成那幫乞丐的頭，說明他至少得比大多數乞丐都講義氣，有起碼的操守才行。」

見任俠依舊有些不放心，任天翔笑道，「你要不放心，暗中跟他兩天也行，畢竟這事關係重大，萬一我要看錯，可就要全軍覆沒。」

任俠點點頭：「那公子自己小心，我去了。」說著拱手拜別，回去暗中監視周通。

從這之後，周通每天都將打聽到的有關楊相國和當今聖上的消息，按時送到與任天翔約定的地點。不過，由於這些消息是出自一幫乞丐之手，自然都是些雞毛蒜皮的小事，比如相國府又買了幾個丫鬟，或皇宮又新換了一批琉璃瓦之類。任天翔每日就埋頭在這些雜亂無章的消息中，漫無目的地尋找可資利用的資訊，他相信只要有耐心，遲早能從這些情報中找到表象之下的「規矩」，並讓這「規矩」為自己所用。

這些消息是如此龐雜紛繁，初看起來令人毫無頭緒，但當任天翔令自己全神貫注於這些龐雜的資訊，並以高速運轉的「心術」揀選歸納，終於從皇宮最近採買的物品中得出一個結論——聖上最近要舉行祭祖大典。

前方戰事不利，范陽鐵騎勢如破竹，以每天近百里的速度直撲長安。雖然朝廷已急招各地兵馬勤王，在洛陽一帶組成防線，任名將封常清與高仙芝為正副主將，以抵禦叛軍。但李隆基顯然對這些措施還不放心，所以在這個時候祭祖，以借祖先的文治武功保佑，便是順理成章的事情。而且白癡都能猜到，李隆基一定是去昭陵祭拜文治武功天下無雙的太宗皇帝，屆時百官必定隨行，楊國忠自然也不例外。

昭陵是在離長安百里之外的九峻山上，沿途不僅有崎嶇道路，而且在叢山之中，機會無疑也比在長安城內要高出許多。任天翔對著地圖冥思苦想了一整夜，一個大膽而瘋狂的計畫漸漸在他心中成形。

「走！明日一早，咱們去昭陵祭拜太宗皇帝。」任天翔開門而出，雖一夜未眠，卻因心中的興奮而毫無睡意。

「咱們為啥突然要去那麼遠，祭拜一個死了好多年的皇帝？」小薇像往常那樣侍候任天翔梳洗，聽到這話不由好奇地追問。

任天翔意味深長地道：「因為他是個好皇帝，不僅一手創建了大唐帝國，也留下了一段令人讚嘆的貞觀盛世。這樣的皇帝，值得我去拜他一拜。」

「我陪你去。」小薇忙道，「難得見你稍微開心了一點，我便陪你去散散心，遠離長安這是非之地。」

見任天翔臉色突然陰了下來，小薇忙囁嚅道：「是不是我說錯了什麼話？讓你不開心？」

任天翔搖搖頭：「跟你沒關係，只是我又想起了天琪。這幾天，我在進行一樁十分危險之事，你最好還是別跟我走在一起。我已經失去了天琪，不想再看到你出意外。」

小薇乖巧地點點頭，沒有再問。她知道有些事，如果他不告訴你，那自己最好還是別問，只有這樣的女人，才不會讓人感到厭煩。

昭陵在長安以西百里之外的九嵕山，當年太宗皇帝在建墓之時下令薄葬，因山而建，不需起墳，並撰文立碑書寫：「王者以天下為家，何必物在陵中，乃為己有。今因九嵕山為陵，不藏金玉、人馬、器皿，用土木形具而已，庶幾好盜息心，存沒無累。」因此昭陵氣勢恢宏，以山為陵。

後來在太宗皇帝和長孫皇后入葬後，又將過世的開國名將、名相、名士及王族陸續葬入，陪葬墓超過一百餘座，成為大唐開國之君和一千名臣武將的墓葬群。李隆基在國家危難之際，打算到此祭拜先祖和大唐開國之將，自然是想借先祖的聖明和眾多開國名將的勇武，以平息驟然而起的戰亂。

當任天翔帶著杜剛、任俠來到這裏，遙望以山為陵的雄奇，以及有名的「昭陵六駿」和眾多文臣武將的陪葬墓，心中也不由生出無盡的仰慕和讚嘆，甚至生出一絲效法和比肩的野心。他不禁想到司馬瑜覬覦江山社稷，恐怕更多也是因為才智高絕，才會有這種唯我獨尊的夢想和野心吧。

慢慢順著山勢拾級而上，任天翔收起心中的敬仰，開始在沿途的道路上，尋找可便於伏擊又容易逃脫的地點。兩個守陵的老卒在收了他兩貫錢後，便任他登山而上。比起實實在在的錢來，皇家的禁令算個屁。

在半山腰一個平臺處，任天翔停了下來，以超人的目力審視著周圍的環境。他知道這裏是百官下轎、皇帝停輦之處，從這裏開始，百官和皇帝都要步行登山，一直走到敬奉香燭的靈牌前。現在御林軍留在山下，只有帶刀侍衛和少數御林軍高手可以隨行，如果在這裏動手，成功的機會大大增加，而且得手後還可借山勢脫逃，這裏無疑就是最好的地點！

他把自己想像成負責警戒的御前侍衛總管嚴祿，想像他如何在可能遇伏的地點派侍衛預先搜索，如何安插侍衛沿途警戒……任天翔正專注於自己的謀劃，突聽一個淡泊清雅的聲音在前方響起：「不用選了，這裏便是最好的伏擊地點。」

任天翔一驚，急忙抬首望去，就見前方一座林木掩映的涼亭中，不知何時多了一個人。好像方才還沒看到他，現在卻突然出現在前面。

任俠與杜剛也吃了一驚，手握劍柄暗自警戒，就見那人一面怡然自得地品著香茗，手拈一枚棋子正低頭沉思，在他面前的木桌上，是一枰稀疏散亂的黑白棋子，而他卻正在對枰沉思。

任天翔已看清那人模樣，示意杜剛與任俠收起兵刃，然後緩緩來到涼亭前，拱手問：「李兄怎麼如此之巧？竟在這人跡罕至的昭陵獨自品茗？」

原來這人不是別人，竟是在東宮伴讀的李泌。

就見他從棋枰上抬起頭來，淡淡道：「不是巧，為兄是專程在此等你。」

任天翔眉頭一皺，心內暗驚，不過很快就想到最大的可能：「是季如風給你通風報信？」

李泌沒有否認，微微頷首道：「他們也是為了你好，不然他們不會只通知我，而不通知官府。」

雖然季如風將自己欲行刺李隆基和楊國忠的決定透露給了李泌，但李泌能準確地想到昭陵，而且預先等在這裏，這份心智足以令人驚嘆。

任天翔臉上陰晴不定，淡淡問：「李兄此舉，不知何意？」

李泌抬手指著自己對面的座位：「我已在此等了你大半天，就想與你品茗、手談一局。」

任天翔冷冷道：「品茗可以，手談就算了，我一向不好此道，哪是你的對手？」

李泌淡淡一笑：「兄弟何必自謙？以你的頭腦，即便以前沒有認真鑽研過，實力也遠勝常人。況且我還可以讓你三子，不讓你吃虧。」

任天翔淡淡道：「讓三棋，就是贏了也沒什麼光彩。」

李泌悠悠道：「如果輸贏的彩頭是大唐王朝最有權勢的兩個人的性命呢？」

任天翔心中一跳，不動聲色問：「李兄這話是什麼意思？」

李泌微微嘆道：「我已知道你欲行刺聖上和楊相國，而且又猜到你最可能埋伏的地點，我沒有驚動官府，也沒有讓太子殿下通知聖上，就是想給你一個公平的機會。你若能在棋枰上贏我，我拍拍手轉身就走，再不過問你的事。但你若輸給了我，說明天意在我這邊，還請兄弟就此收手！」

任天翔面色一沉：「收手？莫非就讓我義安堂兄弟，還有我妹妹白死了不成？」

李泌黯然嘆道：「大錯已經釀成，難道就一定要用更大的錯誤去糾正？聖上現在不僅僅是你的仇人，也是抵禦范陽叛軍的精神領袖。他若遇刺，各府節度使必定擁兵自保，割據一方，戰亂之勢將再不可收拾。難道你忍心用百倍千倍甚至萬倍的無辜者，為你妹妹陪葬不成？」

任天翔冷笑道：「王子犯法，與庶民同罪，難道皇帝就可以例外？人不分幼長貴賤，皆天之臣也，在殺人償命的天條面前，皇帝與百姓也須一視同仁。你不用再拿天下、拿無辜者的性命來壓我。如果這個國家不僅不能保護無辜者，反而害死了我的朋友和親人，那它就不是我的國家。如果朝廷和律法不能給我一個公道，那我就只有自己去實現這個公道。」

說到這，任天翔踏上一步，盯著李泌毅然道：「我知道你是好意，但你不要再想說服我，更不要再想著阻止我，不然咱們就不再是朋友。」

任天翔話音剛落，任俠與杜剛也從兩旁向李泌逼近。那意思再明白不過，如果李泌再不識相，就只好將他先抓起來，至少在行動結束之前不能放了他，以免洩露眾人的計畫。

李泌對此似乎並無意外，只打量了杜剛和任俠一眼，微微頷首道：

「是義門劍士？難怪有如此冷靜從容的氣質。我有兩個朋友，他們早已仰慕義門劍士的風采，早就想找機會領教，今日總算能得償所願。」

任俠手扶劍柄淡淡問：「不知你那兩個朋友在哪裡？」

李泌努了努嘴，笑道：「你們已經見過，只是沒特別留意，他們正在過來，就在你們身後。」

三人忙回頭望去，就見兩個守陵的老兵正袖著手，佝僂著腰身慢慢拾級而來，一步三喘地慢慢來到涼亭前。在三人的注視下，二人慢慢直起腰身，從破舊的衣袖中垂下手，剎那間就見二人氣質徹底變了，哪裡還有半分老態龍鍾，尤其那深藏於眉稜下的眼神，隱隱閃出劍一般的銳芒。

「忘了給你們介紹。」李泌淡淡道，「聽說任公子欲冒天下之大不韙，所以為兄只好去請了兩個儒門的朋友，他們皆是出自儒門研武院的劍士，對義門高手一向久仰，所以毫不猶豫就趕了過來。他們接替兩位守陵的兵卒已經有兩天時間，總算等到了諸位。」

就見左邊那個兵卒打扮的老者臉容乾癟枯瘦，身材卻高挑挺拔，隨隨便便一站便筆挺如槍。經李泌介紹，他對任天翔抱拳道：「儒門成浩仁。」

右邊那個老兵打扮的老者身形矮胖，頭頂上還禿了一大塊，圓乎乎的臉上總是帶著一絲恭謙的微笑，唯有一雙眸子隱然有凜冽之氣。他也跟在同門之後，對任天翔抱拳一禮：「儒門顧懷義。」

任天翔心中一驚，突然想起季如風說過的儒門十大名劍，正是以「天地君親師，仁義禮智信」命名，不禁正色問：「儒門十大名劍之『仁』與『義』？」

「不錯！」瘦高老者傲然道，「儒門早就仰慕義門高手的風采，今日有緣相見，實在是難得的幸事。」

任天翔望向李泌，心中有些意外，問道：「你是儒門弟子？」

李泌沒有直接回答，卻捋鬚輕嘆道：「我從小學道，後又學佛，之後又在儒門重地嵩陽書院苦讀多年，與儒門確實頗有些淵源。不過今日之事，無論為道為釋為儒，都會阻止你。所以我勸任公子還是以天下蒼生為重，暫且放下個人恩怨，方為真正大仁大義之士。」

任天翔打量著成浩仁和顧懷義，心知二人能藏起高手的銳氣裝成普通老兵，將自己和杜剛、任俠都騙過，就這份修為已令人驚嘆，再想到與二人齊名的邱厚禮，竟能憑一人之力在眾墨士包圍下來去自如，儒門劍士的武功隱然比任俠杜剛還略高一籌，看來李泌今日是穩操勝券，才如此自信坦然。不過他依然無所畏懼地淡淡問：「如果我不願放下呢？」

李泌嘆了口氣，指向面前的棋枰：「所以我想跟你打一個賭，讓上天來決定。如果讓你三子你能贏我，我轉身就走，不再阻止你報仇。或者你的朋友能打敗兩名儒門劍士，我們也走。」

任天翔看看棋枰，但見黑白雙方已到中盤，黑棋佔有明顯的優勢，他便在李泌對面坐了下來，傲然道：「我不要你讓子，我只要執黑繼續，如果你執白能反敗為勝，我就認輸走人。」

「好！一言為定！」李泌說著將黑棋推到任天翔面前，自己則拿起了白子。

任天翔手拈棋子在棋枰上落下一子，李泌立刻落子相迎。二人行棋如飛，片刻間便落下十餘子。

就見黑棋雖然佔有明顯優勢，但白棋總能出人意表地絕地反擊，任天翔落子越來越慢，漸漸感受到李泌的棋力，明顯比自己高出不止一籌，白棋雖然還處在劣勢，但在李泌的高超棋力挽救下，漸漸開始反轉，甚至向黑棋發起了生死相搏的進攻。任天翔額上汗珠隱現，開始陷入長考和苦戰。

杜剛與任俠雖然對棋不是很瞭解，但只從任天翔的表情，也猜到局勢對他不利。二人交換了一個眼神，對李泌身後的成浩仁和顧懷義拱手道：「既然公子與李先生在文鬥，不如咱們就來個武鬥，以領教儒門劍士的風采。」

「甚好！」成浩仁點點頭，慢慢拔出了腰間的佩劍。那是一柄兵卒常佩的制式短劍，不過在他手中卻如神兵利器一般，隱然透出一絲淡淡的光華。杜剛知道那是極深厚的內力灌注於劍身的表現，不敢大意，也緩緩拔出了腰間的佩刀。

任俠也拔劍而出，遙指對面的顧懷禮，二人並非想要跟儒門劍士一爭長短，只希望激戰的劍風能干擾到李泌的心智，讓他無法專心跟公子在棋枰上一較長短。

「看劍！」任俠最先出手，想趁對手劍未出鞘，以速度搶得先機。就見對面的顧懷義手握劍柄往上一挑，就聽「叮」一聲輕響，竟以劍柄挑開了任俠迅若閃電的一劍，跟著長劍脫鞘而出，在一陣雨打蕉葉的密集碰撞之後，竟擋住了任俠一輪快劍。

另一邊成浩仁長劍遙指杜剛，緩緩一劍輕飄飄刺到，速度很慢，幾乎沒有力道。但杜剛卻面色微變，不由自主後退了一步。他遇到過各種各樣的對手，卻還第一次遇到這種劍上似乎不帶一絲力量的對手。

長刀斜撩，杜剛以為一招就能磕飛成浩仁的劍。誰知刀劍相碰，竟然發出啞暗的聲音，長刀如同擊在柔軟至極的物件上，剛烈的力道完全落在了空處。

就見那劍就像黏在刀上一般，隨著刀勢而動，讓杜剛隱然感覺就像是沾上了一團稀泥，擺不脫也甩不掉，剛猛無匹的刀勁全然施展不開。劈向對手的刀鋒，每每被對手長劍輕輕往旁一引，便不由自主滑向一旁，讓杜剛就像陷入雨天泥濘的道路中，稍不留神就有滑倒的危險。

「這是內家『水勁』！」任天翔雖然與李泌在對弈，目光卻不由自主落到戰場上。見杜剛一出手就左支右絀陷入被動，他不禁出言指點。

他在任重遠留下的各種武功秘笈中，曾經看到過類似的記載，當時並不太理解，今日見到真正精通「水勁」的高手，才漸漸領悟其中的精妙，不由出言指點道，「不可以實擊虛，而要虛實相雜，藏起自己力道，方可與之周旋。」

話音剛落，就聽對面李泌笑道：「一心不可二用，你這一子可是個昏招。」

任天翔定睛一看，才發現方才只顧擔心杜剛與任俠，落子未加細算，白白送給對手十幾顆子。他趕緊收回心神，將注意力集中到棋枰上來，誰知杜剛任俠與成浩仁和顧懷義在身旁惡鬥不止，刀光劍影就在身旁閃爍，劍風甚至都刮到了自己臉上，怎不讓人分心？而且他對高手對決已有種本能的專注，總不由自主將目光轉向戰場，希望能以自己過人的目光幫到杜剛與任俠。而對面的李泌對身旁的決鬥卻是視而不見，只專注於棋枰，如此一來，杜剛、任俠原本想干擾李泌行棋，卻反而讓任天翔分心。

尤其是成浩仁的內家「水勁」，簡直就是杜剛的剋星。杜剛基於義門唐手改變而來的唐刀，一向以剛猛迅捷著稱，但在成浩仁如水一般順暢柔軟的長劍面前，就如同陷入了一個無底的深淵，有種有力無處使的感覺。那邊任俠與顧懷義還有攻有守，旗鼓相當，這邊杜剛卻徹底陷於被動。

任天翔一心難以二用，既想幫杜剛扭轉劣勢，又想在棋枰上保住優勢，結果反而是兩方都無法做到專注。片刻後就見黑棋被吃掉大半，敗局已定，而杜剛在成浩仁如雲似水、連綿不絕的劍勢面前，不僅未能占到便宜，反而陷入左支右絀的苦戰，形勢十分危急。

任天翔無奈推枰而起，對李泌道：「你贏了，快住手！」

李泌略一擺手，成浩仁與顧懷義立刻收劍後退。

見任天翔垂頭喪氣面如死灰，李泌淡淡笑道：「任兄弟不必沮喪，你只是輸在定力，而兩位義門劍士則是輸在經驗上。假以時日，義門必是儒門最強的對手。」

任天翔悻悻地哼了一聲，冷冷道：「你贏了，我們走。這次祭祖大典我們可以放棄行動，但我們不會放棄復仇。」說完帶著杜剛與任俠，轉身揚長而去。

「公子為何不下令攔下他們？」見任天翔三人飄然遠去，成浩仁心有不甘地問道，「既然他不以大局為重，公子又何必顧念往日之情？」

李泌望向任天翔三人消失的方向，幽幽嘆道：

「這次國事之危，前所未有，大唐帝國不能再有新的敵人。而且我答應過義安堂的季先生，決不留難或出賣任天翔，如果咱們今日攔下任天翔，義門必將成為大唐又一個強敵。當年強橫如大秦帝國，對義門的先輩都深為忌憚，何況是今日危難之際的朝廷？可恨楊國忠公報私仇，弄權誤國，趁亂大肆網羅罪名，株連無辜剷除異己，做下不知多少冤案，這不知為朝廷埋下了多少禍患。盛極一時的唐王朝，只怕要經歷一場大浩劫了。」

成浩仁低聲問道：「不知公子有何良策？為大唐帝國力挽狂瀾，救民於戰火？」

李泌苦笑著搖搖頭：「不過是聊盡人事吧，豈敢奢談力挽狂瀾。如今楊國忠當道，聖上對其言聽計從，就連太子殿下也束手無策，我不過是個東宮陪讀，有心無力啊！」

成浩仁略一猶豫，稍稍俯下身來，低聲道：「公子才幹天下無雙，卻因不在其位難謀其政，實在令人惋惜。公子何不趁這風雲際會之際，借任天翔之手搬掉禍患天下的奸臣，助太子榮登大寶，實現胸中治國平天下之抱負？」

李泌面色微變，低聲喝道：「放肆！你、你這是要我在聖上背後捅一刀啊！這豈是君子所為？」

成浩仁低聲道：「聖上年邁昏聵，醉心於溫柔鄉，以奸佞之臣治國，實乃誤國之君。這次范陽叛亂，便是他無限寵信安祿山而一手釀成。若他繼續掌權治國，只怕國事會越發不可收拾。太子殿下正當盛年，英明果敢不亞聖上當年，兼有先生這等天才輔佐，必能挽大廈於即倒，救天下蒼生於倒懸。」

李泌變色道：「你說這話，不怕我以謀逆之罪將你送入大牢？」

成浩仁嘿嘿一笑：「成某一條命，怎及得上天下萬千人性命？先生也算是儒門弟了，自然知道儒門弟子是以『正心、修身、齊家、治國、平天下』為人生理想。如今國事危急，正是我輩實現人生抱負的時候，豈可因循守舊而錯失良機？先生若有報國之心，我儒門弟子必定誓死追隨。」

李泌拍案而起，正色斥道：「這等言語，以後萬萬不可再提，不然就是陷我於不忠不義！」

成浩仁見李泌態度堅決，只得一聲長嘆，眼中頗有些遺憾和無奈。

回到住處，任天翔將自己關在屋中，兩個時辰後才開門而出，將一封信交給任俠道：「你速將這封信送到李府，要親手交到李泌手中。」

「這是什麼？」任俠有些奇怪，忍不住問。

「李泌有一點說得不錯。」任天翔淡淡道，「我不能因為妹妹的死就遷怒於所有人。所以我將范陽見聞，尤其是與范陽叛軍有關的情報寫成奏摺，讓李泌托太子殿下轉呈李隆基，希望對朝廷有所幫助。我還向朝廷推薦了朔方節度右兵馬使郭子儀，他和他的朔方軍，或可成為抵禦范陽叛軍的中堅。」

幾個人都以異樣的目光望著任天翔，洪邪忍不住喝問道：「三哥你是不是瘋了？一面要向皇帝老兒報仇，一面又出力幫他？」

「我沒有瘋。」任天翔肅然道，「天琪是死在李隆基的昏庸和楊國忠的陷害下，這仇我一定要報。不過，天琪的死跟無辜的百姓沒有關係，我不能因為她的死而遷怒所有人，我幫朝廷平定叛亂是為天下大義；我復仇，則是要為天琪和眾兄弟討還公道。」

眾人似懂非懂地對望了一眼，心中還是有些不明。不過任俠沒有再問，收起信道：「公子放心，今晚我就將它送到李泌手中。」

既然打賭輸給了李泌，任天翔便不得利用李隆基祭祖大典之際行刺，他只能從周通送來的情報中，另外尋找新的機會。不過在接下來幾個月裏，他沒有從那些情報中找到更好的機會，卻從那些情報中發現，前方的戰事已急轉直下，洛陽、峽郡、太原先後淪陷，唐軍已退守到長安東面最後的門戶——潼關。

原來安祿山自天寶十四年十一月九日，以討伐奸相楊國忠為名，從范陽發兵二十萬之後，叛軍一路南下，所過州府幾乎沒有遇到任何有效抵抗，很快就佔領了黃河以北大部分地區。李隆基急派入京朝見的安西節度使封常清趕赴洛陽募兵迎戰，又倉猝部署對安祿山的全面防禦。依照太子李亨的建議，將朔方節度使安思順撤職，並任命郭子儀為新的朔方節度使，右羽林大將軍王承業為太原尹，衛尉卿張介然為河南節度使，程千里為潞州長史；任命榮王李琬為元帥，高仙芝為副元帥，率朔方、河西、隴右等兵，又出錢召募了關輔新兵五萬人拒敵，並由太監邊令誠監軍。

由於安祿山早已準備多年，叛軍皆是精銳之師，所到之處無不披靡。封常清雖然善於用兵，但所募之兵皆是沒打過惡仗的市井流民，無法與叛軍相抗。封常清連戰連敗，而叛軍很快就攻下了洛陽。封常清率殘部退守陝郡，向駐守該地的高仙芝建議退守潼關，高仙芝聽從了封常清的建議，率軍退往潼關，途中卻突然遭到叛軍追擊，損失慘重，不過幸得高仙芝親自率兵斷後，大軍才得以脫險。

唐軍退到潼關後，高仙芝立刻整頓部伍，修完守備，據險抗擊，士氣也漸漸振作起來。叛軍前鋒一時不能攻下，只好退守陝郡。當時朔方、河西、隴右諸道兵馬尚未抵達長安，不過令人意外的是，安祿山沒有趁長安空虛之際強攻潼關，卻忙著張羅在洛陽稱帝，錯過了轉瞬即逝的最好戰機。而高仙芝與封常清因及時退到潼關據險固守，也遏制了叛軍的攻勢，總算使朝中恐慌之情稍稍平復下來。

李隆基因封常清兵敗，怒而削其官爵，讓他以布衣的身分留在高仙芝軍中效力。於是唐軍與叛軍於潼關對峙，戰事一時間呈膠著狀態。

這些情報當然不是周通能收集到，不過，任天翔從周通收集到的那些雜亂無章、看似毫無用處的情報中，漸漸將前方的戰事拼湊得八九不離十。

見安祿山的叛軍雖然佔領了黃河以北廣大地區，甚至前鋒已抵達長安的門戶潼關，但看到潼關由兩個老朋友高仙芝與封常清在守衛，任天翔稍稍放下心來。他知道拋開個人恩怨不談，高仙芝雖有貪婪無情的弱點，卻也是難得的將才，加上有謹慎多智的封常清輔佐，叛軍要想攻破堅固的潼關，必定難如登天。不過，一想到叛軍中有司馬瑜這樣絕頂聰明的人才，任天翔又無法完全放心下來，他知道這世上好像還沒有什麼事能難住這個天才。

看到面前這拼湊出來的軍情，任天翔對自己的擔憂突然又感到有些好笑。他暗忖自己現在還是朝廷的罪人，是朝廷正在搜捕的欽犯，卻還在為大唐帝國瞎操什麼心？在李隆基和楊國忠眼裏，自己就算沒有勾結安祿山，只怕也難逃死罪。就像那安祿山的族兄安思順，即便跟安祿山的叛亂毫無瓜葛，也依然被朝廷革職查辦，問罪之日只在早晚。而京中因安祿山的叛亂受到株連的大臣多不勝數，已經有不少人——包括安祿山作為人質的兒子安慶宗——先後被處斬，就算冤殺了幾個人也沒人會在乎。

「但是我會在乎！」任天翔在心中堅決地對自己說，「雖然我不能為天下人主持公道，但至少要為天琪主持公道，是誰害死她，誰就得為她償命，天王老子也不能例外！」

斬將

第七章

他緩緩拔出了自己的佩劍，仰天長嘆，

「沒想到我一生征戰沙場，沒死在敵人手裏，卻死在自己劍下！」

任天翔以從未有過的敬意，默默注視著高仙芝橫劍劃過咽喉，

以一代名將的驕傲——毅然自刎！

就在任天翔為前方的戰事患得患失的時候，在長安城另一座僻靜清雅的老宅中，一個白衣老者也在對著書案上的地圖伏案沉思。那是長安到洛陽附近的詳盡地圖，圖上用紅藍二色標出了不少箭頭，所有箭頭都指向同一個地點──潼關！

老者輕輕敲了敲書案，滿面憨直的燕書立刻應聲進來，垂手問：「老爺叫我？」

老者微微頷首，沉聲吩咐：「準備車馬，我要出門。」

燕書有點意外，看看外面早已漆黑的天色，遲疑道：「這麼晚了，老爺要去哪裡？」

老者眼中閃過一絲異樣的神色，輕輕吐出幾個字：「大雲光明寺。」

大雲光明寺在城西，是摩尼教在中原修建的首座寺廟，雖然建成時間很短，但香火已十分鼎盛。長安城人人都知道，就在剛開寺那天，有長安地痞盧大鵬在寺中冒犯大教長佛多誕，結果無端自燃而亡。

這樁疑案，大理寺、刑部聯合徹查了多日，至今也沒找到合理的解釋，最終只得不了了之。這件事在長安傳得神乎其神，因為很多人親耳聽到盧大鵬自燃之時，高呼看到了光明神。也許正是因為這個原因，大雲光明寺自開寺之日便香火鼎盛，很快就成為與道教、佛教鼎足而三的大教。

不過此刻天色已晚，大雲光明寺早已關門閉戶，不再接待信徒。這時，一輛馬車卻停在了寺門前，白衣如雪的老者在燕書攙扶下下得馬車，緩步來到寺門前，示意燕書上前敲門。

門環響動到第三下，便有身披白袍的摩門弟子將門打開了了一道縫隙，從門縫裏警惕地打量了老者和燕書兩眼，似看出老者有些不同尋常，便耐著性子道：「敝寺已經關門，有什麼疑難明日再來吧。」

老者上前一步，不亢不卑地笑道：「老夫專程來拜訪朋友，還望小師傅幫忙通報。」

那摩門弟子將老者仔細打量了片刻，見他白衣飄飄，眉宇軒昂，頗有幾分仙風道骨之相。那弟子不敢太過怠慢，皺眉問：「不知先生怎麼稱呼？又想要拜訪哪位朋友？」

老者淡淡笑道：「在下司馬承禎，特來拜訪貴教大教長佛多誕上師。」

那摩門弟子臉上微微變色，司馬承禎是道家名人，那弟子顯然也聽說過。不過他吃驚歸吃驚，卻還是猶豫道：「大教長此刻正在靜修，只怕未必會見客。」

老者微微一笑：「既然如此，老夫只好告辭，不過告辭之前，還望小師傅將法名告訴貧道。」

那摩門弟子遲疑道：「晚輩只是摩門一個不入流的弟子，道長問這個做什麼？」

老者微微笑道：「將來佛多誕上師若是問起，既有如此大事相商，為何不在第一時間去見他，老夫也好說是為小師傅所阻，不是老夫不想見，而是不能見。」

那摩門弟子臉色微變，見老者轉身要走，他稍一遲疑，急忙挽留道：「晚輩這就給道長通報，請道長在此稍候片刻，我這就去！」

那摩門弟子說完如飛而去，不一會兒便微微喘息著回來，開門對老者躬身一禮：「道長請隨晚輩來，大教長已在客房恭候。」

老者將燕書留在門外，然後隨那摩門弟子來到寺廟後院的客房，就見滿頭捲曲栗髮、神情恬然寧靜的佛多誕果然已在上首端坐恭候，老者上前拱手一禮，便坐到了佛多誕對面。在摩門弟子奉上香茗之時，雙方都在靜靜打量著對方，沒有人開口。

「聽說道長乃道門第一人，不知怎麼突然想起來拜訪我這個異教禪師？」佛多誕終於打破了沉靜，他那碧藍如海的眼眸中，似有一種洞悉人心的力量，令人不敢正視。

老者微微一笑，拱手道：「大教長初入中原，也曾拜望過白馬寺主持無妄大師，不僅從他那裏討得長安這塊寶貴的佛地，建起這座大雲光明寺，還與無妄大師結下秘約。如今摩門已成長安城第三大教，貧道作為道門虛名在外的人物，來拜望上師也算理所當然吧？」

佛多誕碧眼中閃過一絲驚詫，手撫髯鬚呵呵一笑：「在下早已久仰道長之名，早有拜望之心，只是道長行蹤無定，讓人拜見無門。今日總算能一睹道長風采，令在下心中甚是寬慰。」說到這，他語氣一轉，「不過今日道長深夜前來，恐怕不單是禮貌性拜訪吧？」

老者微微一笑：「在高人面前，貧道也就開門見山。我知道摩門後面因有楊相國支持，才在長安一帆風順。不僅在長安站穩腳跟，如今更是風生水起、香火鼎盛。不過現在這局勢，只怕摩門的好日子就要到頭了。」

佛多誕意外道：「道長何出此言？」

老者怡然自得地道：「楊相國之所以能把持朝政，成為左右聖意的第一權臣，那是因為四海靖寧，軍人除了守衛邊防，對朝政幾乎沒有任何影響。如今范陽叛亂，兵逼潼關，拱衛京師安寧的將領就變得特別重要，即便聖上也得對他言聽計從。楊相國當政時，對邊將多有輕慢，尤其對失勢的將領更是以各種手段敲詐勒索以肥自身。高仙芝與封常清便是其中受害者，如今他們成為拱衛京師安寧的重要將領，並將漸漸成為左右朝政的重要力量。你以為他們會放過楊相國嗎？」

佛多誕眼中閃過一絲沉思，淡淡問：「道長此話，不知有何深意？」

老者臉上泛起居高臨下的冷笑：「大教長以楊相國為靠山，聯絡釋門欲對付道門的想法實為不智啊。一旦靠山失勢，只怕在長安再站不住腳。當初釋門與道門長安論戰，結果大敗虧輸，被聖上逐出長安，難道上師覺得摩門能勝過當年的釋門？」

佛多誕臉上一陣陰晴，冷冷問：「摩門無意與道門爭鋒，不知道長何出此言？」

老者哈哈一笑，傲然道：「你有沒有爭鋒之心貧道不管，我只要你肯與釋門劃清界限，我包你在長安平安無事，不然釋門在長安的遭遇就是你們的下場。沒有楊相國的支持，你摩門在長安就屁也不是！」

佛多誕眼中閃過一絲隱怒，不過面上卻依然不動聲色道：「本師會鄭重考慮道長的建議。」說著緩緩端起了茶杯，那是唐人送客的潛規則，他也入鄉隨俗學了個似模似樣。

「你最好認真考慮。」老者說完，帶著冷笑揚長而去。佛多誕對著虛空靜靜地坐了半晌，突然輕聲道：「來人，筆墨侍候！」

一摩門弟子應聲送來筆墨，佛多誕略一沉吟，便奮筆疾書，片刻後，一封長信便成。他仔細將信函裝入信封，然後對著門外一聲輕呼：「來人，讓大般過來見我。」

門外弟子應聲而去，沒多久，摩門五明使之一的大般出現在門外，躬身拜問：「弟子拜見大教長。」

佛多誕示意他進來，然後將信件遞給他，低聲吩咐道：「你立刻將這封信親手送到楊相國手中。」

相國府書房中，楊國忠捧著佛多誕的信看了又看，臉上神色一變再變。讀完信，他仰頭冥想良久，突然問：「潼關除了高仙芝與封常清，還有誰主事？」

一旁伺候的邱厚禮忙道：「是皇上新寵信的內侍邊令誠，他為高仙芝部的監軍。」

楊國忠若有所思地點點頭：「原來是他，那這事就好辦了。」說著，他來到書案前，提筆匆匆寫下一封書信，交給邱厚禮道，「你連夜趕去潼關秘見邊公公，將這封信交給他，他看完後自然知道該如何做。」

邱厚禮忙領令而去，第二天一早，楊國忠的信便出現在了潼關監軍邊令誠手中。看完來自相爺的親筆密函，他不動聲色地將信函湊到油燈上燒毀，然後對等著覆命的邱厚禮淡淡道：「請先生回覆相爺，就說奴才知道該怎麼做了，請相爺放心。」

邊令誠為前線監軍，其職責便是替皇上監督前線的將領，並可隨時向皇上呈報。所以三天後，他的奏摺便出現在了皇上的面前，奏摺的內容是關於封常清的連戰連敗，以及高仙芝不戰而丟太原和洛陽，尤其是敗退潼關時的損兵折將和畏縮不戰，致使潼關以東所有州郡盡歸叛軍之手，不僅如此，還誣告高仙芝趁戰亂擄掠軍資財寶中飽私囊。這密奏不僅誇大了前方敗績和曲解高仙芝戰略意圖，更重要的是對高仙芝進行了誣告。

李隆基遠離前線，不知前方軍情，全靠來自內侍監軍的密報。這奏摺令他既憤怒又擔心，高仙芝貪財在攻擊石國和突騎施時就有所表現，將拱衛長安的重任交到這個貪婪懼敵的將領手中，在李隆基看來已變得十分危險。不過在如何處置兩個敗軍之將上，他還有些猶豫，便開口徵求階前侍立的楊相國意見。

就見楊國忠毫不猶豫比了個「殺」的手勢，沉聲道：「在這國家危難之際，聖上必須得借兩顆敗將的人頭來警醒全軍，令前方將士不敢再有絲毫畏敵怯戰的情緒。」

李隆基遲疑起來，皺眉問：「勝負未分便擅殺大將，會不會動搖軍心？再說，殺了高仙芝與封常清，誰可替他們守衛潼關？」

「聖上多慮了！」楊國忠沉聲道，「殺兩個敗軍之將，可以令全軍將士警惕，以十二分的小心來應付叛軍的進攻。至於他們的接替者，微臣已為聖上想好，就是如今賦閒在家的老將軍哥舒翰。」

見聖上還有些猶豫，楊國忠鼓動道：「哥舒翰雖為突騎施人，卻與安祿山一向不睦，當年同朝為臣，二人便勢同水火，用他鎮守潼關，不用擔心他投向安祿山。除此之外，哥舒翰在隴右鎮守多年，強大如吐蕃也不能越雷池半步，可見他的能力遠在高、封二人之上，用他接替兩個敗軍之將，那是再合適不過。」

李隆基年事已高，在決策大事上越來越沒主見，聽楊國忠如此說，便將徵詢的目光轉向了另一個心腹。就見高力士忙垂首道：「奴才覺得相爺說得句句在理，還請聖上決斷。」

李隆基不再猶豫，無奈輕嘆道：「擬旨，讓邊令誠問罪高仙芝和封常清，再宣哥舒翰覲見。」

第二天夜裏，手執聖上密旨的御前侍衛總管嚴祿，親率數十名侍衛連夜離開長安，連夜趕往潼關秘見監軍邊令誠。

就在他們離開長安的時候，一直在暗中監視著宮中動靜的任天翔，突然意識到他們的目的，不禁失聲輕呼：「不好！李隆基要臨陣換將，殺高仙芝與封常清！」

與任天翔一起尾隨監視嚴祿一行的任俠有些不解，問道：「公子怎麼會這樣想？」

任天翔遙望嚴祿一行消失的方向，沉吟道：「嚴祿親自去潼關，必是大事。他們沒有帶任何財寶御禮，顯然不是去封賞前方將士。而昨日李隆基又召見了在家養病多年的哥舒翰，種種跡象表明，他要問罪並撤換高仙芝與封常清。」

任俠還是有些不解：「那聖上也未必會殺高、封二人啊，畢竟現在是用人之際，而高、封二人俱是帶兵多年，戰功彪炳的一代名將，因小敗而殺，必令天下將士寒心啊！」

任天翔微微搖頭嘆道：「常人哪裡能體會九五之尊的帝王心中的恐懼和猜疑，安祿山的叛亂令他對所有將領皆不敢再相信，高仙芝與封常清一旦在潼關與叛軍長久對峙而不出戰，便會令李隆基懷疑他們在與叛軍暗中談條件，他現在最怕再被人出賣。如果僅是撤換高仙芝與封常清，只需一道聖旨就夠了，何必令大內高手齊出？而且還派出了最為倚重的嚴祿？」

任俠深以為然地點點頭，小聲問：「公子有何打算？」

任天翔沉吟道：「臨陣冤殺守關重將，必令守關將士寒心，潼關危也！而且高、封二人與我有舊，高仙芝雖然數度想要殺我，卻也是因為我無意間害他恒羅斯大敗在先，而封常清對我更是有恩，我得想法救他們一救。」

「如何救？」任俠忙問。

「咱們立刻趕往潼關，面見封常清。」任天翔沉聲道，「如果能通過他說動高仙芝，先下手為強斬了嚴祿，然後宣布嚴祿假傳聖旨，欲殺守關重將，暗助安祿山，實為安祿山內應無疑。到那時，李隆基也只能順水推舟將責任推到嚴祿頭上，以免激反高、封二人。只要高、封二人能力保潼關不失，待將來平定戰亂，也就無人會再追究他們抗旨殺嚴祿的舊事了。」

任俠深以為然地點點頭，一旁的小澤卻有些不解，恨恨問道：「公子既然要向皇帝老兒和楊國忠尋仇，又何必幫他們保江山？要是叛軍打到了長安，咱們要殺他們也會容易許多。」

任天翔神情複雜地回首望向燈火輝煌的長安城，低聲輕嘆道：

「這座城市生養了我二十多年，它在我心中就如母親一般親切，我怎忍心為了一己之仇，就眼看著它毀於戰火？再說，我與李隆基和楊國忠雖有不共戴天之仇，但長安百萬百姓跟我沒仇，我不能為了自己一時痛快，就讓百萬百姓流離失所，陷入戰爭的災難之中。」

任俠有些異樣地望向眉宇深鎖的任天翔，突然輕聲道：「公子長大了。」

任天翔淡淡一笑，輕聲道：「大丈夫有所不為，有所必為，這既是儒門先聖對門人弟子的要求，也是墨家祖師對後人的期望啊。」說到這，他轉向小澤，「你回去通知洪邪他們，就說我與任俠、杜剛去潼關一趟，三、五天內就會回轉，讓他們這幾天暫且不要輕舉妄動，等我們回來。」

說完，任天翔轉向嚴祿消失的方向，縱馬追了上去。他知道自己必須在嚴祿之前趕到潼關，才有機會救高仙芝與封常清一命，並力保潼關不失。

就在任天翔三人三騎追趕嚴祿的同時，在他們前方不遠一座孤高的山巔，那鬚髮染霜、白衣飄飄的老者正遙遙俯瞰著他們。在他身後，一個青衣文士輕聲笑道：「主上手段高明，對佛多誕稍加刺激，便通過他借楊國忠之手，讓李隆基自毀長城。如今帶著李隆基密旨的御前侍衛已經秘密出發，不過在他們之後，任天翔也正在趕往潼關。」

白衣老者手撫髯鬚淡淡道：「你以為佛多誕真那麼天真？因我一面之詞就輕易上當？其實摩門早就恨不得天下大亂，只有天下大亂，摩門才有亂中崛起的機會。只是佛多誕初入長安，對大唐君臣將佐之間的勾心鬥角和複雜關係還瞭解不深，不敢輕舉妄動。我與他見面所說的那番話，不過是教了他一種說服楊國忠的方法，他只是順水推舟將計就計罷了。你要真以為他被我幾句恐嚇之詞就上當，無意中為我所用，那摩門早就不知被人滅了多少回。」

青衣文士深以為然地點點頭，頷首笑道：「原來他對主上的意圖心知肚明，只是故作糊塗罷了。你們其實相互都明白彼此的真實企圖，只是大家都不說破，這麼看來，他也許是主上旗鼓相當的對手。」

說著，他望向山下疾馳而過的任天翔三人，遲疑道，「不過，此刻任天翔趕去潼關卻又是為何？李隆基與楊國忠害死了他妹妹，而高仙芝又恨不得殺他而後快，他既沒有幫李隆基的動機，也沒有救高仙芝性命的理由啊！」

白衣老者淡淡道：「不管他是為了什麼去潼關，都不能容他壞了咱們的大計。通知前方的陸琴和蘇棋，阻他們一下，不必徹底攔住他們，只要拖住他們幾個時辰便可。」

青衣文士點點頭，從懷中拿出信炮拉響。一朵焰火在空中炸開，數十里外都清晰可見。

空中傳來的光亮映紅了半個天幕，正縱馬疾馳的任天翔回頭看了看，立刻減緩馬速，對跟上來的杜剛、任俠低聲道：「大家拉開些距離，當心一點。」

二人有些莫名其妙，不過還是依言照辦。任俠縱馬加快速度，在前方十丈外領路，而杜剛則落後十丈殿後，將任天翔留在中央。

三人三騎一路疾馳，剛轉過一道山谷，突見一條絆馬索從浮土中繃緊拉直，離地僅一尺來高。任俠勒馬不及，坐騎應聲摔倒。落地前，他左手在馬鞍上一拍，身形應聲躍起，右手在空中已拔劍在手，撩開了黑暗中射來的兩支羽箭。

任天翔與杜剛落在後方，見機得快，總算是勒住了奔馬。就聽任俠一聲輕喝：「是誰在暗箭傷人？滾出來看看！」

就見道旁灌木中閃出兩個蒙面黑衣人，其中一個捏著嗓子喝道：「此山是我開，此樹是我栽，要想從此過，留下買路財！」

雖然知道對方決不是剪徑的小毛賊，但任天翔還是耐著性子問：「你們要多少買路財？」

二人對望了一眼，其中一個道：「一萬貫！」

任天翔毫不猶豫從袖中拿出幾張錢票，扔給他們道：「一萬貫拿去，請兩位英雄讓路。」

沒有人會隨時帶一萬貫錢票在身上，任天翔也不例外。他扔出的不過是幾百貫錢票，以此試對方一試。就見兩個蒙面人對地上的錢票看也不看，其中一個道：「一萬貫是方才的價，現在漲價了，要十萬貫。」

任天翔心中再無懷疑，冷笑道：「是誰要你們在此阻我？你們究竟是誰？」

二人再次對望了一眼，惱羞成怒道：「少廢話，有錢就拿錢，沒錢就留命！」說著便向任天翔衝了過來，任俠長劍一挺攔在任天翔馬前，一柄長劍幻化出十餘道虛影，將二人所有來路全部封閉。

二人急忙揮劍迎敵，這一交手，雙方都吃了一驚，顯然都沒有想到對方的武功，竟然比想像中高出許多。但見任俠以一敵二，雖處下風，卻依然攻守有度，二人劍勢雖急，卻總是奈何任俠不得，更不能衝近半步。

任天翔雖然是第一次見到二人劍法，但二人身形步伐卻給他一種依稀熟悉的感覺，看得越久，這種感覺越為強烈。他不禁集中精神，全神貫注於二人的身形步伐，並努力在記憶中搜尋那與之相似的零星記憶。

很快他目光就一亮，陡然喝道：

「陸琴！蘇棋！原來是你們！」

被任天翔陡然間喝破身分，二人劍法不禁一滯，這轉瞬即失的戰機立刻被任俠抓住。就見他長劍突入二人劍網，猶如閃電疾劃過夜空。就聽有人一聲痛哼，一個黑衣人手臂中劍，長劍應聲落地，另一個黑衣人也是胸衣破損，踉蹌後退。

二人對望一眼，立刻飛身後退，任俠正待追趕，卻聽任天翔嘆道：「別追了，他們意在拖延我們，別上當。」

任俠只能眼睜睜看著二人退入路旁密林中，轉眼消失不見。他收劍正待繼續趕路，才發現坐騎方才已摔斷了腿，再無法奔馳。他只得與杜剛合乘一騎，繼續趕往潼關。

任天翔一路上都在問自己：陸琴、蘇棋為何要阻我？他們為何要做御前侍衛接近我？他們究竟是什麼身分？

潼關處在洛陽通往長安的交通要衝，離長安僅有二百多里，是扼守長安的東大門。其北有滔滔黃河，南有巍巍秦嶺，素有一夫當關、萬夫莫開之險。

當任天翔三人來到這裏，已是第二天正午，但見關上旌旗招展，似乎還沒有發生任何變故。不過任天翔算算腳程，嚴祿一行至少比自己先到半個時辰，而半個時辰足夠發生很多事了。

潼關城面對長安這一側尚未完全關閉，依舊人來人往頗為熱鬧。叛軍早已停止了對潼關的進攻，戰事正處於平靜期，潼關城一下多了十多萬駐軍，因此各地追逐蠅頭小利的商販便蜂擁而來，給潼關帶來了暫時的繁榮。

任天翔見城門外商販蜂擁，幾名兵卒的盤查大大延緩了眾人進城的速度。他心中焦急，哪有耐心等待，縱馬上前就要往裏闖去。一名兵卒急忙攔住喝道：「什麼人膽敢闖關？」

任天翔高聲厲喝：「我乃追隨嚴祿總管來此的特使，路上因故耽誤，所以落在了後面，現有緊急公務要見嚴大人，快快開關讓路！」

半個時辰前，大內侍衛總管嚴祿確實率隨從由此進城，幾名守兵信以為真，急忙開關放行。任天翔過關後，卻又回頭喝問：「嚴大人去了哪裡？」

一名守兵忙道：「嚴大人向我們打聽了監軍邊令誠和封常青大人的住所，也許是去了他們那裏吧。」

「嚴大人去了多久？」

「大約半個多時辰。」

任天翔立在馬上靜靜想了片刻，突然又問：「高仙芝將軍住所在哪裡？」

那兵卒抬手一指方向，任天翔急忙調轉馬頭便往那奔去。任俠與杜剛俱有些不解，追上來問道：「公子怎麼不趕去救封常青？」

任天翔嘆道：「咱們晚了半個多時辰，封將軍只怕已不能倖免。如今只能立刻去見高仙芝，希望能提早通知他一聲，讓他早做準備。」

說話間，三人已趕到潼關守軍的中軍帥營外，任天翔顧不得通報，示意任俠、杜剛往裏強闖，二人便一左一右在前方開路，為任天翔打出一條通路，一路直闖中軍大帳。

三人一路衝到中軍大帳前，終於被高仙芝的虎賁營擋了下來。任天翔放聲高呼：「在下任天翔，有緊急軍情要見高將軍！」

「任天翔？你果然是任天翔！」一個追隨高仙芝多年的虎賁營將領，終於認出了任天翔，急忙翻身下馬，示意左右收起兵刃。

任天翔認出對方便是高仙芝身邊的親兵王寶，急忙道：「王將軍快替我通報，就說任天翔有緊急軍情求見！」

王寶雖然也恨極了這個安西軍的大仇人，但見他神情不似作偽，而且也知道他沒有刺殺高將軍的武功，便點頭道：「好！我帶你去見高將軍，不過，只能是你一個人。」

任天翔示意任俠杜剛留在營外，然後隨王寶進得中軍大帳。就見高仙芝正從後帳出來，正不悅地喝問：「外面何事喧囂？」

任天翔不等王寶解釋，急忙上前拜道：「故人任天翔，有緊急軍情面見高將軍。」

高仙芝看清任天翔模樣，臉色頓時一寒：「是你？你居然敢自己送上門來？」

任天翔迎上高仙芝的目光，坦然道：「我與將軍的恩怨現在只是小事，現在這裏將有大事發生，所以天翔冒死前來見將軍。」

高仙芝冷冷問：「什麼大事？」

任天翔匆匆道：「聖上因高將軍與封將軍兵敗，丟失潼關以東大片領土，欲治罪兩位將軍，如今嚴祿已與邊令誠去逮捕封將軍，所以我只好趕來向將軍通報。」

高仙芝神情微變，跟著卻冷笑道：「一派胡言！封常青雖有敗績，但朝廷已經革去其官職爵位，為何還要殺他？高某堅守潼關，多次打退叛軍進攻，保潼關不失，於朝廷有大功，不封賞也就罷了，怎會治罪？」

任天翔急道：「聖上年邁昏聵，受小人挑撥，什麼昏招都使得出來，你難道還以為他永遠聖明？現在邊令誠與嚴祿除掉封常青後，下一步恐怕就要殺害高將軍了。」

高仙芝面色大變，跟著卻又嘿嘿冷笑道：「若聖上有密旨要殺我，如此機密之事你怎麼會知道？而且你我有仇，你為什麼又要救我？」

任天翔嘆道：「實話實說，我主要不是救將軍，而是救長安城百萬百姓。將軍若無罪而被枉殺，必令潼關守軍寒心，潼關將岌岌可危。我是不願看到叛軍攻破潼關，直逼長安，令這座生養我的城市毀於戰火啊！至於我如何得知這等機密，將軍難道忘了我以前的身分？」

高仙芝臉上一陣陰晴不定，顯然已有些信了。

任天翔見狀，忙低聲道：「為今之計，將軍需先下手為強，殺掉嚴祿和邊令誠，上奏朝廷，說二人假傳聖旨，欲亂軍心，因此替朝廷將二人處斬。現在將軍手握十餘萬大軍，若堅守潼關，叛軍不得寸進；若開關迎敵，則長安指日淪陷。聖上就算再糊塗，此刻也不敢再開罪將軍，只要將軍以實際行動證明自己的忠心，將來不會再有人追究你擅殺欽差和監軍的罪責。」

高仙芝想了想，搖頭嘆道：「這只是你一面之詞，朝廷如果並沒有殺我之心，你這就是要陷我於不忠不義之境啊！況且我母親還在長安，我怎能讓她老人家為我受難？如果聖上真是糊塗到要殺我，那說明盛極一時的大唐帝國必將因此而亡。若國家即亡，必有無數將士為之殉葬，那便從我高仙芝開始吧。」

任天翔還想再勸，高仙芝已抬手阻止道：「衝你今日冒死前來示警，不管真假我都領你的情，你我恩怨從此一筆勾銷。你走吧，高某想要一個人靜一靜。」

話音剛落，就聽門外有將領稟報：「監軍邊令誠有緊急軍情請高將軍到封將軍那裏議事，請將軍速速前行。」

高仙芝整整衣甲正要出門，任天翔忙道：「將軍，請讓我和兩個兄弟與你同去，如果事實真如我所言，還請將軍奮起還擊！就算不能殺了欽差和監軍，也不要束手待擒。」

高仙芝遲疑片刻，終於還是點了點頭。

半炷香後，換上普通親兵衣衫的任天翔和任俠、杜剛三人，混在高仙芝幾名隨從中間，縱馬來到封常青所在的營地。

一行人一路來到封常青帳中，就見邊令誠居中而坐，見到高仙芝到來，突然長身而起，厲聲喝道：「高仙芝接旨！」

高仙芝急忙伏地聽宣，就聽邊令誠喝道：「高仙芝，聖上讓你率十萬大軍迎擊范陽叛軍，你屢戰屢敗，龜縮潼關畏戰不出，這也罷了，為何還要在敗退途中擄掠太原庫藏，燒毀庫房以毀滅罪證？如今你與封常清數罪並罰，聖上賜你們自盡，以留全屍。」

高仙芝憤然抬起頭來，厲聲質問：「請問這賜死的聖旨在哪裡？」

「聖旨在此，你自己看吧。」就聽身後響起一個陰惻惻的聲音，高仙芝回頭一看，認得是大內侍衛總管嚴祿，他的手中正捧著一道明黃色聖旨。在他身後，更有數十名大內侍衛手執利刃肅然而立。

高仙芝抖著手接過聖旨，看完後，不禁一聲長嘆，恨聲道：「說我作戰不力，屢戰屢敗也就罷了，為何還要誣我擄掠太原庫藏？你問問帳外將士，高某冤不冤枉？」

話音剛落，就聽帳外傳來無數將士的高呼：「枉！枉……」

原來就在高仙芝趕來的途中，任天翔悄悄讓張寶去通知了高仙芝的親兵，眾人聞訊趕來，已將行營包圍。嚴祿所率的大內侍衛雖然已控制帳中局勢，但外面的兵卒如此之眾，令邊令誠與嚴祿也不能不有所顧慮。

「高仙芝，莫非你要造反不成？」邊令誠色厲內荏地喝道。

話音剛落，就聽高仙芝身後一名隨從應聲高呼：「將軍，再不下決心，必為所害啊！」

那隨從話音剛落，又有兩名隨從應聲而起，一左一右護在高仙芝身旁。嚴祿見狀，急忙撲將上前，想要將高仙芝控制在手作為人質，誰知身形方動，一股暴烈的拳風已撲面而來。他急忙改抓為掌，擋住了對方一拳。

就聽拳掌相碰，空中就如同響起一聲悶雷，將大帳震得微微一顫。嚴祿身不由己後退了半步，心中大驚，沒想到高仙芝身邊一名隨從，功力竟不在自己之下。

眾侍衛見嚴祿吃虧，不約而同撲將上前，將高仙芝等人圍在了中央。雙方劍拔弩張，一觸即發，就在這時，突聽高仙芝淡淡道：「都給我退下！」

幾名隨從悻悻地退後兩步，就見高仙芝坦然走向嚴祿，平靜問道：「封常青將軍在哪裡？」

嚴祿一揮手，一名侍衛立刻撩起大帳一角，露出了藏在其後的封常青屍體。高仙芝一見之下，不由垂淚道：「封兄弟隨我征戰多年，沒想到今日竟落得如此下場。」

「將軍，下決心吧！」混在幾名隨從中的任天翔不禁喝道。誰知高仙芝卻還是搖頭，對嚴祿平靜道：「聖上賜死重臣，應用鶴頂紅，把它給我！」

嚴祿從懷中掏出一個小瓷瓶，有些心虛地遞到高仙芝面前。高仙芝接過鶴頂紅，轉向邊令誠道：「君要臣死，臣不得不死，請監軍稟明聖上，就說高某遙謝聖上所賜了！」說著他環顧眾人，「高某一生戎馬，大小數十百戰，為大唐帝國開疆拓土，立下過無數汗馬功勞，堪稱殺人盈野、斬將無算，今日為自己效忠的皇帝賜死，也算是個報應。不過高某身為上將軍，就算是死也需死得有點尊嚴，所以除了我這位隨從留下替我料理後事，其餘人還請退出大帳。」

嚴祿與邊令誠交換了一個眼神，默默率眾侍衛退出帳外，高仙芝幾名隨從還在猶豫，卻聽他冷冷喝道：「再不退下，軍法從事！」

幾名隨從含淚默默退出了帳外，任天翔見高仙芝在封常青屍體旁坐了下來，眼神異常寧靜，便知其抱定必死之志。他急忙勸道：「將軍其實不必如此。」

高仙芝遺憾嘆道：「你的一番好意我心領了，可惜守衛潼關的不是我安西軍，我與潼關部將的感情還沒到生死相托的地步。若我不遵聖旨殺了嚴祿和邊令誠，不僅晚節不保，背上不忠不義的罵名，這支臨時拼湊而成的大軍也必定分崩離析，潼關再不可守，長安必將淪陷。」

他略頓了頓，微微嘆道，「長安雖不是我的故鄉，我卻在這裏生活了許多年，有許多親人朋友也都在這裏，實不忍見它毀於戰火。你能拋棄前嫌捨命來救我，想必也是出於同樣的感情吧，應該能理解我此刻的心情。」

任天翔黯然道：「若將軍被枉殺，必令眾將士寒心，只怕潼關依然不可守，將軍的死將變得毫無意義。」

高仙芝苦澀一笑：「難道我奮起抗爭就能有所改變？不過是押上自己一世的清名作垂死掙扎罷了。與其如此，不如死得高貴一點。」說到這，他微微頓了頓，淡淡問：「是誰將接替我守潼關？」

任天翔沉吟道：「聖上召見了在家養病多年的哥舒翰，也許是要由他接替你。」

高仙芝臉上閃過一絲寬慰之色，微微頷首道：

「哥舒翰軍功卓著，威望天下無雙。由他接替我，必能重新凝聚軍心，潼關可保無虞。既然如此，我可以放心走了。我走之後，還望任公子攜我的佩劍昭告全軍，就說高某認罪伏法，全軍將士不得對聖命有任何懷疑。在哥舒將軍到來之前，還望公子以我的佩劍約束全軍，尤其是追隨我多年的那些親隨，萬不能讓他們幹出傻事。」

見任天翔含淚點了點頭，高仙芝輕蔑地將鶴頂紅拋到一旁，以驕傲的口吻淡淡道：「高某身為上將軍，豈會用毒藥結束自己的性命？聖上還是不瞭解我。」說著，他緩緩拔出了自己的佩劍，仰天長嘆，「沒想到我高仙芝一生征戰沙場，沒有死在敵人的手裏，卻死在了自己的劍下！」

任天翔以從未有過的敬意，默默注視著高仙芝橫劍劃過咽喉，以一代名將的驕傲——毅然自刎！

離間

第八章

如果說先前他還只是懷疑的話，現在已敢肯定，修冥陽絕對別有用心，意圖挑起楊國忠對哥舒翰的戒備和猜疑。哥舒翰身邊必有楊國忠耳目，方才修冥陽那番話，肯定很快就會傳到楊國忠耳中。

就在高仙芝於潼關自刎之時，遠在長安的李隆基已在問計抱病來朝的哥舒翰。范陽鐵騎不到三個月就兵臨潼關，攻陷了黃河以北絕大部分城池，其戰鬥力令滿朝文武震驚，李隆基久疏戰陣，自然也是憂心如焚。

面對皇上的問計，哥舒翰沉聲道：「聖上不必過於擔憂，叛軍雖然訓練有素，戰鬥力極強，短時間就佔領了河北、朔方大片領土，但他們燒殺擄掠無惡不作，完全不得人心，再加上叛軍不過是利益的結合。只要咱們固守潼關，令其不能進犯大唐帝都，時間一長，叛軍必生內亂，屆時咱們再各個擊破，天下可定！」

「為何要待叛軍自亂，方能各個擊破呢？」一旁的楊國忠問道，「這次聖上傾國庫所有，募得十五萬新軍，加上潼關守衛的高仙芝和封常清舊部，老將軍手中有二十多萬人馬，而范陽叛軍總共也不到二十萬，還分散在漫長的戰線上，潼關正面之敵不過數萬。老將軍以眾擊寡，還不能速戰速決？」

哥舒翰沉聲道：「相國有所不知，軍隊的戰力不是兵卒數量的簡單相加，就如狼與羊永遠不能以數量來衡量牠們的實力一樣。范陽叛軍與契丹作戰多年，皆是身經百戰的戰士，而聖上新募的新軍，大多是長安養尊處優、遊手好閒的子弟，從來就沒上過戰場，怎能跟安祿山手下眾多蠻族戰士相提並論？而且叛軍一路殺來，鋒芒正盛，咱們只能依託潼關之險避其鋒芒，靜待各地勤王兵馬陸續趕到，方能萬無一失。」

楊國忠被哥舒翰一番駁斥，臉上頓時有些掛不住，不過帶兵打仗他是外行，只能悻悻地閉上了嘴。

李隆基聽得哥舒翰這番話，心神稍定，連連頷首道：「有老將軍這話，朕就放心了。」

說完，李隆基向高力士微一頷首，高力士連忙上前兩步，高聲宣讀聖旨。不僅拜哥舒翰為皇太子先鋒兵馬大元帥，以太子李亨掛元帥之命，哥舒翰以副元帥身分行大元帥之權。同時任命哥舒翰為尚書左僕射，同中書、門下平章政事。

按唐制，皇帝之下設尚書、中書、門下三省，三省的長官尚書令、中書令和侍中同為宰相。因太宗皇帝曾做過尚書令，因此，尚書省自太宗之後不設尚書令，副職僕射即是尚書省的長官。中宗以後，僕射、中書、門下省平章政事者，不得為宰相，因此在哥舒翰尚書左僕射的頭銜下，又加上了「同中書、門下平章」，實際就是執行宰相的職權。

自唐開國以來，還從未將如此重要職位授予過一名異族武將，可見李隆基對哥舒翰之倚重。

哥舒翰急忙拜倒，含淚昂然道：「老臣定不負聖上重託，早日還天下以安寧。」

第二日一大早，李隆基率百官親送哥舒翰及十五萬新軍到長安郊外，諄諄敦促自不待言。

楊國忠率百官也隨聖上遙送大軍，望著漸漸遠去的新軍，隨侍楊國忠左右的邱厚禮不禁小聲問：「相國將舉國之兵託付給哥舒翰，難道就沒有一點擔心？」

楊國忠淡淡一道：「新軍中我已安插耳目，哥舒翰若有異心，我自會知曉。而且我已奏請聖上，在潼關與長安之間再駐紮一萬人馬，以防萬一。」

就在李隆基在十里長亭遙送哥舒翰之時，在離官道不遠的一座小山之巔，一名白衣老者也在目送著十五萬大軍浩浩蕩蕩向東進發。

在他身後，那名姓「修」的青衫文士有些遺憾地輕嘆道：「原以為除掉高仙芝與封常青，潼關必不可守，沒想到哥舒翰竟抱病出征。憑他在軍中的威信，必能重新凝聚軍心，潼關只怕依然堅不可破。」

白衣老者微微一笑，手撫髯鬚胸有成竹地道：「李隆基將所有兵馬託付哥舒翰，又前所未有地授予丞相之權，看似恩寵有加，實則是將心底之焦慮暴露無疑。現在天下安危皆繫於哥舒翰一人之手，只要稍加挑撥，君臣必起猜疑。哥舒翰的下場未必會比高仙芝好多少。」

青衫文士皺眉問道：「哥舒翰與安祿山是死對頭，說他暗中通敵與叛軍做交易，只怕沒人會相信吧？」

白衣老者微微笑道：「同樣的手段只可一，不可再。你什麼時候見過老夫一步妙棋連走兩次？」

青衫文士恍然醒悟，笑問：「主上已另有良策？」

白衣老者頷首道：「這回我要你親自去潼關一趟，老夫此計能不能成，就全看你的表現。」

青衫文士忙拱手道：「弟子修冥陽，敬請主上示下！」

巍巍潼關城，當哥舒翰率大軍抵達關前，就見三人三騎遠遠便迎了上來。領頭那人遠遠就在高呼：「哥舒將軍別來無恙？可還記得晚輩否？」

哥舒翰定睛一看，頓時面露喜色，示意幾名護衛的將佐退開，縱馬迎上前呵呵笑道：「原來是小友天翔，你怎麼會在這裏？」

任天翔縱馬上前，舉起手中高仙芝留下的佩劍，輕嘆道：「在下是受高將軍之託，在此等候哥舒將軍的到來。如今使命完成，我這懸著的心總算可以放下了。」

原來任天翔答應高仙芝，在他死後，憑他的佩劍約束其部下，以免他們做出蠢事。如今哥舒翰走馬上任，以哥舒翰的威望自可壓服全軍，不必擔心軍中再生變亂。

哥舒翰雖然一向與高仙芝不睦，但如今高仙芝被賜死，也令他有種兔死狐悲之感。他不禁問道：「高將軍臨終可有什麼遺言？你仔細道來。」

任天翔隨哥舒翰進得潼關，一路上將高仙芝自殺身死的經過仔細講述了一遍。哥舒翰不勝唏噓，心中也暗自警醒，心知這次出征若有半點差池，自己一世英名毀於一旦是小，只怕高仙芝就是自己的前車之鑑。

十五萬新軍的到來，讓潼關守軍精神為之一振。雖然這十五萬大軍大多是剛招募、未經訓練的新兵，但其浩浩蕩蕩的聲勢，加上哥舒翰的威望，也讓潼關軍民信心倍增，士氣高漲，彌補了因高仙芝和封常青之死造成的不安和動盪。

任天翔原本只想等到哥舒翰，完成高仙芝臨終之託後，便離開潼關回長安。但架不住哥舒翰的誠心挽留，只得答應留下來助哥舒翰守衛潼關。

他知道哥舒翰現在維繫著大唐帝國的命運，無論權力，還是在皇上心中的分量，已不輸於楊國忠，只要他肯替自己說話，自己官復原職便沒有多大問題。倒不是稀罕原來的權勢地位，只是御前侍衛副總管這個身分，無疑比一個受通緝的欽犯更有利於報仇，正是基於這樣的考慮，任天翔才答應留了下來。

新軍剛為哥舒翰搭起中軍大帳，就聽帳外一陣喧囂吵鬧。因長途跋涉加上病體未癒，哥舒翰早已疲憊不堪，正在中軍帳準備略作歇息，聽到吵鬧，不禁皺起了眉頭。中軍將佐見狀，忙高聲喝問道：「外面何事喧囂？」

有小校在帳外答道：「有個算命的江湖術士，說有破敵之策要獻將軍，被外面的兄弟攔住，正在那爭辯吵鬧。」

中軍將佐聞言不禁喝道：「還不馬上給打了出去？哥舒將軍日理萬機，哪有功夫見不相干的人？」

那小校一聲答應正待傳令下去，卻聽哥舒翰道：「等等！讓他進來。」

見中軍將佐不解，哥舒翰笑道：「不管他有沒有破敵良策，咱們都得禮賢下士，這樣才能廣開言路，讓真正有才能的人投奔而來。」

中軍將佐只得傳令下去，讓那江湖術士進來。

片刻後，就見一個年逾四旬、面容清秀、青衫飄飄的中年文士，被兩個衛兵領了進來。

任天翔正好被哥舒翰留在帳中議事，便以好奇的目光望向這大膽的術士，誰知一見之下，他不禁暗吃了一驚。因為這術士身上的種種細節，皆表明他不是普通那種靠一張嘴混飯吃的算命書生，而他那雙清朗明亮的眸子，卻又讓人看不穿猜不透，無法用「心術」窺探到他的內心。

哥舒翰示意看座，然後問：「先生怎麼稱呼？又是哪裡人士？」

青衫文士不亢不卑地道：「小生修冥陽，自幼在長安長大。」

哥舒翰微微頷首，饒有興致地問道：「聽說你有破敵良策？」

修冥陽看看左右，卻不開口。哥舒翰見狀笑道：「這裏沒有外人，先生但講無妨。」

修冥陽遲疑了一下，這才緩緩道：「要破安祿山，其實只需哥舒將軍下一個決心，便能讓安祿山大軍不戰自亂，即刻退兵。」

哥舒翰看看左右，就見眾將差點忍俊不住，當場爆笑。想多少高明的將領想盡一切辦法，也僅能將叛軍擋在潼關之前，這江湖術士竟說破安祿山大軍，只需哥舒翰下一個決心。哥舒翰不由好奇道：「願聽先生高見。」

就見修冥陽從容道：「安祿山糾集范陽、平盧、河東三府九族兵將造反，打出的旗號是清君側、誅奸相，還朝政以清明。楊國忠把持朝政多年，一向專橫弄權，驕奢淫逸，早已引得天怒人怨，因此安祿山起兵的理由贏得了不少蠻族兵將之心。現將軍手握二十萬大軍，若能以釜底抽薪之計，讓叛軍喪失起兵的理由，叛軍必定不戰自亂，天下指日可平。」

哥舒翰皺眉問：「何為釜底抽薪之計？」

修冥陽沉聲道：「將軍留少量兵馬守衛潼關，親率大軍連夜回師長安，將楊國忠綁了給安祿山送去。安祿山起兵的理由便不攻自破。二十萬叛軍、尤其是各族蠻將便不再一心一意，以攻陷長安為共同之目標。如今長安之兵已盡歸將軍，長安就是一座空城，將軍只需下此決心，既誅國賊，又退叛軍，豈不是一舉兩得？」

哥舒翰勃然變色，失聲喝道：「你、你這是要我起兵造反？」

修冥陽淡淡笑道：「這是以最小代價平定內亂的良策，將軍若是採納，則天下之幸也，何須在意一時的小節？」

哥舒翰突然拍案高呼：「混賬，如今國家危難之際，你竟出此以下犯上之計，實乃亂我軍心。來人！給我轟了出去！」

幾名兵將立刻架起修冥陽往外就走，卻聽他拼命掙扎大叫：「大丈夫做事，當以大義為先，不拘小節。將軍若不依此計，必定後悔終身！」

「等等！」一直靜觀其變的任天翔突然長身而起，對哥舒翰道，「將軍，這人留不得！」

見哥舒翰望向自己，任天翔正色道：「你需立刻將他綁了，給楊相國送去。或者乾脆以擾亂軍心之罪斬下他的頭顱，以免再有類似言語。」

哥舒翰皺眉問：「公子何出此言？」

任天翔沉聲道：「方才那番言語，若是傳到楊相國耳中，必起猜疑。以楊相國的心胸和為人，必對將軍不利。」

哥舒翰皺眉道：「雖然這廝唆使我犯上作亂，卻也不能因言殺人。如果將他綁了給楊國忠送去，他也必死無疑。我要這樣做了，以後誰還敢在我面前暢所欲言？」

任天翔嘆道：「將軍若不殺他，今後必受其害。與其如此，還不如依他之計，或許還有一線生機。」

哥舒翰搖頭嘆道：「這書呆子不知天高地厚也就罷了，怎麼連你也不知深淺？莫說在這國家危難之際，為臣者萬不可辜負聖上信任，就是真有此心，你又怎知手下將士不同樣反叛你？老夫一生戎馬，行得正坐得直，如今又深受聖上倚重和信任，就是那楊國忠又奈我何？」

任天翔見哥舒翰態度堅決，心知很難說動這個固執的老人，便丟下他匆匆來到帳外，對杜剛和任俠急急地吩咐：「方才中軍大帳中趕出去的那個算命術士，立刻將他給我追回來！」

二人見任天翔神情焦急，連忙追了出去，半晌後，就見二人空手而回，對任天翔道：「真是奇怪，那小子轉眼就不見了蹤影，我們找遍了營門外各條道路，都沒有看到。這小子是什麼人？究竟有何要緊？」

「我不知道，只知道他決不是普通人。」任天翔神情凝重地望向遠方。

如果說先前他還只是懷疑的話，現在已敢肯定，這修冥陽絕對是別有用心，意圖挑起楊國忠對哥舒翰的戒備和猜疑。哥舒翰身邊必有楊國忠耳目，方才修冥陽那番話，肯定很快就會傳到楊國忠耳中，除非將他綁了給楊國忠送去，否則很難讓心胸狹隘的楊國忠不對哥舒翰猜疑。一旦將相離心，倒楣的往往都是遠離皇帝的將領。

不過事已至此，任天翔也無可奈何，只能在心中祈禱，但願楊國忠看在潼關安危的份上，暫時莫要幹出什麼蠢事。

只可惜任天翔還是低估楊國忠的疑心和愚蠢，當他收到潼關送來的密報，不禁嚇得一陣心驚肉跳。心知哥舒翰若真要揮師長安，自己便決無倖免。在前方戰事不利的情況下，聖上肯定很樂意犧牲別人以保住自己的江山。想到這，楊國忠心中一陣發虛，急忙上了一本：

「臣聞居安思危為兵法第一要旨，而咱們卻把兵力全都集中於潼關，再沒有後繼兵源，萬一潼關失守，京城難保。」

李隆基急忙問計，楊國忠趁機建議道：「請聖上再調一支精銳為後軍，屯於霸上，萬一潼關失守，也還可以在霸上組織新的防線，為聖上贏得時間。」

李隆基一聽在理，自然准奏。於是出龍騎軍五千，再於長安招募五千新兵，組成一支萬人的後軍，由楊國忠心腹杜乾運統領，屯兵霸上，名為潼關守軍後衛，實則是防止哥舒翰回師長安，拿楊國忠開刀，以退叛軍。

哥舒翰鎮守潼關正面拒敵，自己後方卻有一支不歸自己統屬的「後軍」，主將又是楊國忠的心腹，自然有種前後受敵、背後讓人插上一刀的感覺。他便以代太子行兵馬天下大元帥之權的身分，奏請皇上將這支後軍也歸於自己指揮。李隆基久疏朝政，哪知哥舒翰與楊國忠之間的勾心鬥角，於是准奏，將杜乾運的後軍也歸於哥舒翰統領。

哥舒翰拿到聖旨，知道杜乾運未必會遵旨就範，便以商議軍情為名，將杜乾運騙到潼關，然後宣讀聖旨，奪其兵權。杜乾運不服，率衛隊抵抗，結果被哥舒翰親手所斬。

消息傳到長安，楊國忠嚇得面如土色，哥舒翰既然敢殺自己心腹大將，難保將來不會逼聖上殺自己，現在除了先下手為強，已經沒有別的退路。不過，現在哥舒翰肩負重任，手握重兵，又深得皇上信任，沒有充分的理由根本不可能動他。除非是一種情況，那就是戰敗。

想到這，楊國忠嘴邊終於泛起了一絲陰陰的冷笑，他已經想到一個保全自己的好辦法。

第二天早朝，楊國忠便將自己琢磨了一夜的話向皇上提了出來：

「啟奏陛下，想哥舒將軍手握二十多萬雄兵，卻在潼關龜縮不出，任由叛軍蹂躪我東都及潼關以東大片國土，令無數百姓流離失所，甚至被叛軍所屠，哥舒翰是微臣見過最為怯戰懼敵的將領。」

李隆基不解道：「這哥舒將軍不是相國舉薦的麼？固守潼關令叛軍自亂，不是咱們早已商定的戰略麼？相國為何突然又對哥舒將軍有了意見呢？」

楊國忠從容道：「聖上明鑒，所以此一時彼一時也。當初咱們商定固守潼關，那是因為各地勤王兵馬未到，安祿山叛軍面對的只有潼關守軍。現在朔方節度使郭子儀臨危受命，先後大敗叛軍，尤其是與河東節度使李光弼聯手，兩度大破叛軍精銳史思明部於九門和沙河，並於嘉山會戰中擊潰史思明全軍，截斷了安祿山的後路。如今安祿山被困於洛陽、陝郡一線，若令郭子儀、李光弼由後方攻擊安祿山後方，再有哥舒翰出潼關從正面收服洛陽、陝郡，則叛亂可平也！」

郭子儀自臨危受命出任朔方節度使以來，不僅率朔方軍多次破敵，還向朝廷推薦了自己的同僚李光弼出任河東節度使，二人數度聯手大破叛軍，收服了河北大片領土，截斷了安祿山大軍與范陽之間的聯繫。現在形勢開始變得對唐軍十分有利，安祿山大軍被困於潼關與洛陽、陝郡一帶，前有潼關天塹，後有郭子儀和李光弼所率精銳，一時進退不得。

李隆基也收到來自郭子儀和李光弼的捷報，已經有些為勝利沖昏頭腦，不過他也是帶兵起家奪得天下的皇帝，對用兵之道並非白癡。楊國忠所說雖然讓他有些心動，但想到可能的風險，他還是猶豫道：「安祿山大軍既已被困於洛陽一帶，咱們何必冒險出擊？只需假以時日，各地勤王兵馬陸續趕到，遲早將他困死在洛陽。」

楊國忠對李隆基的顧慮早有預料，就見他故作神秘地道：「陛下的想法固然穩妥，是萬無一失之計，但卻不是最好的戰略，即便這次平定了叛亂，也會為將來埋下隱患。」

見皇上有些不解，楊國忠趨近一步，壓低聲音道：

「陛下你想，由太子掛名大元帥、左僕射哥舒翰任副元帥的二十多萬長安大軍，在這次平定叛亂中竟無寸功，連安祿山一支偏軍都未曾擊敗過，將來那些節度使還會將陛下放在眼裏？若所有戰功皆歸於郭子儀和李光弼之輩，勢必形成將強君弱之格局。哥舒翰固守潼關怯戰不出，手握二十萬雄兵卻不建寸功，勢必令聖上威嚴掃地，難保將來不會又出另一個安祿山。」

李隆基聞言，臉上微微變色，手撫髯鬚沉吟不語，半晌後，方遲疑問道：「那依相國之計，如何是好？」

楊國忠低聲道：「微臣已打探清楚，由於郭子儀和李光弼諸將的攻擊，安祿山已經將主力撤到河北戰場，以應付郭、李二將在後方的侵襲，潼關正面之敵不足兩萬，由籍籍無名的叛將崔乾祐所率。哥舒翰手握二十多萬大軍，就算那是二十萬隻羊也足以將不足兩萬的叛軍踏平，一旦擊敗崔乾祐，收服東都便指日可待。如此一來，勤王諸將的功勞再大，也大不過收服東都的功勞。」

李隆基微微頷首，示意高力士道：「就照相國建言擬旨，令哥舒翰出兵收服東都。」

李隆基聖旨雖下，第三天卻收到哥舒翰的奏本，力呈長安大軍雖眾，卻都是未經訓練的新軍，除了據險固守尚可一用，一旦與經驗豐富的叛軍戰於曠野，必不戰自亂。而且以安祿山多年領兵之智，豈會在潼關正面放上一位有勇無謀的偏將，顯然是輕敵之計。

李隆基見哥舒翰說得在理，心中便有些猶豫，誰知楊國忠卻道：

「哥舒翰已位極人臣，打了勝仗，聖上也沒什麼再可賞他的東西。他自然是不求有功，但求無過，哪裡知道聖上心中的深謀遠慮。依微臣愚見，聖上需派監軍執尚方寶劍陣前親自督促，若不出戰便以抗旨治罪。」

李隆基猶豫良久，問道：「不知由誰監軍合適？」

楊國忠沉聲道：「微臣推薦邊令誠，一來他以前便在潼關監軍，熟悉軍情，二來他殺過高仙芝與封常青，定能令哥舒翰有所警惕，進而一心為聖上效命。」

邊令誠自監軍潼關，奉旨賜死封常青和高仙芝後，李隆基為防潼關守軍反感，也是為了向哥舒翰表示信任，所以將邊令誠撤了回來，哥舒翰身邊沒有再設監軍。如今哥舒翰拒不出戰，終於令他又想起了以宦官監軍，進而遙控前方大軍這一招。

「傳旨，封邊令誠為前方監軍，授尚方寶劍，督促哥舒翰收服東都洛陽。」李隆基終於下了一道令他痛悔終身的聖旨。

「什麼？要老夫率兵收服洛陽？」當哥舒翰收到邊令誠親自送來的聖旨，不禁驚呆了。他急忙解釋道，「安祿山手下皆是身經百戰的精銳之師，而末將手中則是未經戰陣的新軍。全靠潼關天塹方能固守不敗，一旦棄險出關，便如羊入狼群，焉能不敗？」

邊令誠不以為然地冷笑道：「將軍是為自己膽怯懼戰尋找藉口吧？潼關正面之敵不足兩萬，而你手中是二十多萬大軍。以十倍之兵力迎擊遠道而來的疲憊之師，就算是一個白癡來指揮也是必勝無疑，老將軍卻千般退縮萬般阻撓，莫非是心有二志？」

哥舒翰怒道：「老夫一心為國，天地可鑒，豈能容你誣衊？」

「既然如此，就請將軍用實際行動來證明。」邊令誠說著，緩緩舉起手中尚方寶劍，冷冷道，「微臣領有聖命，前方將佐無論誰膽怯不戰，皆可先斬後奏！」

望著邊令誠手中的尚方寶劍，哥舒翰不禁怔怔地落下淚來，仰天長嘆：「天滅我大唐，非臣之罪也！」說著他跪地接過聖旨，以艱澀的口吻道，「微臣遵旨，即刻率大軍收服東都。」

待邊令誠離去後，一直避在後帳偷聽的任天翔急忙出來，對哥舒翰道：「將軍既不想出戰，何不殺了邊令誠擁兵自重？免得受這死太監之氣。」

哥舒翰搖頭苦笑道：「我若如此，不僅一世清名毀於一旦，而且還給帶兵的將領開了個壞頭。以後誰都可以因聖旨不合意，便擅殺欽差抗旨不遵，那聖上還有何威信可言？天下必將四分五裂，陷入諸侯割據的戰亂之中。」

任天翔頓時想起了周王朝和春秋戰國幾百年的動盪，如果朝廷聖旨再不能約束諸將，那麼大唐便將成為周王朝，天下也將陷入春秋戰國的動盪之中。他只得收起殺邊令誠之心，寬慰道：「如今潼關正面僅有崔乾祐不足兩萬兵馬，而且崔乾祐素來有勇無謀，老將軍以二十萬擊兩萬，也未必不可一戰。」

哥舒翰憂心忡忡地嘆道：「安祿山帶兵多年，是我見過最為狡詐多智的統帥，豈會用一名偏將來攻潼關？他這是以輕敵之計在誘我出戰，叛軍遠道而來，利在速戰速決，如今聖上這道聖旨，卻是幫了安祿山大忙。」說到這，哥舒翰微微一頓，「不過，我哥舒翰也不是碌碌之輩，即便棄險出戰，安祿山要想贏我，只怕也沒那麼容易。」

哥舒翰的自負鼓舞了任天翔，他不禁道：「我願追隨將軍，收服洛陽。」

哥舒翰回頭望向任天翔，心事重重地拍拍他的肩頭，沉聲道：「我率大軍棄關而出，勝負殊難預料。而潼關是長安最後的門戶，其重要性自不待言。我希望公子留下來協助守衛潼關，萬一老夫前方失利，也要保潼關不失。」

任天翔有些為難道：「我留下來沒問題，但我畢竟是朝廷欽犯、待罪之身，只怕將軍前腳剛走，邊令誠後腳就要將我抓起來。」

「公子不必多慮，我已向聖上保舉了你。」哥舒翰淡淡道，「你所犯之罪不過是無心之失，撤去御前侍衛副總管之職就已經足夠抵罪。現在老夫好歹是尚書省左僕射，天下兵馬副元帥，地位不在楊國忠之下，聖上多少得給我幾分面子。我會等到赦免你的聖旨下來再出兵，屆時就拜託公子助我部將守衛潼關了。」

任天翔點點頭，卻又有些不解地問：「在下從未帶過兵打過仗，更沒有什麼了不起的才能，將軍為何如此看重，竟將如此重任託付於我？」

哥舒翰眼中閃過一絲異樣的神色，淡淡笑道：「老夫一生閱人無數，見過的青年才俊不下百人。但其中能稱得上天才的僅有兩人，一個是在隴右助我大破吐蕃的司馬公子，另一個就是任公子你了。」

任天翔有些意外，忙道：「司馬公子確是人中龍鳳，稱為天才那是名符其實。在下何德何能，在老將軍心中竟能與司馬公子並列？」

哥舒翰微微笑道：「你在司馬公子最擅長的棋道上，竟能逼得他吐血才能勝你，至少說明你跟他是水準相當的對手，能做天才的對手，那他必定也是個天才。」

任天翔不好意思地吐吐舌頭，玩笑道：「聽了老將軍這話，我好像也覺得自己還真是個天才了。」

二人哈哈一笑，哥舒翰目光幽遠的望向天邊，幽幽嘆道：「在這亂世之際，本該是司馬公子這樣的天才嶄露頭角、建功立業的大好機會，不知為何卻一直沒有聽到他的消息。我在長安多方打聽，也沒有探到他的音訊，如果老夫能得他相助，這天下必能蕩然而平。」

任天翔張了張嘴，本想告訴哥舒翰，如今司馬瑜那小子倒是沒有閒著，只不過是在安祿山那邊建功立業。不過話到嘴邊，他又生生咽了回去，實不忍破壞哥舒翰對司馬瑜的良好印象。

就在哥舒翰惦記著那個曾經助神威軍大破吐蕃的天才少年的時候，卻不知就在離他不到百里的地方，那個天才少年也同樣在惦記著他。眺望著前方那巍峨宏偉的天下第一雄關，司馬瑜緊鎖的眉頭漸漸鬆開，嘴邊露出了一絲若有若無的微笑。

安秀貞一直在癡癡地望著他，就如他眺望潼關一樣的專注。看到他緊鎖了許多天的眉頭在漸漸舒開，少女的心也隨之欣快起來。

她喜歡看他眉頭深鎖、冥思苦想的樣子，更喜歡看他破解難題後，嘴邊那一抹淡若秋水的微笑，那微笑就像是有某種魔咒，能令人在其中徹底沉淪，不能自拔。安秀貞以最大的克制，才忍著沒有去親吻那一絲溫煦如風的迷人微笑。

她癡癡地望著身邊這個神秘的男子，紅著臉小聲問：「公子心中的疑難有解了？」

司馬瑜點點頭：「潼關城頭的旌旗動了，哥舒翰在調度人馬。這次調度前所未有的龐大，聯繫到不久前長安的來信，說明哥舒翰在朝廷的壓力下穩不住了，他即將率軍出戰。」

安秀貞不覺得這算得上是什麼好消息，雖然她並不關心軍情，更不關心戰爭，卻也知道潼關有二十多萬守軍，而己方僅有不足兩萬人馬。而且這兩萬人馬還算不上范陽精銳，指揮他們的將領崔乾祐，更是個見到女人就兩眼放光，見到財寶就忍不住要搶的莽夫，她相信自己爹爹若不是安祿山，這莽夫說不定早已經動手來冒犯自己了。

不過，他既然說那是好消息，那一定就是好消息。正如當初他自告奮勇要孤身來取潼關時，安秀貞也完全的相信一樣。他和她僅帶了兩千精兵和一員猛將，以及安慶緒的一紙密令，便千里迢迢悄悄來到潼關前線。他要以崔乾祐所部不足兩萬兵馬和他自己親點的兩千精兵，攻下這座由二十多萬唐軍守衛的天下第一雄關，而他的對手，正是多年前的故主，曾經威震隴右的一代名將哥舒翰。

在他們身後，身材魁梧、滿臉橫肉的崔乾祐也是一臉狐疑。他有些不耐煩地把玩著手中那柄巴掌寬闊、長逾五尺的鋸齒刀，每當他在把玩自己這柄殺人過萬、因飲血過盛而鏽跡斑斑的巨型戰刀時，周圍十丈之內所有人都會變色。但唯有這個看起來文質彬彬、風都能吹倒的文弱軍師，卻坦然得就像自己手中拿的只是一個玩具。他的眼中甚至有一絲輕蔑的嘲笑，就像是在嘲笑一個努力想要在大人面前表現自己的孩子。

「軍師，哥舒翰就算棄關而出，末將也看不出這算什麼好消息。」崔乾祐悻悻地收起鋸齒刀，故作深沉地眺望潼關道，「雖然那二十多萬人馬大多是新招募的新兵，但其中也有趕來助戰的勤王邊兵，他們的戰鬥力不容小覷，他們的人數也在我軍之上。」

「所以這一仗，將軍責任既重大又艱難。」司馬瑜回頭望向這名猛將，以古井不波的口吻淡淡道，「如今唐軍已經截斷了咱們主力與范陽的聯繫，河北大片領土已入郭子儀和李光弼之手，現在大軍前有潼關天塹，後有唐軍勤王之師陸續趕到，已呈包圍之勢將咱們困在洛陽、陝郡、太原一線。要想破此危局，必須盡快攻下潼關佔領長安，只有這樣才能動搖大唐根基，令各路勤王兵馬軍心動搖、各自為戰，方能破此危局。」

見崔乾祐滿臉茫然，顯然根本不懂這一戰的重要，司馬瑜只得以他懂得的語言激勵道：「只要咱們能攻破潼關，長安便無險可守，屆時長安城女子玉帛便任由將軍予取予奪。長安乃大唐國都，天下第一富庶的城池，不僅有滿地的金銀財寶，更有公主王妃、大家閨秀任由將軍擄掠，不知這些東西值不值得將軍奮勇向前，擊敗哥舒翰大軍，奪取潼關？」

崔乾祐兩眼漸漸放光，毫不猶豫地點頭道：「值得，當然值得，若能打到長安，搶幾個公主王妃玩玩，就是死也值了！」

「很好，現在聽我號令，拔營後撤五十里，然後在靈寶縣附近待命。」司馬瑜胸有成竹地道。

「後撤？未經接戰就要後撤？」崔乾祐剛被挑起了鬥志，對後撤的命令自然是疑惑不解。

就聽司馬瑜解釋道：「咱們要將哥舒翰大軍引得遠離潼關，才能將他們徹底擊潰。不然他們若是退回潼關，要想再將他們引出來，只怕就千難萬難了。」

崔乾祐似懂非懂地點點頭，拱手道：「末將遵命，我這就令大軍拔營後撤。」說完翻身上馬，回營調度人馬。

司馬瑜意氣風發，眼中閃爍著躍躍欲試的豪情，卻突然發現安秀貞神色有些不豫。他立刻醒悟，忙展顏笑問：「你是不是怪我以女子玉帛激勵崔乾祐鬥志？現在范陽鐵騎離家已久，戰意已衰，若不以長安城的財富和女子激勵他們，恐怕很難再讓他們奮勇爭先。我這也是想盡快攻入長安，為你大哥安慶宗以及被朝廷派人刺殺的大將軍報仇，希望貞妹能理解。」

安秀貞幽幽嘆了口氣，緩緩道：「戰場上的事我也不懂，只要你覺得正確就放手去做吧，我會無條件地支持你。」

「貞妹！」司馬瑜有些感動，忍不住將她輕輕擁入懷中，二人默默相擁，似在感受這大戰來臨前最後的寧靜。

奪關

第九章

浩蕩的大軍在哥舒翰率領下緩緩出城，足足走了兩個多時辰才全部出得潼關。但見龐大的隊伍在官道上猶如長蛇般蜿蜒而行，首尾皆望不到頭。其浩大的聲勢，就連見多識廣的任天翔也不禁嘆為觀止，心中油然生出一種不可戰勝的觀感。

「看！叛軍撤了！」

潼關城頭，守城兵卒老遠就看到叛軍開始拔營而去，徐徐向東方撤離，有兵卒立刻飛報哥舒翰。聞訊趕來的哥舒翰與任天翔等人登上城樓，遙望著人去營空的叛軍陣地，眾人對叛軍的舉動都有些不解。

緊隨而來的邊令誠則欣喜地高叫：「一定是安祿山後方已抵不住各路勤王兵馬的輪番猛攻，不得不將圍攻潼關的軍隊撤回去助陣，現在正是咱們乘勢出擊的時候，若能追上叛軍，必能將之擊潰！就是收服東都洛陽，也當指日可待。」

哥舒翰知道現在各種形勢，已經逼得他不能再固守潼關。他轉向任天翔，以前所未有的凝重之色沉聲道：「朝廷的特赦令已經下來，不僅赦免了公子過去的一切罪責，還另行任命你在老夫身邊參謀軍事，助老夫和邊大人守城。現在這潼關就託付給兩位大人了，我留五萬久經戰陣的老兵給你們，無論老夫前方是勝是敗，在沒見到老夫的面之前，你們都不可開關，切記切記！」

任天翔尚未答話，邊令誠已在一旁笑道：「老將軍為何老是說這些喪氣話？你以二十萬之眾攻擊叛軍不足兩萬人馬，只怕想打敗仗都不容易。老將軍放心去吧，潼關有我守衛，必定萬無一失！」

任天翔則慎重地點點頭：「將軍放心，我會牢記將軍教誨，無論前方戰事如何，都會堅守不出，力保潼關不失！」

雖然得到邊令誠和任天翔的保證，哥舒翰眼中依然有一抹揮之不去的憂色。他往身後招了招手，一名年輕將領立刻來到他身旁。他對任天翔低聲道：

「你在軍中沒有半點根基，僅憑朝廷一紙任命只怕難以號令全軍，我將自己親兵分一半給你。他們都是從隴右就追隨我左右的老兵，不僅身經百戰，忠心更是毋庸置疑，希望他們對你有所幫助。」

任天翔連忙道謝，就見哥舒翰對那名將佐道：「元陀，從今往後你就跟著任公子，你和你所有的兄弟，務必要視他如我！」

那將佐連忙答應，跟著對任天翔抱拳道：「末將烏元陀，見過任大人，以後還請任大人多多關照。」

任天翔見這烏元陀雖然還不到三旬，卻老成持重，銳氣內斂，顯然不是泛泛之輩。他急忙還禮道：「烏將軍客氣了，小弟對軍中事務一竅不通，以後還仰仗烏將軍多多指點。」

烏元陀見任天翔毫無架子，不禁點頭笑道：「公子謙虛了，雖然末將與公子僅有一面之緣，卻還記得當年公子在隴右逼得司馬公子棋枰嘔血的風采。」

經他這一提醒，任天翔立刻認出這烏元陀果然是當年隴右神威軍中的一員。不過當年他還只是哥舒翰身邊一名小校，沒想到如今已是哥舒翰身邊重要的親衛將領。任天翔心中頓感親切，忍不住伸手與他一握，呵呵笑道：「原來是故人，難怪我覺得好眼熟。」

哥舒翰與雙方介紹完畢，心事重重的下得城樓。

隨著他的手勢，早已集結完畢的二十萬大軍，發出震天的高呼，雖然大戰在即，不過所有將士都是一臉輕鬆，他們雖然絕大多數都還是第一次上戰場，根本沒有任何廝殺搏命的經驗，有許多人甚至是第一次拿起武器，即便如此，他們依然如參加郊外狩獵一般的輕鬆，因為他們知道對手尚不足兩萬，而二十萬大軍的龐大聲勢，給了他們無窮的信心。

浩浩蕩蕩的大軍在哥舒翰率領下緩緩出城，足足走了兩個多時辰才全部出得潼關。但見龐大的隊伍在官道上猶如長蛇般蜿蜒而行，首尾皆望不到頭。其浩大的聲勢引得無數潼關百姓也競相登上城樓觀看，還很少有人看到過如此龐大的軍隊在行進，就連見多識廣的任天翔也不禁嘆為觀止，心中油然生出一種不可戰勝的觀感。

在離潼關不到百里之外，司馬瑜也在若有所思地眺望著那看不到盡頭的唐軍。但見旌旗如林，斧鉞如沙，龐大的隊伍就如一支長蛇徐徐行進在浩瀚的天宇之下。獵獵朔風捲起人馬走過踏起的浮塵，使之陷於一片濛濛迷塵之中，更增添了唐軍的赳赳氣勢。

「唐軍有這麼多人馬？」跟在他身後的崔乾祐在小聲嘀咕，臉上已經微微變色。雖然長安城的玉帛女子很吸引人，但面前這支龐大到不可想像的軍隊，卻已讓他所有的勇氣消失得無影無蹤。

「綿羊再多依然是綿羊，永遠逃不出被屠殺的宿命。」司馬瑜不以為意地輕哼道，「傳我號令，繼續後撤，在靈寶一線列陣，與哥舒翰決一死戰。」

崔乾祐應聲而去，沒多久，叛軍兩萬人馬在靈寶縣郊外曠野停了下來，在崔乾祐指揮下排出了一個以防守為主的弓形陣。

就見哥舒翰所率大軍在一箭之外停了下來，亂哄哄地排出了一條看不到盡頭的長蛇陣。居中指揮調度的司馬瑜看到唐軍的陣勢，嘴邊不禁閃過一絲冷笑。長蛇陣是最簡單的陣勢，看來哥舒翰這二十萬大軍，果然是未經戰陣的新軍，除了長蛇陣，只怕也沒操練過別的陣勢。

「崔將軍，聽說你是一員難得的猛將？」司馬瑜眺望著唐軍陣地，頭也不回地問。

崔乾祐一愣，傲然道：「崔某自追隨大將軍以來，大小戰陣數十場，斬將不下百人，從未在任何對手面前退縮過。」

司馬瑜點點頭：「很好，不知將軍可敢單挑哥舒翰？」

崔乾祐愣了一愣，色厲內荏地喝道：「有何不敢？不過我就怕哥舒老兒未必會應戰。」

司馬瑜對崔乾祐的膽怯視而不見，只道：「很好，那就請將軍向哥舒翰挑戰，不管用什麼辦法，只要能激他出馬，你就是全功。」

崔乾祐縮了縮脖子，遲疑道：「哥舒老兒威震邊關多年，就是大將軍對他也不敢有絲毫輕視，是天下屈指可數的猛將，末將要是萬一不敵……」

「將軍無需顧慮。」司馬瑜打斷了他的話，淡淡道，「你能在陣前殺他那是最好，若是不敵盡可速速逃命。我並不望你能勝，只是希望你敗得光彩一點。」

崔乾祐暗自舒了口氣，豪邁大笑道：「既然如此，末將去也！」

縱馬來到兩軍陣前，崔乾祐放聲高呼：「哥舒老兒，聽聞你浪得虛名久已，末將崔乾祐早已不服，可敢與我單打獨鬥酣戰一場？」

話音剛落，就見唐軍陣中一將縱馬而出，憤然高呼：「無名之輩，哪配死在哥舒將軍槍下？我吳天福殺你已經綽綽有餘！」

說話間，就見那唐將縱馬如飛，雙手舞動砍刀來到近前。崔乾祐勒馬不動，直到那唐將的砍刀已迎風斬來，他才一聲大吼，拔出背上鋸齒刀暴然相迎，但見兩刀相碰，濺出無數火星，跟著是一聲刺耳的脆響，那唐將手中的砍刀已應聲折斷。不僅如此，鋸齒刀巨大的力量甚至貫穿了甲胄，生生將那唐將斬為兩段！

原本還在高聲為己方將領吶喊助威的唐軍兵卒，突然間就靜了下來，他們從未見過戰場上如此血腥暴烈的廝殺，而且崔乾祐戰馬未動，僅憑單手之力就將一名猛將斬成兩段，那他的臂力將是多麼的驚人？所有人都暗自膽寒，甚至有稚嫩的新兵開始彎腰嘔吐起來，他們從未想到過，戰場上的廝殺會如此血腥，一個照面就決定了一個將領的生死。

「槍來！」唐軍帥旗之下，哥舒翰平靜地伸出了手。

就見那名追隨他多年的健卒左車，立刻將他那支白蠟杆大槍扛了過來。哥舒翰抄槍在手，正待縱馬而出，一旁幾名將領急忙阻攔道：「將軍為全軍統帥，怎能親自冒險？衝鋒陷陣的事自該由我等代勞。」

「你們沒人是他對手。」哥舒翰淡淡道，「所以必須老夫親自出戰。」

「面對這等粗人，咱們揮軍掩殺過去便是，何須跟他單挑？」一個將領急道。

哥舒翰搖搖頭，指向身後兵卒道：「他們大多是沒上過戰陣的新兵，心中本就對戰爭充滿了恐懼，更對我這個主帥沒有多少瞭解。我得用實際行動幫他們樹立信心，讓他們知道狹路相逢勇者勝的道理。」

眾將還想再勸，就聽挑戰多時的崔乾祐已逼近到唐軍陣前，高聲對唐軍士兵道：

「看到了吧，你們主帥是個膽小鬼，根本不敢出戰，只會叫自己手下來送死，自己卻做縮頭烏龜。跟著這樣的懦夫能有什麼出息？你們不如跟了本將軍，我保證讓你們知道什麼才是真正的勝利。」

聽到這樣的挑釁，哥舒翰便知再不出戰，己方士兵的信心將被敵將摧毀殆盡。他示意眾將讓開，然後挺槍緩緩而出，慢慢來到兩軍陣前。唐軍眾兵將見主帥孤身應戰，不禁齊聲高呼，紛紛為主將吶喊助威，士氣也隨之大振。

崔乾祐見一名鬚髮皆白、神情威嚴的老將孤身而出，雖不認識，卻也猜到必是哥舒翰無疑。他收起幾分狂傲，拱手拜道：「末將早已久仰哥舒將軍威名，今日得見將軍威儀，實乃平生之幸。」

「既敢向老夫挑戰，也算有點膽色，那就放馬過來，就是死在老夫槍下，那也是你的榮幸。」哥舒翰說著輕輕一抖長槍，就見那支白蠟杆大槍猶如活物般顫動起來，猶如吞吐著紅信的毒蛇躍躍欲出，似要擇人而噬。

崔乾祐心知哥舒翰威震隴右多年，決不會浪得虛名，不過看他已年逾古稀鬚髮皆白，力量必定不如壯年。想到這，崔乾祐一磕馬腹，縱馬疾馳上前，人未至，手中鋸齒戰刀已借戰馬的衝力凌空揮出，這一刀之力比平地上大了一倍不止。

就見哥舒翰橫槍於胸，以槍桿架住了崔乾祐奮力一刀。但見白蠟杆長槍在鋸齒刀巨大的衝力下彎成了弓形，幾乎就要折斷，不過其巨大的彈性也因此卸掉了刀上的力道。崔乾祐感覺自己這一刀就像是砍在了彈性十足的棉花之上，軟軟地毫不受力。跟著那反彈之力就如浪濤洶湧而來，生生將自己的刀震開一旁。幾乎同時，哥舒翰已抖出一朵槍花，直奔自己咽喉。

崔乾祐急忙貼於馬背，狼狽地躲過了對方致命一槍。二人身形剛交錯而過，哥舒翰就已經折回馬頭，挺槍向崔乾祐後心扎來。原來他早已算好後著，刀槍相接的同時就已經在調轉馬頭，追向崔乾祐身後。

崔乾祐不及控馬轉身，只得縱馬前衝，同時揮刀擋開刺向自己後心的一槍。但見二人在場中一追一逃，越來越快，崔乾祐始終無法調轉馬首正面對敵，而哥舒翰也總是差了一個馬身，無法將崔乾祐刺於馬下。

唐軍士兵見哥舒翰占了上風，殺得敵將幾乎沒有還手之力，不禁爆出震天的歡呼。方才被崔乾祐那一刀之威打掉的信心，又重新找了回來。

崔乾祐見哥舒翰越戰越勇，武功之高並不因老邁而衰退，力量雖然不及自己，但其經驗之老辣足以彌補他力量上的衰退。戰不到二十合，崔乾祐已是險象環生，幾次差點被哥舒翰刺於馬下。

想起司馬瑜的叮囑，他不敢再硬拼，急忙打馬往己方陣地落荒而逃。唐軍眾兵將見狀齊聲歡呼，情不自禁地往敵陣掩殺過去。

「停！快回來！」哥舒翰在馬背上高聲狂呼，也僅制止了身旁數千部卒的衝鋒，更遠的唐軍在數十萬人的吶喊助威聲中，根本聽不到他的喊話，更忘了跟隨旌旗的指揮。衝鋒一旦發動，就再也停不下來。後面的士兵推擠著前面的兵將，亂哄哄地向叛軍的陣地掩殺過去。

眼看唐軍戰線前鋒漸漸逼近，司馬瑜示意兵馬先讓過敗退而回的崔乾祐，然後下令全線撤退。就見范陽騎兵立刻轉身而逃，雖逃得迅速，卻依然保持著基本的隊形，並沒有因之混亂和驚慌。

與此相反，唐軍追兵很快就不成隊形，亂哄哄地向敵人追去。哥舒翰幾次想要喝住大軍，奈何己方人數實在太眾，未經訓練的新軍又根本沒有聽令而行的習慣。眼看敵人敗退，眾人立功心切，便亂紛紛追了上去，生怕落在人後。

哥舒翰攔了幾次都沒能攔住興奮狂熱的唐軍，只得向崔乾祐的叛軍追了上去。兩支人馬一追一逃，轉眼便在數十里開外。不知不覺間，唐軍便尾隨叛軍進入了一條南面靠山，北臨黃河，中間為七十里長的狹窄山道。

哥舒翰大半生都在隴右駐守，根本不熟悉靈寶一帶的地形，待發現眼前的地形對大軍極為不利時，二十萬大軍已大半進入了隘口，擁擠在七十里長的狹長山道中。

「退！快退！」哥舒翰急忙喝令退兵，但此刻已經晚了。就見南面山坡上，數十輛裝滿草料的馬車，帶著滾滾濃煙順坡而下，以不可阻擋之勢衝入山道中，數十輛車同時衝下，轉眼就將山道徹底阻斷。

車上滿載的草料轉眼便燃成一座火山，將二十萬唐軍徹底堵在了七十里長的狹窄山道中，而山道的另一頭，也早已被叛軍用燃燒的草車切斷。跟著就見南面山上現出無數埋伏的叛軍，將早已準備好的滾木亂石推了下來，唐軍人仰馬翻哭爹叫娘，卻連敵人的影了都沒看到。

風勢將草車的濃煙灌入隘口，唐軍被嗆得不辨東西，紛紛跳入滔滔黃河，有精明的士兵將長槍紮成木排順江而下，卻剛好成為等在下游的叛軍弓箭手的活靶子。混亂中，二十萬大軍早已失去統一的指揮，混亂到將不知兵，兵不知將，只知各自逃命，再無半分戰意。

哥舒翰見機得早，總算沒有被堵在隘口內。眼看混亂之勢已成，自己的將令除了身邊的親兵，根本沒有人再聽。他無奈一聲長嘆，率身邊的親兵返身衝出亂軍包圍，一路逃往潼關。

誰知剛衝出數里，就見一彪兩千人的精兵攔住了去路，看他們的打扮和氣勢，顯然不是崔乾祐手下那些兵馬。

「老將軍別來無恙？」攔路的將領高聲問候，聲音依稀有些熟悉。哥舒翰定睛一看，不禁吃了一驚，失聲輕呼：「突力！」

就見這身材魁梧、目光銳利如狼的突騎施猛將，緩緩控馬來到哥舒翰近前，拱手拜道：「末將突力，見過哥舒將軍！」

哥舒翰見他身披叛軍甲冑，不禁瞠目怒喝：「好你個叛臣賊子，老夫待你也算不薄，沒想到你竟然投了安祿山！」

突力舉起腰間佩刀，輕嘆道：「將軍這柄哥舒刀，末將一直都帶在身邊，將軍對末將的恩情，突力一直沒忘。只可惜大唐皇帝不是突力的恩人，而是害我國破人亡的大仇人，無論誰要造他的反，我都會捨命追隨。將軍罵我叛臣賊子，不錯，我就是要做個叛臣賊子，為自己，也為石國百姓討還個公道。」

哥舒翰看看突力身後那彪精銳之師，再看看自己身後不足千人親兵，無奈嘆道：「人各有志，我也不怪你。望將軍看在老夫過去待你不薄的份上，請讓我過去。」

突力嘆道：「正因為是看在過去的情分上，末將決不能放將軍回去。你想想高仙芝和封常青，他們不過丟了幾座城池，折損了幾千人馬，就被李隆基那昏君賜死，將軍將二十萬人馬葬送在這裏，你以為回去後還能活命？」

哥舒翰眉梢一挑，冷冷問：「這麼說，你是要將我留下了？」

突力拱手拜道：「不敢，末將只是想救將軍一命。」

哥舒翰緩緩抬起手中長槍，一聲冷哼：「將軍好意老夫心領了，不過老夫一生忠於大唐，從未有過異心。而且老夫現在身為大唐元帥，兼領丞相之職，為聖上這份恩寵，也決無背叛之理。你若還念老夫過往恩情，就請讓路，不然老夫只好以手中長槍，殺出一條血路。」

突力略一沉吟，緩緩道：「既然將軍執意要走，突力不敢強留。不過突力受命在此攔住將軍，總不能空手而回。將軍要走可以，不過得將其他人留下。」

哥舒翰哈哈大笑：「老夫身為他們的統帥，豈能棄他們而去。既然你執意要留下我們，老夫只好捨命闖關！」

話音剛落，哥舒翰已縱馬挺槍，當先直撲敵陣。突力急忙拔刀相迎，與哥舒翰戰在一處。

他的力量或許比崔乾祐稍弱，但刀法卻比之高出何止一籌，哥舒翰數度衝殺，卻始終突不破他的阻攔。而唐軍眾將士早已是疲敝之師、驚弓之鳥，哪裡還是叛軍精銳的對手，一連數度衝陣，皆被叛軍擋了回來，死傷慘重。

哥舒翰眼看身邊將士越來越少，不禁雙目赤紅奮勇高呼：「隨我衝！」說著再次率軍衝向敵陣，長槍只攻不守，儼然是以搏命之勢要衝破阻攔。

突力面對狀如怒獅的哥舒翰，終於手軟，不由自主讓開一條道路，就見哥舒翰率幾名親兵殺入敵陣，猶如虎入羊群，留下一路血污和殘屍，衝破阻攔奪路而去。

突力沒有追趕，只在身後遙遙呼道：「有位故人在前方等候將軍，希望將軍見到他後，或能改變主意。」

哥舒翰沒有停留，一路落荒而逃，他身邊只剩下十幾名親隨，幾乎人人帶傷，個個人疲馬乏，再禁不起任何惡戰。

就在這時，突聽前方一聲炮響，數百名騎手從埋伏處一湧而出，攔住了哥舒翰去路。

哥舒翰勒馬橫槍，想略作歇息再闖敵陣，卻聽敵陣中領頭那文士打扮的年輕人遙遙拜道：

「哥舒將軍，晚輩在此等候多時。」

哥舒翰定睛一看，驚得差點從馬鞍上摔了下來，他目瞪口呆地望著那個年輕人，神情如見鬼魅，結結巴巴地喝問道：

「是你？你、你竟然投了安祿山？」

年輕人坦然點頭：「不錯，晚輩現在是大將軍的軍師。」

哥舒翰一聲長嘆：「我早該想到，以崔乾祐的腦子，怎能想出這種巧妙利用地形之利，破我二十萬大軍的狠招。原來是你在暗處籌劃，老夫這一仗敗得不冤。」

司馬瑜淡淡笑道：「老將軍過獎了，勝敗乃兵家常事，將軍大可不必放在心上。」

哥舒翰搖頭嘆道：「公子人中龍鳳，為哥舒翰一生最為敬佩之人，沒想到你不為大唐建功立業，竟為叛將安祿山所用。將絕頂的聰明才智，用到了禍國殃民的邪道上，實在是令老夫惋惜。」

司馬瑜微微笑道：「這天下乃天下人之天下，非一家一姓之私物，而天子之位，也唯有德才皆備者方可居之。大唐帝國自天寶以來，日漸頹廢，為上者驕奢淫逸，只知奢侈享受，不管民間疾苦；為下者只知媚上爭寵，剛直正氣蕩然無存。尤其是聖上年邁昏聵，內寵宦官國戚，外用虎狼之將，終使內外失和，埋下亡國的禍根。而我所做的，不過是為這禍根澆水施肥，讓它早一天發展壯大，動搖這個帝國腐朽的根基，讓天下在大亂中實現大治，最終為這天下找到一個真正的聖明天子。」

「任你說得天花亂墜，亂臣賊子就是亂臣賊子。我勸公子儘早迷途知返，不然一世的聰明將反而害你終身。」

見司馬瑜不為所動，哥舒翰不禁仰天嘆道，「人各有志，老夫也不勉強。今日老夫兵敗，公子若還念著過去的情分，就請讓一條道放我過去，不然老夫只好以手中長槍，殺出一條血路。」

「我正是看在過去的情分，才不能放你回去送死。」司馬瑜嘆道，「有高仙芝和封常青的前車之鑒，哥舒將軍難道對那昏君還不死心？就算他不殺你，難道與你勢同水火的楊國忠會放過你？」

哥舒翰冷哼道：「為將者不是死在沙場，就是死在法場，斷沒有投降的道理。你不必再多言，只安心守好陣腳，老夫就要提槍闖陣。」

哥舒翰說著，慢慢舉起手中長槍，僅餘的十幾名親兵立刻聚攏到他的身後。就見哥舒翰以槍柄猛拍馬股，一聲大吼：「殺！」

十餘名親兵發出聲嘶力竭的吶喊，緊隨哥舒翰身後，向嚴陣以待的范陽精銳騎兵衝去。

哥舒翰長槍遙指司馬瑜，他知道這年輕人那可怕的才能，若為善，則天下大幸，若為惡，則是天下大禍。若能在陣前將之刺殺，即便力戰身死，也死得其所。

兩名范陽騎兵挺槍迎了上來，哥舒翰長槍挽起兩朵槍花，將兩人閃電般刺於馬下。跟著馬不停蹄直衝司馬瑜。更多的騎兵衝上前阻攔，卻哪裡能擋住早已視死如歸的一代名將。

二人的距離已不足十丈，就見司馬瑜依然穩穩立在原地，面對哥舒翰咄咄逼人的目光和銳不可擋的氣勢，他的眼中沒有一絲膽怯和驚慌，只有一種對英雄末路的惋惜和同情。

哥舒翰終於衝到了司馬瑜面前，長槍如電暴然刺出。眼見寒光閃閃的槍鋒就要洞穿司馬瑜咽喉，就見一柄彎刀從旁飛來，電光火石間撩開了哥舒翰的槍鋒，跟著就見一名契丹少年從馬鞍上一躍而起，凌空一刀直劈哥舒翰頭頂。

哥舒翰雖舉槍擋住了當頭一刀，卻沒能躲過他隨之而來的一腳，胸口被一記重擊，身不由己翻身落馬。無數范陽騎兵立刻圍了上來，混亂中就聽司馬瑜輕聲道：「刀下留人！」

范陽騎兵收起刀鋒，改用鉤鐮槍將哥舒翰拖倒在地，哥舒翰連番惡戰，早已精疲力竭，身不由已被眾人綁了起來，由那名契丹少年親自押到司馬瑜面前。

司馬瑜翻身下來，示意隨從為哥舒翰鬆綁，然後躬身拜道：「晚輩實不忍將軍回去送命，不得已出此下策，還望將軍諒解。」

「少廢話！」哥舒翰瞠目怒道，「哥舒翰既已戰敗被俘，要殺要剮悉聽尊便。」

司馬瑜搖頭嘆道：「將軍與我有故人之情，我豈會殺害將軍？將軍既然抱定為大唐殉葬之志，我也不強人所難。只要你幫我做一件小事，我立刻就放了你和你那些親兵。」

哥舒翰轉頭望去，就見幾名追隨自己多年的親兵俱已被俘，其中也包括力大如牛、忠心耿耿的左車。看到他們大多傷痕累累，血跡斑斑，哥舒翰無奈一聲長嘆，默默垂下了頭。

司馬瑜見狀，嘴邊泛起一絲得意的微笑，指向西方道：「我想請將軍為我打開潼關。」

哥舒翰神情一震，斷然搖頭：「你休想！哥舒翰死則死也，斷不會做這等卑鄙無恥之事。」

司馬瑜不以為然地笑道：「將軍對我最為瞭解，當初吐蕃人固若金湯的石堡城也被我輕易拿下，小小潼關又怎能擋住我司馬瑜前進的步伐？我求將軍為我打開潼關，只是不想多造殺孽，讓守城將士做無謂的犧牲。」

哥舒翰臉上突然泛起一絲異樣的微笑，搖頭嘆道：「這一次不同，你攻不下潼關。」

司馬瑜有些意外：「將軍怎麼會有這種想法？難道你不相信我的能力？」

哥舒翰呵呵笑道：「老夫沒有懷疑過你的能力，但是這次守衛潼關的是任天翔。如果說這世上還有誰是你的剋星，那一定就是這小子。」

司馬瑜原本得意的微笑漸漸僵硬，回首眺望潼關方向，他的眼神漸漸凝重起來。

潼關城頭，任天翔也在焦急地眺望著地平線盡頭。潰敗的兵馬已經陸續來到城樓前，哭喊聲、叫罵聲、受傷兵將的哀號聲不絕於耳，但是沒有看到哥舒翰，任天翔不敢開關放他們進來。

「開門！開門！開門！」城樓下的潰兵齊聲吶喊，聲震曠野。邊令誠高聲喝罵道：「叫什麼叫？哥舒將軍有令，沒見到他回來之前，無論如何也不能開關放人。」

「哥舒將軍早已兵敗被俘，再不會回來了！」有兵卒在城樓下高喊。

「放屁！誰再敢擾亂軍心，殺無赦！」邊令誠氣急敗壞地喝道。不過，越來越多的兵卒都說哥舒翰兵敗被俘，他只得發狠道，「若哥舒翰再不能回來，你們便自尋生路吧，潼關城決不能放任何一個可疑的人進來。」

眼看潰敗的兵卒越來越多，而范陽叛軍的前鋒已漸漸迫近，潼關城下哭喊聲、叫罵聲震天。任天翔心中終有不忍，對守軍將領道：「開關，放人！」

「不行！」邊令誠急忙喝道，「誰知道這些敗軍中，有沒有混入范陽叛軍的精銳。要是他們進城後趁機作亂，潼關便危險了。」

任天翔心知邊令誠的顧慮不無道理，當初哥舒翰下令任何情況下也不能開啟城門，也正是基於這樣的考慮。但是面對無數饑寒交迫、急需救助的傷兵，他又怎忍心任由他們在野外等死。但是敗兵如此之眾，短時間內根本無法對他們一一進行甄別，若其中混有范陽精銳，放他們進來就是極大的冒險。

任天翔躊躇再三，最終無奈嘆道：「都是長安兒郎，咱們怎忍心見死不救？開關，放人！」

任天翔的命令得到大多數守城兵將的擁護，紛紛爭相開關。

邊令誠阻攔不及，只得對任天翔恨恨道：「任天翔，別忘了你還是待罪之身。潼關萬一有失，你有多少腦袋都不夠砍！」

任天翔無心理會邊令誠的威脅，急忙將幾名守將召集起來，秘密交代他們如何防止奸細作亂，以及如何將計就計，反戈一擊！

在離潼關城樓一箭之遙，司馬瑜看到城門緩緩打開，潰敗的兵卒正蜂擁進城。他的嘴邊再次泛起那算無遺策的微笑，熟悉他的人都知道，這幾乎就是勝利的微笑。

「軍師，下令攻城吧！」崔乾祐看到機會難得，忍不住就要率軍發動衝鋒。誰知司馬瑜卻搖頭道：「現在攻城，守軍必定強行關閉城門拒敵。雖然咱們能殺掉城外的敗軍，卻也攻不進固若金湯的潼關。所以現在咱們要做的就是等。」

眼看著那些敗軍陸續逃入城中，崔乾祐心有不甘地問：「那要等多久？」

司馬瑜抬頭看了看天色，不緊不慢地道：「等天黑。」

天色終於徹底黑盡，大戰的喧囂也早已平息。兩萬范陽鐵騎在潼關郊外枕戈待旦，靜靜地等待著總攻的時刻。

就見司馬瑜獨自矗立於最高處，默默地眺望著夜幕下的潼關城樓，不斷在心中計算著時辰。

終於，潼關城中出現了隱約的火光，隨風傳來隱隱的吶喊和呼叫。司馬瑜微微一笑，向崔乾祐一揮手。這名范陽虎將立刻一躍而起，舉刀輕呼：「攻城！」

上萬名范陽精銳直撲城下，果然看到城門正緩緩打開，日間扮成敗兵的先頭部隊終於收到了奇效，趁夜奪得了城門。范陽騎兵立刻蜂擁入城，誰知衝入城門後才發現，城內除了第一道城樓，裏面還有一道更為堅固的甕城，就見甕城下大門緊閉，城樓上投下了無數火把，引燃了地上堆積的柴草，城樓與甕城間那不足十丈的空地上，頓時變成了一片火海。

「退！快退！」崔乾祐雖然頭腦簡單，但也是久經戰陣，發現勢頭不對，立刻揮刀衝出城門。就見沉重的城門在他身後砰然關閉，將上千名最精銳的先鋒勇士，關在了城門與甕城之間的狹窄地段。

看到城門內那沖天的火光，聽到那狀若來自地獄的慘叫和呼號，司馬瑜立刻意識到守軍早有防備，自己派人假扮敗兵混入城中，趁夜奪取城門的計畫宣告失敗。那些架著雲梯想要強行攻城的范陽將士，也先後被城上守軍射了下來。他只得下令後撤，那些失陷在城中的前鋒勇士，只好任由他們自生自滅了。

甕城與城樓之間的那狹小地段，此刻已變成了地獄。就見地上火光熊熊，四周城樓上箭羽亂飛，衝入城樓的叛軍頓成了火光下的活靶子。不過盞茶功夫，上千名衝入城中的叛軍就成了箭下之鬼，僥倖未死的也紛紛跪地投降，不敢再作抵抗。

守軍初戰告捷，紛紛向徐徐退去的叛軍放聲高呼：「潼關固若金湯，歡迎再來送死！」

僥倖逃回的崔乾祐氣得破口大罵，眾將也為那些不幸失陷在城中的同伴悲憤不已。只有司馬瑜神情平靜，似乎對這樣的損失並不在意。他若有所思地望著黑黝黝的潼關城樓，心中已在盤算下一步的行動。

「阿乙，你大哥有消息嗎？」司馬瑜望向身後的契丹少年。辛乙忙縱馬趨近兩步，低聲稟報：「我大哥帶著先生親筆書信和厚禮去了近一個月，按說也該回來了。」

他略頓了頓，遲疑道，「不知這公輸公子是何許人，竟敢讓先生三番五次去請？若依辛乙的脾氣，還不如一根繩索給先生綁了來。」

司馬瑜啞然一笑，淡淡道：「這位公輸公子是世所罕見的奇才，必須以禮相待，誰敢冒犯公輸公子，便如冒犯我一般。」

辛乙神色一震，忙道：「先生放心，辛乙已牢記在心。」

潼關城頭，眾將紛紛向任天翔道賀。在哥舒翰大軍新敗的危急時刻，這一場勝利無疑起到了穩定軍心的作用。只是眾將始終不明白，任天翔是如何從眾多敗軍中，一眼就認出混在其中的范陽奸細，雖然他也遺漏了少數奸細，但他僅憑目光的甄別就認出大半奸細的本事，依然令眾將嘖嘖稱奇。

任天翔無法向眾將解釋《心術》的神奇，因為一眼就看到比別人更多的細節，這種天賦不是人人都有，再加上從細節中發現表象下的規矩，並依照規矩進行推理，從敗兵中分辨出奸細，對他來說並不是多大的難事。他相信墨子也正是運用這種《心術》，從碌碌大眾中找到了無數義烈忠勇之士，所以他率領的墨家弟子才能做到捨身為義，英勇無畏。

雖然倉促之間，任天翔不可能認出所有的奸細，但少數漏網之魚已掀不起大浪。所以他才能將計就計，將范陽叛軍的先鋒引入甕城，來了個關門捉鱉，總算為守軍重塑了信心。

接下來的幾天，叛軍沒有再攻城，雙方依然遙遙對峙。在長安得到消息的褚剛等人也都紛紛趕來助陣，與他們同來的自然還有醜丫頭小薇。他們雖然支持任天翔為妹妹復仇，但也更支持他放下個人恩怨，為長安百姓守衛潼關的壯舉。

眾兄弟的到來，給了任天翔無窮的信心。雖然他們人數不多，但個個都可以一當十，尤其是在受到宦官邊令誠的箝制下，有這樣一幫兄弟，無疑會讓邊令誠有所顧慮，不敢再獨斷專行。

平靜的日子僅僅過了不到十天，就有兵卒飛速來報，說叛軍又要發起進攻了，這次他們好像使用了一種新式武器，即便征戰多年的老兵，也從來沒有見過。

任天翔與褚剛等人說說笑笑地登上城樓，他們並沒有將叛軍的進攻放在心上。潼關是天下第一雄關，而守軍的人數更是攻城叛軍的兩倍有餘，他們沒有任何理由需要擔心。不過，當任天翔看到叛軍陣中緩緩逼近的攻城武器時，他的笑容陡然凝固。他一眼就認出了在墨子遺作中曾經提到過的攻城器具，他甚至立刻就想起了它的名字——

雲霄戰車！

殺相

第十章

「在國家如此危難之際，楊賊依舊還作威作福，竟為一時之憤鞭笞部卒，甚至楊府一個小小管家，也敢肆意欺凌羞辱我軍中將領，將他綁在驛館外毆打，試問如此國賊，該不該殺？」

「該殺！該殺！」眾兵將齊聲應和。

「那是什麼玩意兒？」潼關城頭，眾將紛紛在問。

即便是鎮邊多年的老兵，也從來沒有見過那幾個看起來是如此蠢笨粗陋的木製機械。它們三丈見方，高不到兩丈，就像帶著八個巨輪的木頭堡壘，由藏在裏面的牲口和健卒推動，正緩緩向潼關城樓逼近。

無數范陽兵卒躲在它之後，尾隨著它一步步靠近。雖然大家不認識這玩意兒，不過卻並不怎麼擔心，有將領已經示意兵卒準備滾石檑木，相信再堅固的木頭堡壘，總不能強過磚石壘成的城池吧？

在離城樓一箭之地，那些戰車停了下來。眾人驚訝地看到它在慢慢長高，就像是雨後破土而出的竹筍，從中央一節節地升高，藏在其中的工匠搖動機括，漸漸讓它們升高成為一座座高高矗立的木製城樓，它們從原來不到兩丈，升高到六、七丈出頭，超過了潼關城樓一丈有餘。就見無數范陽弓箭手順著藏在它中間的木梯登上最高處，整個潼關城樓，便完全暴露在它的威脅之下。

「不好！他們要放箭！」守軍中有人在驚呼，話音剛落，就見那些木製城樓最高的箭垛之後，探出了無數范陽弓箭手的箭鋒。此刻他們居高臨下，潼關城的女牆對守軍再不能形成有效防護，城樓上的守軍全部暴露在了范陽弓箭手的箭羽之下。

不等守軍完全明白過來，雲霄戰車上射下了第一輪箭雨，守軍驚慌失措，紛紛伏地躲避。雖然杜剛、任俠等人急忙組織弓箭手還擊，奈何雲霄戰車比潼關城高出一大截，范陽弓箭手又躲在箭垛之後，守軍弓箭手再多，對他們也構不成多大威脅。

雖然十幾具戰車上的弓箭手對守軍的殺傷力有限，但其威懾力卻是十分巨大，尤其守軍中許多人還是未經戰陣的新兵，在如雨而下的箭羽面前，早已驚慌失措、肝膽俱裂，有的慌不擇路地逃下城樓，有的則伏地躲在女牆之後，再不敢抬頭。幾輪箭雨過後，城上的守軍除了少部分老兵還在手執盾牌堅持，大多數新兵已經逃得不知所蹤。

趁著城上混亂的當口，范陽精銳開始發起了總攻。他們架起雲梯向城上攀爬，面對上下兩路的進攻，守軍開始混亂起來。雖然褚剛等人拼死抵抗，卻也擋不住遠遠不斷攀上城頭的范陽精銳。

「公子，快想辦法啊！」所有人的目光都望向了任天翔，他們全都將他當成了最後的希望。任天翔心思急轉，想起墨子遺作中對付雲霄戰車的辦法。他急忙向任俠等人示意：

「火油，用火油燒毀它們。」

城頭上有對付進攻的火油，在任天翔指點下，眾人將火油灌滿裝水的皮囊，待雲霄戰車接近到更近的距離，杜剛等臂力超群的勇士，立刻將灌滿火油的皮囊投了出去。皮囊在雲霄戰車上爆裂開，火油立刻四處流溢，弓箭手隨之射出帶著火種的火箭，點燃了雲霄戰車上的火油。

火焰熊熊騰起，眾人不禁發出一陣歡呼。但是歡呼聲響過沒多會兒，他們全都又沉默了。火油很快燃過，不過只是將雲霄戰車燒出一塊塊黑色的印跡，製造雲霄戰車的木料不知經過怎樣的處理，竟不能用火油點燃。

潼關城下，司馬瑜也看到了這一幕，他一顆懸著的心總算放了下來，轉向身旁那個坐在輪椅之中、腿有殘疾的冷面男子恭維道：

「公輸公子果然不愧名匠公輸般之後，雲霄戰車雖然早已絕跡中原，但古籍中也還有零星的記載，唯有這種不懼火攻的戰車，卻是瑜平生僅見！」

公輸白蒼白的臉上飛起一抹興奮的紅暈，他對司馬瑜的讚譽似乎並不在意，只以期待的目光望向潼關城樓，澀聲道：

「當年先祖助楚王伐宋，所有攻城手段皆被墨子一一破解。這雲霄戰車便是被墨子火攻所破，雖然那一仗只是先祖與墨子沙盤推演，但先祖依然認為那是他一生中的奇恥大辱。先祖後來潛心研究多年，總算設計出了這種不懼火攻的雲霄戰車，只可惜那時墨子已死，再沒有機會一雪前恥，因而被先祖引為畢生之憾事。」

說到這，公輸白目光炯炯地轉向了司馬瑜，緩緩道：

「我是聽司馬兄說，守城的是墨家千年之後第一位鉅子，是從我手中盜去義字璧殘片的任天翔，這才答應來幫你。我要向世人證明，先祖公輸般才是天下第一匠，這世上決沒有他攻不下的城池！」

遙見范陽精銳在猛將崔乾祐和突力率領下，已經開始登上潼關城樓，司馬瑜呵呵笑道：「公輸公子已經證明，公輸世家的戰車遠勝墨家的守城之術。什麼《墨家九禦》，在公輸世家強大的攻城器面前，根本就一錢不值。」

「不！」公輸白連連搖頭，「這不是墨家弟子真正的實力。我還有無數攻城戰術和器具沒有用上呢，我希望任天翔這個墨家千年來第一位鉅子，不要被我幾具雲霄戰車就打得毫無還手之力。」

潼關城頭的任天翔當然記得墨子留下的典籍中，還有一種破雲霄戰車的利器——石炮，以巨型強弩將十多斤重的石頭彈射出去，能將雲霄戰車擊毀。但是他根本就沒想到，范陽軍能製造出這種古籍中才有記載的攻城戰車。大唐自開國以來，天下承平已久，許多大型攻城武器早已經荒廢甚至失傳，因此根本沒人想到需要防備叛軍的大型攻城器。

戰鬥已經進入到白刃爭奪階段，無數叛軍已經攀附著雲梯登上潼關城樓，守軍此時暴露出了他們最大的弱點，從未上過戰場的新兵一見血就腿軟，在凶悍如狼群的范陽精銳面前，根本沒有還手之力。更多的新兵則望風披靡，未經接戰就四下逃竄，這不僅助長了敵人的氣焰，也大大影響了自己人的戰鬥力。

眼看越來越多的叛軍登上城樓，守軍再抵擋不住，任天翔急忙對任俠道：「快讓邊令誠率中軍頂上來，快點！」

邊令誠所率的中軍是潼關守軍主力，大部分是守衛邊關的老兵，他們的人數不在叛軍之下，若能及時頂上來，勝負還不可預料。誰知任俠正要去傳令，突聽城中傳來一陣隱約的呼喊：「邊大人已經率中軍逃了，邊大人已經率中軍逃往西門……」

眾人循聲望去，果見中軍的旌旗已向西而去，原本還在堅持的守城老兵，看到中軍大旗已走，頓時軍心大亂，再無心抵抗，戰鬥漸成潰敗之勢。眼看登上城樓的范陽兵將越來越多，褚剛不禁對任天翔嘶聲道：

「撤吧，再不走就晚了！」

任天翔雙目赤紅，恨不能親自殺敵。環顧四方，但見守軍早已失去統一的指揮，成一邊倒的潰敗，他不禁含淚跺足道：

「哥舒將軍將潼關託付於我，沒想到我竟然不能將它保全，我還有何面目回去見長安父老？不如就戰死潼關，以報哥舒將軍所託！」

「留得青山在，不怕沒柴燒！」杜剛等人急忙勸道，「公子不必在意一時的勝敗，咱們改日再來報仇！」

眾人正在爭持不下，就見一將手舞戰刀衝了過來，迅猛之勢銳不可擋。杜剛等人正待上前拒敵，卻聽任天翔的親衛首領烏元陀失聲呼道：「突力！」

突力停了下來，他也認出了昔日的同僚，以及曾經救過自己的任天翔和義安堂眾人，幾個人相對無言，還是任天翔最先打破沉默，苦笑道：

「原來是突力將軍，你竟用哥舒將軍的哥舒刀幫范陽叛軍攻城？」

「沒想到咱們當初拼死營救的，竟然是個無義小人！」任俠也認出了突力，不禁冷哼道。

突力沒有理會任俠，只望著任天翔淡淡問：「公子一定後悔當初救我了？」

任天翔搖搖頭：「我不後悔，如果重頭再來一次，我依然會救你。」

雖然任天翔說得輕描淡寫，但言語中卻是充滿了真誠。

突力收起刀嘆道：「你們快走吧，潼關已經淪陷，再堅持下去，必定玉石俱焚。」

任天翔方才心痛潼關失守，一時衝動恨不能以身相殉，現在見敗局已定，他反而冷靜下來，望向突力平靜問道：

「能打敗哥舒將軍二十萬大軍、攻下潼關的人，決不會是有勇無謀的崔乾祐，不知此人是誰？」

突力嘆道：「當然是你那結義兄長，也唯有他能令突力心甘情願地效命。」

雖然早有預料，任天翔還是暗自嘆息——難怪這一仗敗得如此之慘，令人無話可說。默然片刻，他忍不住問：「不知哥舒將軍現在在哪裡？」

突力忙道：「你不用擔心哥舒將軍，他雖然兵敗被俘，不過突力和公子都會善待將軍。」

任天翔木然點點頭，心知對哥舒翰這樣一個一生罕有敗績的名將來說，兵敗被俘簡直比殺了他還殘酷，他現在就算還活著，也跟死人無異。他是因李隆基和楊國忠的瞎指揮而兵敗被俘，因此在任天翔心中，死於李隆基和楊國忠之手的朋友，在高仙芝和封常清之後，又加上了一個哥舒翰。

眼看叛軍陸續圍了上來，任天翔對突力平靜道：

「我當初救你是因為你是被冤枉，不過如今你既然投了安祿山，下次再見，我必定不會放過你。」

突力點點頭：「救命之恩，突力今日便算報答，下次再見，咱們便是各為其主，再無交情。」

任天翔默然點頭，眼見潼關城樓已經徹底落入叛軍之手，而作為後備的中軍又被邊令誠帶走，再做抵抗不過徒增傷亡，他不禁含淚一聲斷喝：「走！」

在突力的示意下，包圍過來的范陽精銳紛紛讓開一條路，任由任天翔帶著眾人下得城樓。

此時叛軍已經攻入城內，到處充斥著敗兵的呼號和百姓的慘呼。任天翔帶著眾人殺回住處，接上小薇小澤等人後直闖西門，就見西門已經洞開，無數逃難的百姓和敗兵混雜在一起，構成了一幅末世般的逃難圖。

眾人隨著敗兵出得潼關城，回首望去，但見城內已燃起沖天大火，隨風隱隱飄來陣陣慘呼和哭號，飄渺隱約猶如來自極遠的幽冥地府，令人不由自主聯想到傳說中的煉獄景象。

任天翔心中充滿自責和愧疚，恨不能做點什麼以減輕心中的負疚感。眼看眾百姓扶老攜幼，行動遲緩，他勒馬停了下來，看看身旁隨從，除了杜剛、洪邪等義門中人，就只有烏元陀所率不到百名哥舒翰親衛。他環顧眾人道：

「雖然潼關已失，但咱們不能和百姓爭道而逃。我想留下來暫擋追兵，哪怕擋得一兩個時辰，也可以挽救不少百姓和長安兒郎的性命。」

說到這，他略頓了頓，「我不勉強大家，願意留下來的就跟我走，不願意留下的就速去長安，將潼關失守的消息上報朝廷。」

說完，任天翔調轉馬頭就走，以免讓不願追隨的將士尷尬。他聽到身後響起了雜亂的馬蹄聲，雖不能細數，卻也知道絕大部分將士都跟隨自己留了下來。他心中不禁一陣寬慰：看來在危機面前，義烈忠勇之士還是占多數。

一小隊叛軍追在無數敗兵和百姓之後，虎入羊群般一路斬殺過來。雖然他們人數僅有寥寥數十人，但敗兵早已經失去鬥志，除了沒命地逃跑，根本無人抵抗。轉眼間便有上百敗兵倒在了他們的刀下。

任天翔率眾人迎了上去，以杜剛、任俠、洪邪等人為首的義門高手，加上烏元陀所率哥舒翰親兵，立刻殺了對方一個措手不及。他們沒想到逃兵中還有一支近百人的精銳之師，尤其領頭幾人武功之高，令人不可想像，轉眼間這一小隊叛軍就折損大半，剩下幾人急忙落荒而逃，匆匆趕回去求救。

「痛快痛快，老子總算出了口惡氣！」焦猛連斬數人，忍不住欣然高叫，「咱們乾脆再殺回城去，多宰幾個叛賊再走。」

他的兄弟朱寶立刻舉刀附和：

「對！殺回潼關去，為兄弟們報仇！」

褚剛忙道：「不可，這幾個叛軍已逃回去報信，叛軍大隊人馬立刻就會殺到，咱們得趕緊走，不然被他們纏上可就不容易脫身了。」

眾人紛紛點頭，都將目光望向任天翔。就見他遙望西方，見無數百姓和敗兵還沒逃遠，他沉吟道：「咱們若就這麼走，根本沒起到阻敵的作用，反而引來大股追兵。」

「那公子的意思是……」褚剛忙問。

任天翔看看左右，發現前方道路兩旁樹林茂密，他心中一動，對眾人一招手：「跟我來！」

崔乾祐得到前哨的急報，說西門外有唐軍近百名精銳，武功之高出乎想像。他立刻就意識到，這必定是守城主將的親衛部隊，只有這樣的親兵和精銳，才能在潰敗之中依然保持著極高的戰鬥力。他急忙率自己虎賁營追了上去。

剛出西門數里，就見前方密林中有塵土瀰漫天際，在落日的餘暉下十分顯眼。他急忙勒住奔馬，示意眾將士停步，一名虎賁營將佐不解問道：「將軍為何不追了？」

崔乾祐遙指前方的密林，得意洋洋地笑道：「密林中有伏兵，人數只怕還不少。也許是來自長安的援軍，想打老子一個埋伏。」

見那將佐有些不解，崔乾祐不禁罵道：「那麼明顯的揚塵你看不出來？看塵土的寬度和廣度，伏兵只怕不下萬人。速去稟報軍師，讓他率主力前來增援，務必將這股援軍乾淨、徹底地消滅。」

那將佐聞言如飛而去，沒多久，司馬瑜便率大隊人馬趕到。崔乾祐急忙迎上前，得意洋洋地稟報：「前方有唐軍埋伏，已被本將軍一眼看穿。軍師來得正好，咱們各率五千人馬從兩側迂迴包抄過去，務必將這股唐軍全部殲滅。」

司馬瑜目視遠方，冷著臉沒有說話。一旁的辛乙低聲道：「給我兩百精銳，我去將任天翔給公子抓來。」

司馬瑜默然片刻，微微搖頭道：「不，命令大軍原地休整，兩天後再向長安進發。」

「休整兩天？」崔乾祐有些不解，「為何不儘快攻取長安？」

司馬瑜嘴邊泛起一絲揶揄的微笑，淡淡道：「崔將軍既然知道前方有唐軍埋伏，在沒有摸清唐軍實力和企圖之前，咱們當然不能輕舉妄動。」

崔乾祐似懂非懂地點點頭，還想再問，卻見司馬瑜已轉身回城，他只得對副將擺擺手：「傳令下去，大軍休整兩天，後天一早向長安進發！」

副將高聲答應，立刻命令哨兵吹響號令，曉喻全軍，原地休整待命。

「看！叛軍停止追擊了！」密林之中，在樹上瞭望的小澤壓著嗓子興奮地輕呼。

烏元陀等人應聲勒馬停了下來，他們的坐騎已經累得大汗淋漓，尤其馬尾上還拖著長長的樹枝，對馬力的消耗更是迅速。聽到叛軍停止追擊的消息，便都趁機停下來喘口氣。

任天翔在任俠的幫助下爬上樹端，舉目向潼關方向張望，但見叛軍已經收兵回城，再看不到任何叛軍的影子。

小澤在一旁讚道：「古有諸葛亮空城計嚇倒司馬懿三十萬大軍，今有任天翔疑兵計驚退司馬瑜數萬精兵，公子比那諸葛亮一點不差。」

任天翔若有所思地點點頭，對小澤這比喻深以為然。司馬懿被空城計嚇退，那是因為諸葛亮對他還有用處。司馬瑜被疑兵計所阻，顯然也是因為自己對他還有用。這疑兵計也就只能嚇嚇有勇無謀之輩，騙不了精明過人的司馬瑜。不過他也沒有說破，只對在另一棵樹上瞭望的任俠擺擺手：「收兵！」

任俠吹了聲口哨，所有將士口哨相傳，很快就重新聚攏過來，眾人將馬鞍上拖著的樹枝紛紛扔掉，默默聚集到任天翔周圍，雖然剛經歷了最大的敗仗，但這個年輕人的表現已經征服了這些哥舒翰親衛將士的心，他們自覺自願地追隨其左右，不是因為其官銜或朝廷的任命，而是因為他的人格魅力。

任天翔目光從眾人臉上一一掃過，在心中暗自嘆息：原來這些就是墨子尋找的忠勇義烈之士，即便在敗逃之中，也願意將機會留給別人，將危險留給自己。

他目視眾兵將緩緩道：「相信大家都知道，哥舒將軍是因何而敗，我要去長安為哥舒將軍討個公道。願意追隨的就跟我走，另有打算的，我任天翔也不勉強，以後有緣再見，咱們還是朋友。」

眾兵將先是有些驚訝，但沒有一個人離開。就見烏元陀越眾而出，對任天翔沉聲道：「公子這話是不相信咱們？當初哥舒將軍令咱們追隨公子，就說過要視公子如他，何況，公子是要為哥舒將軍討個公道，咱們豈能棄你而去？」

眾親兵紛紛點頭，臉上有著同樣的剛毅和堅決，任天翔心中感動，不禁頷首道：「好！咱們一起去長安！」

率眾縱馬出得密林，任天翔忍不住回首遙望潼關方向，在心中默默道：潼關！我任天翔一定還要回來！

看看天色將晚，任天翔調轉馬頭，揚鞭奮馬率先而行，一行人緊跟在他的身後，望長安方向縱馬飛馳……

潼關失守的消息很快就傳到了長安，令朝野震動，人心惶惶。由於邊令誠最先率兩萬大軍逃回長安，並在朝堂前將潼關失守的責任推到哥舒翰和任天翔身上，因此他不僅沒有因不戰而逃被治罪，反而受到聖上的讚賞和嘉許。

楊國忠對潼關失守早有所準備，趁機進言請聖上巡狩巴蜀。那裏是他的封地，整個益州的官吏幾乎都是他的心腹，他可以借機挾天子以令諸侯，將皇上徹底控制在自己手中。

李隆基早已沒有年輕時中興大唐的勇武和智謀，不顧太子李亨等人堅守長安、以待勤王之師的建議，倉促決定西狩巴蜀。

當天夜裏，李隆基留下邊令誠統領兩萬潼關敗軍和部分御林軍守衛長安，自己則帶著部分皇親國戚和文武官員，在三千御林軍的保護下連夜出西門，向西逃往益州。

當任天翔趕到長安之時，才知李隆基已經逃離長安，但見長安城門緊閉，不放任何人進入。由於李隆基所帶的隊伍龐大繁雜，根本瞞不住人，因此任天翔很容易就打聽到他們逃離的方向，他想也沒想，立刻帶著眾人追了上去。

由於逃難的隊伍龐雜，其中不少是嬌生慣養的妃子貴婦，哪裡經受過千里跋涉之苦？所以任天翔等人雖然晚來了一天，卻也在興平縣境內追上了逃難的大軍。御林軍見任天翔等人追來，立刻有將領迎上來喝道：「什麼人？報上名來？」

任天翔對烏元陀低聲吩咐了幾句，烏元陀心領神會地點點頭，迎上前答道：「咱們是從潼關撤回來的部隊，聽聞聖上巡幸益州，所以急急趕來護駕。」

那御林軍將領見眾人衣甲和神情，確實是潼關逃回的敗軍無疑，便道：「你們要隨聖上去益州可以，不過咱們沒有多的給養，所以你們得自己解決。」

烏元陀忙陪笑道：「那是自然，末將不勞將軍費心。」

那將領見烏元陀如此忠心，也就不好再說什麼，便丟下一句話：「那你們便在咱們後方殿後，沒有我的命令，不得接近聖上和諸位大臣，以免驚了聖駕。」

烏元陀連忙答應，眾人便跟在逃難的隊伍之後緩緩而行。

天色將晚時，隊伍在馬嵬坡驛站停了下來，在楊國忠安排下，李隆基和少數皇室宗親以及重臣住進了驛站，大部分大臣只能住在御林軍將士的營帳之中。

御林軍將士多為漢中人，對於逃離家鄉去千里之外的巴蜀，將家鄉親人丟給叛軍屠戮蹂躪，自然是充滿了不甘和憤懣。任天翔在營中巡視一圈，便知道御林軍將士積怨已久，現在只需要最後一點火星。

他回到自己營中，將烏元陀等人招來問道：「哥舒將軍因何兵敗？」

眾人紛紛道：「都是楊國忠這奸賊，對將軍心懷猜忌，鼓動聖上強令將軍開關出戰！」

任天翔再問：「你們想不想為哥舒將軍報仇？」

眾人紛紛點頭：「怎麼不想？咱們恨不能將那奸賊斬成肉泥！」

任天翔頷首道：「很好，現在咱們就去殺了那奸賊，為哥舒將軍報仇。」

眾人聞言面面相覷，一時啞然無語。

烏元陀小聲道：「御林軍有三千多人，咱們要殺楊國忠，只怕力有不逮。再說，這是犯上作亂的舉動，就算成功，也難逃株連九族的重罪。」

任天翔微微笑道：「咱們要自己去幹，當然不能成功，但是現在御林軍對楊賊也是怨聲載道。御林軍大多是漢中人，相信有不少是你們老鄉和故舊，現在你們要做的就是去拉攏、鼓動你們認識的老鄉和朋友，將他們對楊賊的仇恨變成行動。」

眾人開始有所醒悟，烏元陀點頭道：「御林軍左將軍李晟，曾經與咱們在隴右一同抵禦過吐蕃人，為人正直仗義，跟末將也有些交情，我悄悄去找他，或許能通過他鼓動御林軍。」

「太好了！」任天翔點頭笑道：「那大家就分頭行動，不過，為了徹底激起御林軍的怒火，咱們還得演一齣苦肉計，需得烏將軍找個機靈的老兵去演，而且要是這漢中土生土長的老兵。」

見烏元陀有些不解，任天翔示意他附耳過來，然後對他耳語片刻，烏元陀恍然醒悟，連忙點頭道：「公子放心，我這就照你的吩咐去辦。」

待眾將士都分頭離去後，任俠忍不住問：「現在咱們做什麼？」

任天翔沉吟道：「你們去打探東宮伴讀李泌的住處，我要儘快見到他。」

雖然是逃難途中，一切只能刪繁就簡，但楊國忠依然享受了一桌在常人看來還算豐盛的晚餐。他剔著牙正要將剩菜剩飯賞給下人，就聽門外傳來一陣嘈雜喧囂，他不悅地問：「怎麼回事？外面為何如此吵鬧？」

有家丁進來稟報：「是隨咱們一同逃離長安的各國使臣，他們聲稱一整天都沒吃東西了，嚷嚷著要聖上給解決飯食。」

楊國忠這才想起，自己光顧著張羅皇上和一幫王公大臣的晚餐，忘了各國使臣。他緩步來到門外，對十幾個來自世界各地的使臣道：

「大家不要吵，咱們走得匆忙，所帶糧食給養十分有限，光供應聖上和一幫王公大臣就已經捉襟見肘，哪還有多餘的食物給你們？不過，考慮到你們也是大唐的客人，我楊國忠便私人提供給你一些食物，以略盡地主之誼。」

說著，他回頭對家丁吩咐了幾句，那家丁如飛而去，不一會兒就將楊國忠吃過的剩菜剩飯端了出來。

眾使臣已經餓了一天，突然見到食物，哪有心情計較好歹，紛紛上前致謝分食，誰知混在眾多使臣中一個老兵，卻突然扔掉一盤分給他的剩菜高叫：

「楊相國自己吃香喝辣，卻將剩菜剩飯賞給咱們，你當咱們是要飯的不成？」

眾使臣原本餓極，本無心計較食物好歹，但現在被人道破是剩菜剩飯，便都不好意思再吃。

楊國忠見狀，不禁呵斥道：「你是何人？為何混在各國使臣中鬧事？」

那老兵昂然道：「我是潼關前線撿了條命回來的老兵，現隨御林軍保護聖駕南巡，你們不給咱們食物，我只好混在各國使臣中找相國要點糧食果腹，沒想到你竟然以殘羹剩飯糊弄咱們！」

楊國忠見各國使臣面色都有些不豫，不禁惱羞成怒，喝罵道：「你一個潼關敗兵，聖上沒有治你的罪就已經是天大的恩惠，哪有糧食給你？本相國可憐你賞你一口飯，你愛吃就吃，不吃就滾蛋，再在這裏喧嘩吵鬧，小心軍法侍候！」

那老兵聞言，猛然將剩菜扔到楊國忠身上，喝道：「留著你的剩飯餵狗吧，老子不是狗！」

楊國忠位極人臣，哪被一個小兵如此羞辱過？不禁氣急敗壞地高喊：「來人，給我綁了狠狠地打，打到他哭喊求饒為止！」

幾個家丁應聲衝上前，七手八腳將那老兵綁在驛館外的拴馬樁上，掄起馬鞭就是一陣猛抽，那老兵雖然劈頭蓋臉被抽得體無完膚，卻兀自叫罵不絕：

「好你個楊國賊，竟然毆打我護駕的兵卒，我就是做鬼也決不放過你……」

在御林軍大軍中，烏元陀對一名御林軍將領拜倒在地，哽咽道：「李將軍你都聽見了，我的兵就為了討口飯吃，竟然讓楊國忠如此羞辱！」

那將領十分年輕，英挺的臉上修眉如劍，目如朗星。他便是御林軍左將軍李晟，曾經在隴右神策軍中效命，與哥舒翰的神威軍同為抵禦吐蕃的中堅。由於與神威軍有過多次聯合作戰的經歷，所以他認識許多神威軍將領，跟烏元陀更有不淺的交情。

聽到外面的叫罵和鞭笞，他皺眉對一個隨從道：「去看看怎麼回事？」

那隨從應聲而去，不一會兒就回來稟報：

「是一個潼關逃回來的老兵，餓極了便混在一幫使臣中間，找楊國忠討口飯吃，沒想到被楊國忠認出來，正綁起來鞭笞。」

李晟想了想，對一名御林軍部下道：「你去替我求個情，就說這老兵是我一個故舊，還請楊府的家丁高抬貴手。」

那部下去後沒一會兒就回來稟報：「將軍，楊家不放人，還說、還說……」

李晟見那部下吞吞吐吐，不禁劍眉一揚：「還說什麼？」

「還說將軍也不掂掂自己斤兩，就狗拿耗子多管閒事。」那部下憤憤道。

李晟眼中隱然閃過一絲銳光，卻不動聲色道：「走，咱們都去看看。」

一幫御林軍兵將跟在李晟身後，循聲來到驛館大門外，就見那老兵已被楊府的家丁抽得體無完膚、血肉模糊，卻猶在高聲叫罵，毫不屈服。

御林軍眾兵將原本就不想離開家鄉去四川，將家中親人留給叛軍，今見一個同鄉受辱，頓時群情激奮，紛紛指責那楊府的家丁，要他儘快放人。

那家丁見御林軍人多勢眾，頓時猶豫起來，一旁督刑的楊府管家忙上前喝罵道：「你們想幹什麼？相國處罰的人你們也敢管？還不快滾！」說著搶過家丁的馬鞭，揮鞭便向領頭的李晟抽去。

李晟一伸手便奪過管家的馬鞭，冷冷地盯著他沒有說話。那管家一向驕橫慣了，哪裡想到有人竟敢頂撞自己？不禁勃然大怒，拔出刀指著李晟，色厲內荏地喝道：「你想幹什麼？莫非是想造反不成？」

李晟尚未說話，他身旁的烏元陀一腳便將管家踹翻在地，劈手奪過他的刀，厲聲喝道：「老子今日便反了！怎樣？」

李晟抬手奪下了烏元陀的刀，遞還給管家道：「我兄弟一時衝動，還望大人恕罪。」

那管家從地上狼狽地爬起來，驚魂稍定，立刻色厲內荏地喝道：

「說聲衝動就完了？要想本管家恕罪，便將他綁了，與那頂撞相爺的老兵一同受刑！」

李晟回頭看看烏元陀，對身旁的部下一擺頭：「將冒犯管家大人的傢伙綁了，給管家大人送去！」

兩個部下猶豫著沒有動，就聽李晟一聲斷喝：「還愣著幹什麼？要我親自動手不成？」

兩個部下只得上前將烏元陀綁了起來，烏元陀沒有掙扎，只望著李晟慘笑道：「李將軍若要治我之罪，小人無話可說，只盼李將軍以大局為重，早下決心！」

李晟沒有說話，只示意部下將烏元陀綁到另一根拴馬樁上。眼見相府的家丁開始鞭笞烏元陀，他卻對部下一招手：「走！」

眾兵將雖然心有不甘，但格於他往日的威信，只得隨他憤憤而去。不過眾人皆是不服，正待動問，卻聽他平靜道：「叫上所有兄弟，隨我去見龍武大將軍！」

眾人隨著李晟來到御林軍統領、龍武大將軍陳玄禮帳外，李晟率眾跪倒在帳前，與眾兵卒齊聲高呼：「老將軍在上，末將求見！」

龍武大將軍陳玄禮，是與李隆基一同起事誅殺后黨，奪回李唐江山的老將，經一日奔波早已歇息，聽到兵卒的叫喊披衣而起，出帳見眾兵卒都跪在帳前，不禁嚇了一跳，失聲問：「你、你們這是幹什麼？」

李晟朗聲道：「請老將軍力挽狂瀾，誅殺禍國殃民、害聖上顛沛流離的國賊楊國忠！」

陳玄禮失聲道：「李晟你、你瘋了？竟敢說出如此犯上作亂之語！」

「我沒有瘋，國賊楊國忠有三罪，每一條都足夠死上十回。」李晟說著，環顧聞訊聚集而來的御林軍將士，朗聲道：

「第一，因一時猜忌便攛唆聖上殺高仙芝、封常清兩元大將，害潼關守軍離心離德；第二，因一己之私強令哥舒將軍開關出戰，終釀成靈寶大敗，令潼關失守；第三，攛唆聖上棄長安和關中百姓不顧，丟下江山社稷避禍巴蜀，動搖大唐根基，致使天下大亂。有此三罪，難道還不該死？」

陳玄禮尚未開口，就聽眾兵將齊聲高呼：「該死！該死！」

李晟待眾人呼聲稍弱，又道：

「在國家如此危難之際，楊賊依舊還作威作福，竟為一時之憤鞭笞部卒，甚至楊府一個小小管家，也敢肆意欺凌羞辱我軍中將領，將他綁在驛館外毆打，試問如此國賊，該不該殺？」

「該殺！該殺！」眾兵將齊聲應和。

李晟回首望向陳玄禮，朗聲道：

「若將軍不為軍中將士做主，不為天下百姓做主，出面誅殺這國賊，那咱們御林軍便無心再保護聖上去巴蜀，不如就此散了，回家去保護老婆孩子！」

眾兵將紛紛贊同，有人已開始扔下手中兵刃，相互鼓動著要脫下甲冑，留在漢中照顧家小，不願再隨聖上去巴蜀。

陳玄禮眼看群情激奮，已不是單靠言語能夠說服，只得對副將一聲令下：「取我朝服！待老夫去向聖上請命！」

掉包

第十一章

任天翔衝房梁上方拍了拍手，

就見房梁上方的破洞中，一個人形的包袱被慢慢放了下來。

任天翔將包袱打開，就見裏面竟然是個不知死活的女人。

楊玉環「啊」地一聲輕叫，顫聲問：「她是誰？你們這是想幹什麼？」

在離御林軍大營不遠的一處小型營帳中，李泌與任天翔相對而坐，帳內沒有別的人，李泌的侍從和任俠、杜剛已經被他們打發了出去，因為他們都知道，他們將進行一場改變大唐命運的對話，知道的人越少越好。

聽到外面隱約傳來的喧囂和吵鬧，李泌沒有感到太意外，隨口問：「你幹的？」

「不錯！」任天翔沒有否認，坦然道，「我要做件大事，不光是為我妹妹和兄弟報仇，也是要為高仙芝將軍、封常清將軍、哥舒翰將軍，以及無數在潼關大敗中戰死的將士報仇。」

李泌端起茶杯淺淺抿了一口，聽著帳外的動靜越來越大，他微微嘆了口氣：「看來你謀劃了很久，志在必得啊！既然你已經開始行動，又何必再來找我？」

任天翔微微笑道：「我希望由先生和太子殿下出來收拾爛攤子，以先生的才幹和太子殿下的睿智英明，或許能借機重拾河山，更重要的是，要對所有參與行動的將士既往不咎，他們不能因此而受到處罰。」

李泌微微點了點頭：「我盡力而為，不過，你必須答應我一個條件。就是你的復仇只能及於相國，不可冒犯龍顏。」

見任天翔閉口不答，李泌嘆道，「他已經是個風燭殘年的老人，就算有天大的過錯，畢竟還是天子，而為臣者是沒有資格審判天子的，能審判他的只有上蒼。」

任天翔冷笑道：「那是你的觀念，你忘了我是墨家弟子，而墨家一向是主張天子與庶民皆為天之臣，不管是天子還是庶民，一旦做出有違天道之事，天下人人可以審判之！」

李泌點點頭：「我知道墨家的主張，雖然聽起來非常美好，但卻很難有實現的可能。你想想，天下之人千千萬萬，大多數人終其一生也是渾渾噩噩，連斗大的字也認不了一筐，更別說啟智開明。若不分等級尊卑，如何來統馭？若依墨家的主張選天子，又如何讓天下人都有平等的機會？僅從這兩點，便可看出墨家主張的荒謬。」

任天翔沉聲道：「墨家主張現在看來或許有點超前，實現起來還有各種各樣的困難，但我相信，我堅信，民智終有開啟的一天，天下人終有平等選擇天子的機會。人不分老幼貴賤皆一律平等的思想，必將成為所有人共同擁戴的主張。」

李泌看著一臉堅定的任天翔，心知短時間內很難說服對方，便轉過話題道：「你如果要向聖上復仇，從今往後，你和你的義門，便將成為天下人之公敵，人人皆要殺你以證自己忠君之心。我和太子殿下也決不會放過你，你若逞一時痛快給義門帶來滅頂之災，值也不值？」

任天翔微微嗔道：「聰明如李泌，居然會認為殺人是最好的報復？對於李隆基來說，現在死對他不是一種懲罰，而是一種解脫。所以最好的報復，是拿掉他一生中最重要和最珍惜的東西，讓他的餘生都在淒涼和悔恨中度過，只有這樣，我才能稍稍消滅心中對他的仇恨！」

李泌不動聲色，故作糊塗問：「那你想拿掉聖上什麼？」

任天翔冷冷道：「他一生中最重要的是權勢，最珍惜的是楊貴妃。」

李泌眉梢微微一挑，淡淡問：「你想怎麼做？」

任天翔坦然道：「御林軍大多數是關中人，沒有人願意拋下家人，追隨聖上去遙遠的巴蜀。現在我已鼓動他們誅殺楊賊，事成之後，他們也不好再留在聖上身邊。只要你說服太子殿下留下來，那麼大半御林軍將士都願追隨太子。只要太子在關中舉起平叛的大旗，天下勤王之師必定應聲擁戴，屆時太子殿下登基為天子，便是順理成章之事。從今往後，李兄也就可以輔佐太子殿下，一展胸中抱負！」

李泌神情如常，淡淡笑道：「好像很誘人，不過，萬一要失敗呢？」

任天翔毅然道：「如果失敗，叛逆之罪由我任天翔一個人來扛。但如果成功，我復仇，你得志。我憑空送你這天大一個功勞，只要你做兩件事。」

李泌頷首道：「請講！」

任天翔沉聲道：「第一，說服太子殿下留下來，在漢中舉起平叛大旗，並儘快自立為天子；第二，發誓不追究所有參與此事的將士任何罪責。這將是一個君子協議，我因為相信李兄和太子殿下，這才冒險前來相見。」

李泌沉默片刻，終於微微頷首，伸手與任天翔相握，與之達成了一個改變大唐歷史走向的秘密協定。

在李泌出帳去找太子之時，任天翔輕輕一擊掌，任俠與杜剛立刻應聲而入。他在二人耳邊耳語了幾句，二人心領神會地點點頭，低聲答應：「公子放心，咱們這就去辦！」

就在李泌與任天翔達成協議的同時，陳玄禮已穿上朝服去見皇帝。在半道上，有人拉了拉他身旁的李晟，悄聲道：「李將軍，陳老將軍這一去，只怕也很難說服聖上，若讓那楊賊得到消息，只怕反而對陳老將軍和大夥兒不利啊。」

李晟其實也有此顧慮，只是心中還難下決斷，今聽身旁有人點明，轉頭一看，認得是與烏元陀同來的潼關敗將，非御林軍部下。他心領神會地點點頭，一面讓御林軍將士繼續跟著陳玄禮去見聖上，一面示意幾個心腹悄悄留了下來，直奔楊國忠的住處。

幾個人途中不斷鼓動不明就裏的御林軍兵將：「陳老將軍已經奏明聖上，並請太子殿下做主，誅楊賊，清君側。」御林軍將士早對楊國忠心懷憤懣，聽到這鼓動紛紛跟了上去，不一會就聚集了數百人之多。

李晟率眾人來到驛館外，見楊府幾個家丁還在鞭笞烏元陀和另一個老兵，不用他下令，眾人立刻一哄而上，將幾個楊府的家丁斬殺當場，解救下烏元陀和那老兵。

眾人在李晟率領下直衝楊國忠住處，聽到吵鬧的楊國忠剛披衣出來查看，還沒明白過來是怎麼回事，便被御林軍將士斬成肉泥。眾人接著又趕去楊家三姐妹住處，卻僅找到兩人，最小的秦國夫人似乎已提前得知消息，逃得不知去向。

眾將士既已決定誅殺楊氏兄妹四人，乾脆一不做、二不休，蜂擁到皇上所住的廳堂外，齊聲高呼：「請聖上出來講話。」

大廳之中，陳玄禮已向聖上奏明將士們誅殺楊國忠的請求，今聽到外面眾將士的高呼，便知楊國忠及其同黨已無倖免，他嚇得心驚肉跳，忙令高力士出去詢問，既已誅殺楊國忠兄妹，為何還要來威逼聖上？

高力士在陳玄禮陪同下開門而出，但見門外黑壓壓有無數御林軍將士聚集，眾人的情緒此刻就如同蠢蠢欲動的火山，隨時可能爆發。高力士戰戰兢兢地問：

「相國既已被斬，你們為何還要來驚擾聖上？」

李晟昂聲道：「請聖上赦免眾將士之罪，以安大家之心。」

高力士連忙答應而去，片刻後出來道：「聖上赦免了你們，發誓決不再追究今日之事。」

眾將士依然不願散去，只聽領頭的李晟朗聲道：「今日楊氏兄妹雖死，但聖上身邊還有一個楊家的人。她若不死，咱們心中依然不安。聖上若不能賜死她以安眾將士之心，咱們便不願再追隨聖上去巴蜀。」

「賜死！賜死！」眾兵將紛紛嚷嚷起來，呼聲直達內院。李隆基聽得心驚肉跳，忙問進來覆命的高力士和陳玄禮道：「朕已經赦他們無罪，他們為何還要聚集不去？」

高力士嘆了口氣，將眾將士的請求委婉地說了出來。

李隆基聞言，怔怔地落下淚來，哽咽道：「娘娘一直居深宮之中，從不過問政事，何罪之有？為何非要逼朕賜死？陳老將軍替朕向眾將士求個情，就說朕願削去娘娘貴妃的身分，打入冷宮永不相見。」

陳玄禮無奈出門而去，片刻後回來拜倒，垂淚道：「老臣無能，不能約束部下，他們非得要聖上賜死娘娘，才肯安心隨聖上去巴蜀，不然便脫下軍服，再不為聖上效命。」

李隆基心知此去巴蜀千山萬水，若無御林軍隨行保護，只怕根本走不到目的地。他無奈望向高力士，就見這服侍自己多年的宦官也無奈搖頭，低聲勸道：「聖上還需以大局為重，莫要兒女情長，英雄氣短啊。」

李隆基掩面大哭：「朕究竟做了何事，竟要受這等懲罰，老天若要罰朕，加於我身便是，為何竟要娘娘代朕受死啊？」

聽到外面御林軍兵將的呼聲越來越高，高力士不禁小聲勸道：「聖上節哀，還請早下決心，不然將士一旦嘩變，結果只怕殊難預料。」

李隆基抽泣著點點頭，從懷中拿出一方繡著鴛鴦的絲巾，遞給高力士道：「愛卿轉告娘娘，就說朕今生負她，但願來生再報，與她重做同命鴛鴦。」

高力士跪地接過汗巾，含淚應聲而去。片刻後，他來到後院一間廂房，對心神不寧的楊玉環舉起了手中汗巾，那是她親手繡給聖上的汗巾，上面的鴛鴦還沾著她被繡花針刺出的血跡。

看到這汗巾，她陡然間什麼都明白了。她平靜地對高力士吩咐：「麻煩公公將這方汗巾繫到梁上，公公服侍奴家多年，就再服侍奴家這一回吧。」

「娘娘！」一旁的侍兒與謝阿蠻淚如泉湧，不禁失聲大哭。她們是娘娘從宮中帶走僅有的兩個心腹，沒想到剛離開長安不足百里，便遭遇這樣的變故。謝阿蠻哽咽道：「娘娘待阿蠻情如姐妹，如今遭此大難，阿蠻願代娘娘去死！」

楊玉環淒然笑道：「別傻了，御林軍將士要的是奴家，誰也替代不了。奴家之死若能為聖上挽回軍心，也算死有所值。玉環只是沒有想到，三郎曾經的海誓山盟和萬般恩愛，最終都比不上他自己的性命，既然他如此怕死，玉環便犧牲自己再成全他一回吧。」

緩緩環顧廂房中的三人，楊玉環輕聲道：「都出去吧，再漂亮的美人死的時候都很難看，奴家不希望你們看到我醜惡的樣子。」

「老奴……告退……」高力士哽咽著，將哭成淚人一般的謝阿蠻和侍兒強行拉了出去，然後輕輕闔上了房門。房中頓時幽暗下來，寒氣橫生，令人涼到心底。

楊玉環仔細對鏡梳妝，將盤起的頭髮披散開來，鏡中那個已經不再年輕、卻依然美豔逼人的面孔，在她眼中漸漸幻化成一個天真爛漫的少女，雖然出身卑微，卻天真快樂，無憂無慮。只可惜命運弄人，她在得到這人人豔羨的地位的同時，也永遠失去了天真和快樂。

遠處御林軍將士的呼聲越來越高，將楊玉環的思緒又拉回現實，她知道不能再拖延耽擱，便緩緩走向房梁上，懸下那張鴛鴦戲水的汗巾。汗巾下方已由細心的高力士擺上了圓凳，高矮剛好合適，楊玉環站上圓凳，正好能將自己脖子套入汗巾打成的活扣中。

現在就剩最後一蹬了，楊玉環在心中對自己平靜地說。她留戀地環顧四周，希望記住這個帶給她無數痛苦和快樂的漫漫紅塵。就在這時，她突然發現有塵土從上方撲簌簌落下，在房中形成了一陣濛濛灰霧。

她好奇地抬頭望去，就見房梁上方的屋瓦正在向兩方挪開，露出了一個一尺見方的小洞，跟著從洞中垂下一條繩索，兩個身穿夜行衣靠的男子，先後從那小洞中順著繩索滑了下來。

「三郎！」楊玉環淚水撲簌簌掉了下來，她的三郎並沒有忘掉她，她不禁為方才的想法愧疚，不禁澀聲問，「你們、你們是三郎派來的人？」

「你的三郎現在只想著如何保住自己性命，哪有功夫派人來救你？」一個黑衣人拉掉蒙面的黑巾，露出了他那張笑吟吟的臉，「是我，神仙姐姐，是你的乾弟弟任天翔。」

「任天翔？」楊玉環既意外又吃驚，「怎麼會是你？你、你來幹什麼？」

「我來救你啊！」任天翔嘻嘻笑道，「一聽說御林軍作亂，我就知道姐姐有危險，所以帶人悄悄趕來營救。姐姐不止一次救過我，所以我無論如何不能眼看著你香消玉殞。」

楊玉環臉上的喜悅漸漸消褪，她別開頭，對任天翔無奈嘆道：「沒想到在這個時候，冒死前來救我的人會是你，姐姐這輩子有你這樣一個弟弟，真的好開心。只是我不能走，如果我走了，聖上沒法向御林軍將士交代。」

「都這個時候了，你還想著那個老混蛋？」任天翔不禁勃然大怒，厲聲道，「那個老混蛋要是真心喜歡你，定不會為了保自己性命，就將姐姐你賜死。他只要肯捨命保護你，御林軍將士最多棄他而去，有陳玄禮在，御林軍還不至於真正冒犯天威。如果他真是這樣有情有義的人，我任天翔就算為了姐姐，也會親自護送你們去巴蜀。可他做了什麼？為了自己，竟然將姐姐你賜死，這樣一個男人，你還有什麼可留戀的？竟然還想著他沒法向御林軍交代？」

楊玉環淒然笑道：「這都是命，哪怕三郎負我，我也不想負了三郎。」

任天翔跺足嘆道：「女人啊女人，一旦動了真情，都是這麼死心眼，不知道是該罵你笨呢，還是該誇你癡情。」他微微一頓，「幸好本公子早有預料，我想問問姐姐，如果我有辦法讓聖上可以向御林軍交代，你是不是願意跟我走？」

楊玉環遲疑了一下，沉吟道：「螻蟻尚且貪生，何況是我？只要能讓聖上對御林軍有所交代，我當然不想死。」

任天翔臉上泛起一絲詭笑，嘿嘿道：「我有辦法既救姐姐，又讓御林軍將士沒話說，不過，我有一個條件。」

楊玉環將信將疑地問：「什麼條件？」

任天翔悠然道：「只要姐姐答應從今往後不再見那老混蛋就行。」

楊玉環臉上驀地泛起一絲紅暈，心中暗自揣測：這孩子該不是喜歡上了我？所以才不惜冒死相救？雖然從驪山太真觀第一次見到他，他就毫不掩飾對我的喜歡，可我畢竟比他大了十幾歲，而且對他從來就不假辭色，他怎麼還不死心？為了那一點根本就沒有結果的希望，不惜冒如此奇險？

楊玉環還在猶豫，任天翔已經跺足催促道：「姐姐難道還放不下那個老男人？你已經為他死過一次，就算千般恩萬般愛也該還清了，難道你還想以後再被他出賣一次？」

楊玉環聽到這話，終於一咬銀牙：「好！只要你有辦法應付御林軍，姐姐跟你走！」

任天翔得意一笑，衝房梁上方拍了拍手，就見房梁上方的破洞中，一個人形的包袱被慢慢放了下來。任天翔的同伴在下面接住，將包袱打開，就見裏面竟然是個不知死活的女人。

楊玉環「啊」地一聲輕叫，轉開頭不敢細看，顫聲問：「她是誰？你們這是想幹什麼？」

「她是你的替身。」任天翔匆匆解釋道，「是一個跟姐姐有幾分相似的下人，剛在兵變之時受了驚嚇昏死過去。現在姐姐只需將外衣脫下來給她換上，誰敢懷疑她不是貴妃娘娘？」

楊玉環戰戰兢兢地道：「這怎麼成？萬一要是被人認出來，豈不是要激怒御林軍將士？」

任天翔胸有成竹地道：「娘娘萬金之體，就是死了也不會讓普通御林軍將士驗看，最多是由陳老將軍和一兩個御林軍將領查看，娘娘一向居於深宮，那些御林軍將領最多遠遠看見過你，倉促間又怎能分辨一具屍體的真假？而熟悉你的高公公和侍兒等人，若知道死的是別人，高興還來不及，怎會另生枝節向御林軍將士說破？」

楊玉環想了想，越來越覺得這計畫雖然冒險，卻也並非沒有機會。聽到外面御林軍的呼聲越來越急，她終於點頭道：「好，我聽你的。」

在任天翔和任俠的幫助下，楊玉環脫掉外衣換上夜行衣靠，然後將房梁上垂下的繩索捆在腰間。屋頂的杜剛立刻雙手用力，將她慢慢拉了上來。而任俠和任天翔則七手八腳將那個女人換上楊玉環的衣衫，然後將她掛到房梁上垂下的汗巾中。

在將她掛上房梁的時候，任俠有些猶豫起來，任天翔忙道：「別愧疚，她本來就難逃一死，而且以她們姐妹過去的所作所為，也是死有餘辜。現在她的死若能救活一個無辜的女人，也是一樁大善事。」

任俠嘆了口氣道：「我只是擔心，她會被御林軍將士認出來。」

任天翔勸慰道：「別擔心，她和貴妃娘娘都是深居簡出的貴婦，沒有多少人見過，而且她是與貴妃娘娘年歲最相近的姐妹，本來就跟貴妃娘娘長得有幾分相像，再加上投繯自盡後這種齜牙吐舌的恐怖模樣，倉促間誰能分辨出來？」

任俠無奈點點頭，將那個昏迷不醒的女人掛到了房梁上，然後揭去了罩在她頭上的頭套，就見這個女人，赫然就是在混亂中失蹤的秦國夫人。

楊玉環既然已死，御林軍再沒有任何藉口威逼聖上，不過，他們卻將太子李亨推了出來，因為此時李亨還掛著天下兵馬大元帥的名頭，理論上天下兵馬皆歸他指揮，所以不想追隨皇上去巴蜀的御林軍將士，便都擁戴他留在漢中抵抗叛軍。

李亨早已從李泌那裏知道了事情的原委，心知父皇已年邁昏聵，無力再力挽狂瀾，他也就樂得順水推舟，親自去向父皇請命。

事態既已發展到這個地步，李隆基只得答應分一半兵馬給他，任他留在漢中平叛，自己則帶著文武百官和寥寥幾名宮女，依舊照計畫入蜀避禍。而護送他的，就只有陳玄禮所率的一千多名御林軍老兵。

將「楊玉環」葬在馬嵬坡後方的荒山，李隆基不禁痛哭一場，因不忍見愛妃死後的慘狀，他並沒有發現愛妃已被人掉包。擔心叛軍追來，他不敢多做停留，帶著三分淒涼，七分傷感，在陳玄禮所率一千多名御林軍將士護送下，往西逶迤而去。

李亨目送著父皇西去的車隊，心中雖然也有幾分傷感，但更多的是輕鬆，作為皇上的第三子，他本沒有繼承大統的機會，只是因為父皇對皇太子本能的猜忌，曾經做出一連廢三位太子的荒唐之舉，他才因低調謹慎而成為儲君。

不過，即便做了太子，他也經歷過三廢三立的波折，置身於大唐帝國權力中樞最敏感的位置，經歷過李林甫、楊國忠兩朝奸相的排擠打壓，他早已身心俱疲，不到五旬年紀就已經兩鬢斑白，隱然現出龍鍾老態。

他的身心早已疲憊不堪，若非有驚才絕豔的李泌在身後為他出謀劃策，才僥倖躲過一個又一個政治漩渦。現在，最大的對手楊國忠合族被誅，父皇已遠避巴蜀，他終於可以以兵馬大元帥的身分號令天下，成為大唐帝國事實上的天子。

「想不到愛卿多年前刻意結交任天翔，今日總算收到了奇效。」李亨從父皇的車隊收回目光，轉向身旁的李泌，眼中滿是讚賞和感激，「先生識人之能，天下無人能及啊。」

李泌淡淡笑道：「這都是太子殿下往日仁義厚澤天下，今日才能水到渠成，微臣不過是略盡綿薄之力罷了。」

李泌的謙虛令李亨很滿意，他微微頷首道：「召任天翔過來吧，他立此大功，我該怎樣賞他才好呢？」

李泌忙道：「殿下現在對於任天翔，萬不可以上下之禮相召，而應該持平輩之禮主動拜見。」

李亨眉頭微皺，沉吟道：「任天翔雖立有大功，但他出身不過江湖草莽，在朝中最高也就做到四品御前侍衛副總管，憑什麼我堂堂太子要主動去拜見他？」

李泌低聲道：「殿下明鑑，這任天翔乃墨門千年之後第一位鉅子，而墨家弟子一向藐視尊卑貴賤，將人人平等視為最高理想。如今用人之際，殿下若能以平等之心待之，必能令任天翔和他領導的義門為殿下所用。任天翔是個不可多得的人才，而義門更是人才輩出，深藏不露，是江湖中一股不容忽視的力量。殿下若能得他們襄助，不啻是多了一支平叛的奇兵。」

李亨雖然出身皇室，對尊卑貴賤之分早已根深蒂固，但他畢竟也是經歷過無數政治風浪的倖存者，心知在目前形勢下，人才對自己是多麼的重要。經李泌這一提醒，他急忙頷首道：「先生所言極是，就請先生前面帶路，我便以平輩之禮拜見任天翔。」

在御林軍後方那座簡陋的小營帳中，任天翔正讓小薇替楊玉環換上小兵的服飾，突聽門外有小校急切稟報：「任公子，有人過來了，身邊跟著不少隨從，看起來好像是個重要人物的樣子。」

任天翔將帳簾撩開一道縫，從縫隙中望出去，頓時嚇了一跳。他認出為首者竟然是太子殿下李亨，而他身旁則跟著個近乎鬼神般精明的李泌。

任天翔心中不禁一陣驚慌，暗忖：莫非我以掉包計救出神仙姐姐的舉動，被李泌這個人精給看穿了？

正要令小薇與楊玉環迴避，誰知李泌已來到帳前，高聲呼道：「任兄弟快來看看，是誰來了？」

任天翔心知這個時候，再要小薇和楊玉環出帳迴避，必定逃不過李泌那雙利眼。還好二人此刻已經換好普通兵卒的衣衫，任天翔便伸手在地上抹了兩把，然後將滿手的塵土不由分說抹到楊玉環臉上。楊玉環本待推拒，但立刻就明白了他的心思，便閉著眼任由他施為，雖然知道他沒有貳心，但她的耳根還是悄然紅了起來。

不等任天翔抹完楊玉環，小薇也將臉湊了過來，揚起臉道：「我呢？」

「你用不著。」任天翔推開她道，「你這張臉不用化妝，也沒人認得出你是女人。」

「你……」小薇氣得揚手要打，任天翔卻已經低頭鑽出帳外，對李亨和李泌驚喜道：「原來是太子殿下和李兄，沒想到你們竟然親自來拜望小弟！這、這叫我如何敢當？」

任天翔說著作勢要拜，李亨已上前將他扶起，哈哈笑道：「你我多年故交，情比兄弟，何須如此多禮？從今往後你我相見，只執兄弟之禮，不論任何繁文縟節。」

任天翔自接觸墨家經典以來，心中對這種尊卑之禮早已心生抗拒，見李亨這樣說，他也就以平輩之禮拱手拜道：「殿下怎麼突然想起來看小弟？」

李亨怫然不悅道：「都說了你我以兄弟之禮論交，哪裡來的殿下？」

任天翔只得改口道：「既然殿下這樣說，往後沒人的地方，我就以兄稱殿下。」

「這才對嘛！」李亨轉怒為喜，欣然道，「為兄既已來到你帳外，兄弟還不請我進去坐坐？就算行軍途中沒有美酒，至少也要請為兄喝杯清茶吧？」

任天翔遲疑道：「軍帳簡陋，骯髒不堪，只怕有汙兄長貴體。」

「沒關係沒關係，你我不是外人，沒有那麼多講究。」李亨說著已撩帳而入，任天翔無奈，只得將李泌也請了進去。

三人進得小帳，就見打扮成小兵的小薇與楊玉環正手足無措地侍立在側，竟忘了大禮拜見。李亨倒沒在意，李泌卻是好奇地打量了二人幾眼，沉聲問：「他們是……」

「哦，他們是我的親隨。」任天翔忙陪笑道，「鄉下人沒見過什麼世面，多有失禮，讓兩位兄長見笑。」說著他轉向小薇和楊玉環呵斥道，「兩個蠢才，還不快退下？」

小薇與楊玉環低頭離去後，三人這才在帳中坐了下來。

說了幾句客氣話之後，任天翔小聲問：「兩位兄長突然來看我，不只是敘舊吧？」

李亨點頭道：「兄弟昨晚所做之事，先生已經跟我說了，我知道你這是為天下人著想，才不得已鼓動御林軍除掉楊賊，匡扶大唐搖搖欲墜的江山社稷。兄弟既然一心為國為民，為兄便在這裏鄭重向你保證，決不追究昨日兵變參與者的罪責，只要我掌權一天，所有人都不會因兵變而受到處罰。」

任天翔忙抱拳拜道：「那小弟替所有參與兵變的將士謝謝兄長。」

李亨忙挽起他的手道：「兄弟既然將我推到了這個風口浪尖，定要教我如何渡過眼前難關，平定這天下之亂。」

任天翔沉吟道：「關中乃大唐龍興之地，又是天下有名的糧倉，萬不可輕言放棄。李兄當儘快收服兩京和太原，以解關中百姓於倒懸。」

李亨苦笑道：「為兄現在手下不到兩千兵馬，如何才能收服兩京？」

任天翔正色道：「我向李兄推薦一將一帥，李兄若能給予他們完全的信任和重用，收服兩京並非難事。」

「這二人是誰？」

「這一將是目前在安西軍中效力的李嗣業，而一帥則是新任朔方節度使郭子儀。」

李亨沉吟道：「安西軍猛將李嗣業之名，我倒是早有耳聞，這郭子儀年歲已高，又沒什麼了不起的軍功，憑什麼為帥？」

見李亨還有些將信將疑，任天翔便將郭子儀對上司安思順的忠誠，以及由他訓練的朔方軍強大的戰鬥力仔細講述了一遍，最後道：

「現在郭將軍駐軍朔方首府靈武，正率朔方軍與范陽叛軍作戰。只要李兄去靈武與郭將軍會合，必能得到他的擁護，只要有他支持，李兄便可在靈武豎起平叛大旗，成為所有勤王兵將的統帥。有了各路勤王兵將的擁戴和支持，李兄便可在靈武自立為帝，南尊聖上為太上皇，從此李兄手握天下兵權，內有李泌兄這等天才襄助，外有郭子儀這等精通兵法的統帥，以及李嗣業這樣的猛將忠心效命，收服兩京便不再是難事。」

李亨臉上一陣陰晴不定，顯然還有些猶豫難決。就聽李泌緩緩道：「任兄弟不是外人，殿下不必多慮。為了江山社稷和天下百姓，殿下當主動肩負起力挽狂瀾的重任。」

李亨遲疑道：「可是父皇還在，我若自立為帝，豈不是不忠不孝，大逆不道？」

李泌沉聲道：「殿下恕在下直言，聖上沉溺美色，重用楊氏一族，擅殺大將，逼守軍開關出戰，最終釀成兩京盡失，聖駕不得不避禍巴蜀的境地，早已令自己威信盡失，何以擔負起拯救天下的重任？如今聖上年歲已高，難免遲鈍昏聵，殿下若不替聖上分憂，主動擔當重任，救天下百姓於倒懸，那才是不忠不孝，大逆不道啊！」

李亨低頭沉吟良久，終於頷首道：「好！我便依兩位兄弟之言，西招李嗣業率安西軍勤王，同時北上靈武與郭子儀將軍會合，借朔方軍之威名號令全軍，擔負起拯救國家的重任。」

「這才對嘛！」任天翔笑道，「既然李兄願擔此重任，小弟願竭盡全力予以支持。兩位兄長今後但有所命，小弟一定不會推辭。」

李泌笑道：「我隨殿下去靈武，不過有一件大事，還真需要任兄弟大力支持。」

任天翔忙道：「請講！」

李泌沉吟道：「為兄得到消息，十年一度的百家論道大會，將於下月在泰山舉行，這便是傳說已久的泰山論道。現在天下雖亂，這百家論道大會卻要如期舉行，屆時，以儒門、釋門、道門為首的名門正派，將推舉出新的天下第一名門，以號令天下武林，共襄平叛義舉。安祿山叛軍雖眾，卻多是胡人、突厥人和契丹人，顯然不得中原廣大漢民之心，如果中原武林再聯手支持唐軍，對安祿山叛軍來說將是致命的打擊。因此，安祿山對這次大會不會袖手不管，屆時他必將指使薩滿教聯合摩門加以破壞。摩門大教長佛多誕胸懷異志，定會乘此機會作亂，以破壞我中原武林結盟。除了薩滿教和摩門，還有一個更為神秘的門派，或許也會在這屆大會上興風作浪。」

「是什麼門派？」李亨與任天翔齊聲問。

就見李泌輕捋頷下髯鬚，淡淡道：「就是歷史上最為神秘的千門。」

任天翔聞言，心中「咯登」一跳，沒想到李泌竟然也知道千門。他不禁問道：「李兄深居簡出，為何對江湖上的事知道得這般清楚？」

李泌淡淡笑道：「為兄早年師從懶饞和尚，與釋門有些淵源，後來又與道門第一人司馬承禎相交，向他學過道法，之後又在嵩陽書院潛心研讀儒門典籍多年，並與儒門門主冷浩鋒結成忘年之交。為兄與中原各大名門正派皆有點交情，所以對江湖上發生的事，也還不算孤陋寡聞。」

任天翔恍然點頭道：「沒想到李兄交遊如此廣闊，對各派精髓皆有所研究，不愧有天才之名。不知李兄希望我做什麼，以便在百家論道的大會上，挫敗安祿山的陰謀？」

李泌正色道：「我希望兄弟以天下百姓為重，率領蟄伏多年的義門之士，在百家論道的大會上力挫群雄，勇奪天下第一名門的稱號，號令中原武林各派扶助唐軍，平定戰亂。」

任天翔遲疑道：「義門雖有無數忠心耿耿之士，但要從摩門、薩滿教、儒門、釋門、道門、商門等實力雄厚的門派手中，奪得天下第一名門的稱號，只怕機會十分渺茫。」

李泌淡淡笑道：「兄弟不用擔心，我會致信儒門、釋門、道門等派領袖，讓他們在暗中幫你。有他們的襄助再加上義門的實力，奪得天下第一名門頭銜就不再是遙不可及的妄想。」

任天翔想了想，不解道：「李兄為何要如此幫扶義門？」

李泌正色道：「因為，只有義門弟子才稱得上是真正的俠士，在這國家危難之際，止是義門弟子大顯身手之時。還望任兄弟以義門先輩為榜樣，率義門弟子救天下百姓於倒懸，襄助殿下早日平定內亂。」

任天翔心中暗忖：太平盛世，以儒門為首的名門正派，拼命要爭天下第一名門的頭銜，如今天下大亂，卻想將義門推到風口浪尖，你以為我任天翔是傻瓜？

心有所想，任天翔臉上便有些不以為然，嘴裏敷衍道：

「我會率義門弟子去參加百家論道，不過能否奪得天下第一名門的稱號可就不敢保證。咱們義門一向不受世人待見，只怕也擔不起如此重任。」

李亨聞言，忙握住任天翔的手，正色道：「只要兄弟率義門助我，令薩滿教和摩門分裂中原武林的陰謀落空，從今往後，義門便是與儒門、釋門、道門、商門並列的名門大派，享有與它們一樣的地位和尊榮。」

見李亨說得如此誠懇，任天翔不好再推拒，只得先答應下來。

第十二章 破城

領頭者除了一個高大威猛的武將，
還有一個身形單薄的青衫文士和一個身著胡人裝束的少女。
任天翔一見之下大吃一驚，雖然沒看清他們的臉，
卻從二人的背影認出了他們，
那是自己再熟悉不過的司馬瑜和曾經令自己心生綺念的安秀貞。

總算送走了李亨和李泌，任天翔剛要鬆口氣，就見打扮成小兵的小薇撅著嘴進來。他不由笑問：「怎麼了？又是誰惹你不高興？」

小薇撅著嘴問道：「那個女人，你打算什麼時候將她送走？」

任天翔啞然失笑，心知楊玉環的美貌，會令任何一個女人都妒忌和自卑。雖然她已經三十好幾，但歲月似乎只是增添了她成熟的風韻，並沒有在她臉上留下任何痕跡，她看起來依然像是只有二十歲出頭，甚至比起別的二十多歲少婦，更多了一種歲月沉澱出的典雅和高貴。

「誰說我要將她送走？」任天翔故意玩笑道，「我心中早已將她當成自己的姐姐，現在她遭逢如此變故，我怎忍心將她送走？再說，現在楊家已經沒什麼人，我又能將她送到哪裡去？」

「莫非你要養她一輩子？」小薇臉色越發不豫。

任天翔微微嘆道：「一輩子的事誰說得清楚，不過現在這個時候，咱們肯定不能任由她顛沛流離。她其實很可憐，轉瞬間從天下第一的貴妃淪為普通人，經歷了被心上人賜死的慘禍，同族的親人更是一夜被誅，雖說他們是罪有應得，卻也不該讓她一人承受如此慘痛。她不止一次幫過我救過我，是我心目中的神仙姐姐，在她最傷心最難過的時候，你難道要我將她趕走？」

小薇的心軟了下來，卻又不甘地警告：「你要將她留下也可以，不過，你以後不許再用那種眼光看著她！」

「我是用哪種眼光看她？」任天翔奇道。

「就是、就是兩眼放光，神情激蕩，像好喜歡她的樣子。」小薇說著，眼眶突然一紅，眼中透著無盡的哀怨和委屈。

「傻丫頭！」任天翔輕輕握住她的手，在她耳邊輕聲道，「玉環姐姐是天底下有名的大美女，任何一個男人看到她都會兩眼放光。不過，她在我心目中是可望而不可及的神仙姐姐，我對她只有敬只有羨，從未有過任何褻瀆之心。」

「是真心話？」小薇依然有些將信將疑。

任天翔啞然一笑，以異樣的眼神望著小薇的眸子，正色道：

「喜歡過我的女人有很多，我喜歡過的女人也有不少，但跟我一起經歷過生死、一起等待過死亡的女人就只有一個。我這一生中，只有在瀕臨死亡那一刻，才真正感覺到自己不孤單不寂寞，因為有那麼一個傻女孩，在那樣一種情況下，依然對我不離不棄。只因為怕我會孤單寂寞，就寧可與我共死，也不願獨自逃生。從那個時候起，我就在心中暗暗對自己說，今生我就算負了任何人，也決不會負她！」

小薇眼中泛起一絲羞澀，一抹紅暈從臉頰一直紅到耳根。見任天翔正將自己拉入他的懷中，她卻如受驚的小鹿般突然一掙，將任天翔推了個踉蹌，跟著轉身飛一般逃了出去。

另一座帳篷，是專為小薇和楊玉環準備的臨時住處。當小薇逃回這裏時，心中才稍稍平靜了一點。她手忙腳亂地想要將帳篷中雜亂的東西整理好，卻發覺整理了半天反而越來越亂，幾次碰倒帳篷中的家什，甚至讓一柄沒出鞘的刀砸傷了腳。

聽到她「哎喲」一聲，楊玉環連忙過來攙扶，她若有所思地打量著手忙腳亂的小薇，突然問：「你是不是喜歡上了那個小壞蛋？」

小薇一怔，急忙分辯道：「你說什麼呢？哪個小壞蛋？」

楊玉環意味深長地笑了笑：

「姐姐是過來人，知道你現在為何心亂。是不是雖然喜歡，但是又害怕他不可靠，無法把握住他，令自己最終痛悔？」

小薇有點意外，沒想到楊玉環不僅貌美，而且聰明，一眼就看穿自己所有的心思，她忍不住紅著臉問道：「你、你怎麼知道？」

楊玉環幽幽嘆了口氣：

「你的心情姐姐也曾經有過，如何會不知道？其實男人過去荒唐不要緊，因為只有經歷過各種誘惑的男人，將來面對誘惑才能有更強的抵抗力。對一個男人來說，他喜歡過多少女人、做過多少荒唐事，這些都不重要，重要的是他是否對你有擔當，有責任，是否願意與你同生共死，雖身處絕境依舊不離不棄。」

小薇立刻就想起了在朔方沙漠中，任天翔寧可自己死也要救她的情形，她若有所思地點點頭，心中豁然開朗。

看到楊玉環眼裏那一抹哀怨之色，知道她想起了皇上關鍵時刻的懦弱和絕情，小薇不禁心生同情，對她的敵視頓時減了幾分，忍不住小聲安慰道：「姐姐也別太難過，其實聖上也有不得已的苦衷。」

楊玉環苦澀一笑，輕輕握住她的手道：

「你不用安慰我，因為一個有擔當有責任，能與你同生共死的男人實在太稀有了，姐姐沒有遇上也沒什麼好遺憾。倒是妹妹你，一旦遇到這樣一個男人，千萬不要因為他身上有過這樣或那樣的缺點，就與他遺憾錯失。因為對一個男人來說，有擔當有責任，比什麼都重要。」

小薇點點頭，眼中露出深思的神色。

「收帳，上路！」帳外傳來烏元陀的吆喝，眾人開始收起營帳準備開拔。小薇忙將楊玉環領到帳外，就見任天翔正與太子殿下道別，太子殿下在一千多名御林軍將士保護下，一路逶迤向北，而烏元陀等神威軍親衛，則隨任天翔等人留了下來。

「公子，下一步咱們去哪裡？」任俠邊幫眾兵將收拾營帳，邊問道。就見任天翔目視東方，若有所思地自語道：「長安，那裏還有不少義門兄弟，我們必須回去看看。」

當天黃昏，任天翔便帶著小薇和楊玉環等人，先回到了長安南郊的香積寺。由於這裏地處偏僻，還沒有遭到戰火的侵襲，因此義安堂眾人也都還留在這裏。不過也有無數難民逃到這裏避禍，讓小小的寺廟一下子擁擠起來，但聽殿前呼兒喚女、哀慟哭號聲不絕於耳，讓人不由感受到戰亂的慘痛。

「公子你總算是回來了！」季如風率義門中人迎了出來，雖然他們先前堅決反對任天翔不顧大局要為妹妹復仇，但自始至終，任天翔依然是他們的鉅子，見他平安回來，眾人自然是十分欣喜。

任天翔將馬嵬兵變，楊氏一族被殺，以及太子李亨率軍北上，欲在靈武豎起平叛大旗的經過草草說了一遍，最後道：

「太子殿下希望義門能成為支持他的江湖力量，甚至要我們參加即將在泰山舉行的百家論道大會，爭取在百家論道大會上聯合中原各大門派結成聯盟，共同協助唐軍平叛。不過這事我還沒考慮好，你們先討論下看。」

將眾人打發走，任天翔獨自來到後山的那座小山丘，佇立在妹妹的墳前，任天翔心中沒有一絲復仇後的欣慰，只有無盡的傷感。復了仇又如何？親人已經天人永隔，再不能醒轉。就算自己告訴她，害死她的人已經受到懲罰，並且加倍付出了代價，這也不過是讓活著的人心裏稍感安慰而已。

季如風出現在他身後，在這個時候，也只有他可以來打攪任天翔的寧靜。他是聽到小薇焦急地來告訴他，任天翔已經在這裏獨自待了快一整天，任何人來勸他都會令他發火。小薇擔心他因過度哀傷而傷身，所以才不得已去求助這位義門的智者。

「公子，你可知道墨者復仇與常人復仇有什麼不同麼？」季如風沒有勸任天翔，卻像聊天一樣跟他攀談起來。

任天翔雖然讀過不少墨家典籍，卻從來沒想過這樣的問題，他有些奇怪，問道：「復仇就是復仇，難道還有什麼不同？」

季如風頷首道：

「墨家弟子雖然也推崇以血還血、以牙還牙，但祖師卻一再強調，墨者決不能為洩心中之憤而復仇。墨者的復仇不是冤冤相報，而是在執行一種天地間至高無上的規矩，那就是公平原則。」

任天翔心中越發疑惑：「公平原則？」

季如風點點頭：

「祖師提倡『交相利，兼相愛』，這種愛也包括對你的仇人。但是墨者為何又不像釋門主張的那樣，無論過去做下多少罪惡，只要放下屠刀皆可立地成佛？墨者為何不能原諒仇人放棄復仇？因為公平原則是維護社會公平公正的首要原則，只有嚴格執行公平原則，所有的作惡者才會有所顧忌，有所畏懼。如果說釋門宣揚的地獄，是對作惡者精神上的恐嚇，那麼，墨者的復仇就是對作惡者現實的威懾，墨者的復仇不是為洩自己心中之憤，而是要為天下人執行公平原則。親人雖不能因你的復仇而復生，但天下千萬萬人卻會因你的復仇而受益，所以鉅子不必再為親人的永逝而哀傷，因為這天下還有無數人像你的親人一樣，值得你去關懷去憐愛。」

任天翔陷入了無盡的沉思，雖然還不能完全領會這義門智者所說的境界，但也隱隱體會到墨家那種博大豁達的人生態度。他心中漸漸釋然，微微點頭道：

「季叔說得不錯，雖然我失去了一個妹妹，但是這天下還有無數像我妹妹一樣可愛的女孩子，我可以將她們當成我妹妹一樣去關懷去憐愛。」

季如風展顏笑道：「鉅子能這樣想，那是再好不過。」

任天翔最後為妹妹墳頭抔上一捧新土，然後依依不捨地轉身離去。在回到香積寺的路上，他遙望長安方向低聲道：

「明天，我要回長安看看，那裏畢竟是生養了我二十多年的故鄉，而且長安城中還有不少義安堂和洪勝堂弟子，希望能聯繫上，我不能丟下他們。」

季如風沉吟道：「聯繫義門弟子的事，就交給老夫和洪堂主去辦吧。現在城中兵荒馬亂，你這一去恐怕會有危險。」

任天翔淡淡笑道：

「現在這世道，只怕在哪裡都會有危險。你讓人準備幾套范陽騎兵的服飾，咱們扮成叛軍進城，我在范陽待的時間雖然不長，卻已經學會了他們日常所說的方言，應付盤查應該沒多大問題。」

季如風聽任天翔這樣說，只得點頭答應。范陽騎兵偶爾有小股遊騎出城來騷擾，遇上義安堂的人便只有被殺的份，因此范陽軍的服飾倒是不算難找。

任天翔本待將楊玉環和小薇留給烏元陀和他的神威軍親衛隊保護，自己只帶著洪邪和幾名墨士，假扮成范陽騎兵偵緝小隊潛入長安。但楊玉環在得知他們要去長安，便也堅持要去，她對任天翔淒然道：

「這次兵變，楊家合族被殺，只有我一位伯父還留在長安，這是我唯一的親人，我無論如何也要救他一救。」

「我也想回去看看。」小薇也道，「雖然我在長安沒有什麼親人，但畢竟在那裏生活過許多年，咱們這次離開後，不知什麼時候還能回來。」

任天翔見二人言真意切，令人不忍拒絕，只好將她倆也帶上。

二女換上叛軍的甲冑，再在臉上塗些塵土，倒也看不出什麼破綻。眾人一行十餘人，在任天翔率領下，大大方方地從安化門進了長安。

此時，長安已經完全淪入叛軍之手，城中一片混亂，根本沒有人留意他們這支來歷不明的偵騎小隊。

雖然對戰爭的破壞早有所預料，但任天翔還是被看到的一切徹底震撼。不過才短短幾天時間，曾經是天下第一的繁華都市，如今已變得滿目蒼夷。長樂坊燒了，龍興寺毀了，曾經人頭攢動、繁華喧囂的東西兩市，如今已變得空空蕩蕩，再看不到任何商賈和顧客。

大明宮成了叛軍擄掠的重災區，玄武門外吊掛著無數血跡斑斑的屍骸，看其服飾，應該是沒來得及隨皇上西逃的王公大臣和皇親國戚，其中也包括不少無辜的太監和宮女。

眾人越看越是驚心，他們雖然想像過戰亂景象，卻發現再大膽的想像，都不如現實來得慘烈。曾經富麗堂皇的大街，如今只剩下叛軍在縱馬馳騁，他們的馬鞍上馱著搶來的財寶和擄掠的女子，女人嚶嚶的哀慟和叛軍的歡呼，夾雜著被害者偶爾的慘叫，成為了這座城市主要的音調。

一行人來到東西兩市的十字街口，然後按照事先的約定分頭行動，由洪邪帶著兩個洪勝堂弟子去聯絡留在城中的洪勝堂長老；杜剛則帶兩個墨徒去聯絡義安堂留在長安的兄弟；剩下的人則隨任天翔護送楊玉環去楊府，尋找她那個留在京中的伯父。

天色漸漸暗了下來，曾經每到夜晚就燈火輝煌長安城，如今天未黑盡就已經變得鬼影幢幢，隱約傳來女人的尖呼和小兒的哭號，直讓人以為是置身煉獄。

任天翔縱馬緩緩走在既熟悉又陌生的長安街頭，心中突然有種從未有過的刺痛。兒時熟悉的宜春院沒了，街口賣糕點的百年老字號店家已被燒成一片白地，賣百貨的波斯老闆死在了自己的店門口，老五費錢家的四通錢莊被洗劫一空，宜春院隔壁熟悉的鄰居已不知所終……

楊府也已經被燒成了廢墟，除了還在冒煙的斷垣殘壁，早已看不到半個人影。

見楊玉環神情哀絕，任天翔便示意褚剛等人四下找找，總算找到一個躲在附近的街坊，盤問之下才知道，叛軍不光洗劫了楊府，甚至將所有來不及逃走的王公貴族、巨富官宦通通綁架勒索，一旦不肯吐露埋藏的財物，便以酷刑拷問，已經有不少人命喪叛軍之手。尤其是與安祿山有仇的皇族和楊家，更是在叛軍屠滅之列。楊玉環的伯父也正是因為這個原因，早已被叛軍滅門。

有大隊人馬從前方街頭經過，浩浩蕩蕩足有數萬人之眾，看服飾，顯然是從洛陽方向趕來的援軍。任天翔連忙避到路旁，隱在街角悄然望去，就見領頭的是一個面目粗豪、目光冷厲的年輕胡將，看其服飾和眾將對他的恭敬，顯然地位顯赫。

街頭另一邊有小隊人馬迎了上前，領頭者除了一個高大威猛的武將，還有一個身形單薄的青衫文士和一個身著胡人裝束的少女。任天翔一見之下大吃一驚，雖然沒看清他們的臉，卻從二人的背影認出了他們，那就是自己再熟悉不過的司馬瑜，和曾經令自己心生綺念的安秀貞。

就見二人並肩迎上那年輕的胡將，神態頗為親切。隱約聽到安秀貞在稱那位胡將為「二哥」，而司馬瑜則稱呼他為「殿下」，雙方在馬上相互見禮，從那年輕胡將的表情，可以看出他對司馬瑜十分信任和器重。

看到這裏，任天翔已經猜到那胡將是誰，除了剛在洛陽登基為帝的偽燕國雄武皇帝安祿山所封之偽太子安慶緒，誰能有這等威儀？看到他正率叛軍大隊人馬進城，便知長安還將遭受叛軍更多的蹂躪。

任天翔還在窺看，突然感覺胳膊上被人輕輕擰了一把，他轉頭一看，卻是小薇冷著臉輕哼道：「人家已經有主了，公子還在惦記著？要不我過去跟她打聲招呼，讓她過來跟公子敘敘舊？」

「別！我不過是想看看大燕國這位太子殿下，你想哪兒去了？」任天翔說著幽幽嘆了口氣，「再說，安小姐現在可是大燕國的公主，跟咱們只怕連朋友都已經沒得做。」說著他調轉馬頭，「走吧，長安已經不可久留，咱們得儘快離開。」

眾人跟在任天翔之後，從長街另一頭悄悄而去。

剛走出兩個街區，就見前方傳來兵刃相擊聲和女人的驚叫，眾人循聲望去，就見一個手執長劍的瘦弱男子，正攙著一個衣衫半裸的女子，跌跌撞撞向眾人跑來，那男子腿上已經中箭，留下了一路血跡。在他們之後，隱約傳來無數范陽叛軍的呼叫和淫笑，以及一兩聲咒罵。

任天翔本不想節外生枝，就見二人已跌跌撞撞來到自己面前，那瘦弱男子雖然身負重傷，卻依然十分悍勇，揮劍便斬向任天翔，嘴裏喝道：「讓開！」

一旁的任俠抬手一劍，將他的劍鋒撩開，跟著正要橫劍斜拍將他逼退，誰知對方劍法竟是不弱，在避開任俠一劍的同時，依舊揮劍刺向任天翔。他已看出任天翔是眾人的頭，顯然想要來個擒賊先擒王。

任俠無奈，只得一劍疾馳而出，攻其咽喉必救。那男子急忙低頭閃避，卻沒料到任俠劍鋒如此之快，雖避過了咽喉要害，但頭巾卻被任俠劍風掃落。那一頭烏黑的長髮頓時披散下來，眾人這才發現，這中箭的男子竟然也是個女人。

「是你？」任天翔一聲輕呼，已經認出了面前這個女扮男裝的冷面美人，正待招呼，就聽追兵的腳步聲已經來到近前。

那衣衫半裸的女子神情大急，見任天翔等人雖然也是身穿叛軍的服飾，但她從眾人的眼神和模樣，已看出他們與那些獸兵有所不同，情急之下，她「撲通」一聲跪倒在任天翔馬前，哭泣哀告：「將軍救命！將軍救救我！」

話音剛落，就見幾個衣冠不整的范陽兵卒追了出來，幾個人正要上來拉那女子，卻見褚剛、任俠等人已不由分說擋在了那些獸兵面前。

幾個獸兵見褚剛等人神情不善，不由喝問道：「兄弟你們這是什麼意思？想要攔路搶食啊？」

任天翔冷冷道：「這個女人我們要了。」

領頭的小校打量了任天翔幾眼，見他比自己還低著一級，頓時勃然大怒，呵斥道：「你們是哪個將軍的部下，竟敢到咱們手中搶食？不想活了？」

任天翔片刻間已經看清對方人數，以及周圍的環境和退路，他不想跟他們多做糾纏，便對褚剛使了個眼色。褚剛心領神會地點點頭，收起刀對幾個叛軍笑道：「都是自家兄弟，何必為一個女人傷了和氣？這個女人我們不要了，請上官息怒。」說著示意眾人收起兵刃。

那領頭的小校見狀，呵呵笑道：

「好說好說，既然都是自家兄弟，大家就一起玩好了。那邊屋裏還有幾個女人，兄弟要不嫌棄，就跟我們一起去開心開心。」說著便伸手來拉躲在褚剛身後的女人。

不等他碰到那女人的衣衫，褚剛已一掌拍出。挾著龍象之力的一掌擊在這小校的胸口，就見他的身子頓時飛了出去，撞在街對面的牆上，才如爛泥一般慢慢滑了下來。

幾乎同時，任俠等人也一起動手，將幾個獸兵斬殺當場。記得那小校說旁邊屋裏還有幾個女人，幾個人不約而同提劍衝了進去，屋裏立刻傳出幾聲短促的慘呼和女人的驚叫，然後一切又歸於平靜。

任天翔知道任俠他們能應付，便沒有理會屋裏的情況，只望著那女扮男裝的冷面少女問道：「這是怎麼回事？你的傷要不要緊？」

少女收起劍道：「我看到幾個范陽獸兵在追這個女人，便出手幫了她一把，沒想到被他們一陣亂箭所傷，倒也沒什麼大礙。」

任天翔記得她是韓國夫人的義女上官雲姝，不由奇道：「上官姑娘沒有隨韓國夫人西巡，還留在長安幹什麼？」

上官雲姝黯然搖搖頭：

「我不願離開熟悉的長安，所以留了下來，不過沒想到短短幾天時間，長安城竟變成了這副模樣。早知如此，我還不如隨夫人去巴蜀。」

「幸虧你沒去。」任天翔嘆道，「不然只怕會更慘。」

見上官雲姝有些不解，任天翔便將馬嵬兵變，楊氏一族俱被御林軍所誅的經過草草說了一遍，最後道：「上官姑娘若是沒什麼地方可去，就隨咱們走吧，這長安已不是久留之地。」說著示意一名義門弟子，分一匹馬給她。

上官雲姝有些猶豫，沉吟道：「我一向對你沒什麼好臉色，你為何要幫我？」

任天翔尚未開口，小薇已搶著答道：

「我家公子最是憐香惜玉，只要是個漂亮女人，他都恨不得捨身相助，甚至恨不得幫她一輩子。」

任天翔瞪了小薇一眼，對上官雲姝嘆道：「咱們就算不是朋友，也是同屬這長安的鄉鄰和故人，在長安城遭受如此浩劫之際，相互幫扶難道不是再自然不過的事？難道這個時候，你還懷疑我有什麼不良企圖不成？」

上官雲姝不再猶豫，翻身上得馬背。

任天翔見任俠他們半天還沒出來，心中有些奇怪，正要派人進去看看，就見任俠神情有異的出來，對任天翔低聲道：「公子進來看看。」

任天翔應聲下馬，隨著任俠進得房門，就見門邊倒斃著幾個男子，看模樣像是幾個下人。進得二門，就見地上有幾具小孩的屍體，大的不過七、八歲，小的才剛滿月，其開膛破肚的慘狀，令人不忍目睹。

待進得內堂，就見幾個年輕女子神情恍惚地躺在地上，褚剛等人正脫下衣衫遮住她們赤裸的身體。但見她們眼神空洞，神情迷茫，顯然精神已經完全崩潰。

「孩子，我的孩子！」身後傳來撕心裂肺的哭喊。任天翔回頭望去，就見方才逃出來那個女子，正抱著一具嬰兒的屍體悲慟欲絕。緊跟而來的小薇和楊玉環正含著淚欲上前相勸，卻見她突然縱身一躍，抱著孩子跳入了一旁的深井。

任俠急忙要去相救，卻被任天翔攔住，就見他流著淚搖搖頭，黯然道：「既已心死，再救無益。」

「這幾個女人怎麼辦？」褚剛小聲問。

任天翔想了想，嘆道：「既然遇上，就必須要救，都帶走吧。」

眾人七手八腳為幾個女人穿上衣衫，將她們橫在馬鞍上，然後縱馬去南門與洪邪和杜剛他們會合。就見他們早已等在那裏，見任天翔等人帶了幾個神情恍惚的女人同來，洪邪等人雖然奇怪，卻也沒有多問，與任天翔他們合在一處，縱馬直奔長安南門。

「我聯絡上了洪勝堂幾個長老，」洪邪邊走邊向任天翔彙報，「他們自願留在城中，聯絡洪勝堂弟子，以便將來做唐軍的內應。叛軍的暴行注定他們長不了，長安遲早回到唐軍手中。」

杜剛也彙報道：「我留下兩名墨徒聯絡義安堂兄弟，將來也可成為內應。」

說話間，眾人已來到南門，正待像進城時那樣大搖大擺地出去，卻聽把守南門的叛軍小校突然喝道：「等等，你們馬鞍上是什麼人？」

「女人！」任天翔坦然道，「我有幾個兄弟還在城外巡邏，所以特意帶幾個女人去犒勞一下他們。」

「崔將軍有令，從佔領長安那一刻起，所有女子財物就只能進不能出。」那小校說著對幾個兵丁一招手，「將他們的女人通通留下來。」

幾個兵丁正待上前動手，任天翔一聲冷哼：「衝出去！」

話音未落，褚剛等人就手起刀落，將幾個兵丁斬於馬下，跟著縱馬衝出城門。就聽身後傳來無數箭羽刺耳的呼嘯，城樓上的守軍已亂箭齊發，向他們追射而來。眾人急忙舞起兵刃招架，邊戰邊走，匆忙逃離了長安。由於天色已晚，叛軍不知眾人底細，所以沒敢追擊。

「有沒有人受傷？」逃離長安數里，任天翔這才勒馬問道。就聽杜剛答道：「傷了兩個兄弟，不過都是輕傷，不礙事。」

任天翔看看身旁的小薇和楊玉環，見她們都沒有受傷，一旁的上官雲姝除了原來的舊傷，也沒什麼大礙，他心下稍寬，又問：「那些女人呢？」

身後無人作答，任天翔回頭一看，就見橫在馬鞍上的幾個女人已經身中數箭，任俠等人正將她們放到地上急救。他不禁怒斥道：

「你們幹什麼吃的？連幾個女人都保護不了？」

一個義門弟子囁嚅道：「我們方才是擔心公子和幾位姑娘，所以才……」

任天翔心知自己錯怪了義門兄弟，想隊伍中有三個不會武功的同伴，義門弟子自然要以全副精力來保護，以至於疏忽了馬鞍上的幾個女人。

他急忙跳下馬，就見幾個女人傷勢極重，再加上遭逢如此慘禍，早已失去了求生的欲望，眾人只能眼睜睜看著她們一個個在自己面前死去。

任天翔心中第一次對這些與自己不相干的陌生女人的死，充滿了愧疚和難過，如果不是自己送安祿山出城、如果不是自己沒能成功抓住安祿山，又或者自己沒有辜負哥舒將軍的重託守住潼關，那麼她們就不會遭受如此慘絕人寰的折磨，長安也不會因此而毀於一旦！

幾座新壘的墳塋將幾個可憐的女人徹底掩埋，眾人心情都十分沉重。任天翔對著幾座墳塋拜了三拜，回首遙望隱隱約約的長安城，在心中暗暗發誓：我必須助唐軍早日平定戰亂，收復兩京，我要盡我所能拯救天下人！

翻身上馬，任天翔對任俠沉聲道：

「你去香積寺通知季堂主，除留下他和兩位長老在此指揮留在長安的義門弟子，其餘義門劍士，即刻去泰山，與我在泰山會合。」

「去泰山？」任俠有些意外，「咱們去泰山做什麼？」

任天翔遙望東方，一字一頓道：「去聯絡中原各大門派，結成聯盟共破叛軍。」

見任俠眼中有些不解，任天翔沒有多做解釋，緩緩抬起右手指天、指地，然後握拳擊胸。

任俠神情俱震，眼中漸漸蒙上了一層亮晶晶的淚花，他使勁點點頭，神情激動地抬手指天、指地，然後握拳擊在自己左胸，所有墨門弟子皆緊隨他之後，含著熱淚指天、指地，以拳擊胸。這是來自千年前墨家始祖最原始的召喚，這是所有墨者最神聖的暗語——天、地、良心！

每一個墨者眼中都湧動著激動的淚花，每一個墨者臉上都閃爍著同樣的剛毅。千年以來，墨家弟子一直隱匿於市井，混跡於江湖，但是他們從未忘記過作為墨者最神聖的使命。他們一直在等待著來自天地間最神聖的召喚。今天，他們終於看到墨家鉅子打出了這個最神聖的暗語，那是召喚所有墨者挺身而出，重現墨者最大的光榮與夢想，成為這天地的良心！

任俠調轉馬頭，毫不猶豫直奔香積寺而去。

任天翔抬頭望向東方，眼中異常平靜。與天下人正遭受的苦難比起來，太子殿下刻意結交、拉攏自己，意圖借義門之力平定天下的政治手腕，就顯得十分幼稚可笑。修煉《心術》已小有所成的任天翔，怎識不破太子李亨那點淺薄的心機，但是他現在心甘情願為李亨所用，因為這些無辜婦孺的慘死，以及長安城所遭受的摧殘和破壞，終於觸動了他心中埋藏最深的良知，他必須為養育了自己二十多年的長安、為陪伴了自己整個童年的鄉鄰，以及正在遭受戰爭蹂躪的無辜者做點什麼。

他漸漸體會到作為墨者的追求和擔當，那其實就是來自心靈深處對同類的同情和悲憫，和對公平正義最本真、最原始的嚮往。

回頭望向楊玉環和上官雲姝，任天翔淡淡道：

「我先送你們去一個穩妥的地方，在那裏你們不會受到戰爭的騷擾。待我泰山事了，再去看望你們。」

默默調轉馬頭，任天翔率先向東疾馳，所有人毫不猶豫，縱馬跟了上去……

大明宮勤政殿，司馬瑜將安慶緒迎接到臺輦之上，指著高高的龍椅對安慶緒笑道：「長安一破，天下勤王兵馬軍心頓失，這天下遲早歸少將軍所有！」

安慶緒哈哈大笑，毫不客氣地登上臺輦，傲然端坐於龍椅之中。學著皇帝的口吻對司馬瑜笑道：

「先生乃朕之開國功臣，天下若定，先生當為朕之首輔，享一人之下、萬人之上的尊榮！」

司馬瑜忙道：「少將軍稍安勿急，這位置還是讓那個大燕皇帝先幫你暖暖，免得龍椅冰涼，傷了尊體。」

「不必那麼麻煩，那個傀儡皇帝我已經……」安慶緒說著，在自己脖子上比劃了一下，嘿嘿笑道，「現在咱們不用再擔心他被人識破，更不用擔心他再不聽話。現在我秘不發喪，就在等一個合適的機會，向天下人宣告，我才是真正的大燕皇帝。」

司馬瑜愣了一愣，沒想到安慶緒如此心急，竟然不與自己商量，就擅自處決了那個安祿山的替身。想范陽、平盧、河東三鎮兵馬，皆是安祿山一手帶出來的驕兵悍將，沒了他的旗號，憑安慶緒威望，怎能令各族悍將心悅誠服？他不禁在心中暗嘆：豎子無謀，壞我大事！

安慶緒見司馬瑜默然無語，不由問道：

「先生怪我操之過急？你不知道那些先父的舊將，三番五次要找先父喝酒敘舊，一旦讓他們識破，豈不前功盡棄？我這也是迫不得已，才匆忙出此下策。」

司馬瑜嘆道：「事已至此，多說無益。殿下現在要做三件事。」

「哪三件？」安慶緒忙問。

「第一，儘快派心腹將領接管兵馬，然後昭告天下，就說大燕皇帝暴斃而亡，殿下依照大燕皇帝遺詔繼承大統。」司馬瑜冷靜地道，「第二，儘快去長安大雲光明寺拜會摩門大教長佛多誕，並許以國師之高位，以獲得摩門的支持。第三，以大燕皇帝的名義召薩滿教日月雙魔率精銳弟子南下，隨微臣去泰山，參加中原武林十年一度的百家論道盛會。」

安慶緒皺眉道：

「這佛多誕是什麼人，值得我以國師之禮去拜見？再說長安現在兵荒馬亂，這大雲光明寺中的僧侶，只怕早已逃得乾乾淨淨。」

司馬瑜忙道：「在大軍入城之初，微臣就嚴令部卒不得騷擾大雲光明寺，入城後又在寺外設立警戒和崗哨，以保證寺中的安寧。至於摩門大教長佛多誕，則是能夠幫助殿下坐穩江山的第一高人。」

安慶緒笑道：

「既然先生這樣說，那就一定錯不了，我今晚就以國師之禮去拜見。不過那個什麼百家論道的會，非得先生親自參加嗎？現在我這裏百廢待興，實在離不開先生啊！」

司馬瑜沉聲道：

「這百家論道，是中原各大門派十年一遇的盛會，它將決定整個中原武林對大燕國的態度，所以我非去不可。就算不能將整個中原武林收為己用，也必須要破壞他們的結盟。至於長安這邊，我會推薦幾個能人輔佐殿下，必定能令殿下安心。」

安慶緒哈哈笑道：「既然如此，便依愛卿所奏！」

請續看《智梟》8 百家論劍

大唐秘梟 卷7 墨者之志（原名：智梟）

作者：方白羽
發行人：陳曉林
出版所：風雲時代出版股份有限公司
地址：105台北市民生東路五段178號7樓之3
風雲書網：http://www.eastbooks.com.tw
官方部落格：http://eastbooks.pixnet.net/blog
Facebook：http://www.facebook.com/h7560949
信箱：h7560949@ms15.hinet.net
郵撥帳號：12043291
服務專線：(02)27560949
傳真專線：(02)27653799
執行主編：朱墨菲
美術編輯：許惠芳

法律顧問：永然法律事務所 李永然律師
北辰著作權事務所 蕭雄淋律師

版權授權：方白羽
初版換封：2017年1月

ISBN ：978-986-352-385-7

總 經 銷：成信文化事業股份有限公司
地　　址：新北市新店區中正路四維巷二弄2號4樓
電　　話：(02)2219-2080

行政院新聞局局版台業字第3595號 營利事業統一編號22759935

定價：280元　特價：199元

國家圖書館出版品預行編目資料

大唐秘梟 ／ 方白羽著. -- 初版-- 臺北市：風雲時代，
2016.08 -- 冊；公分

ISBN 978-986-352-385-7（第7冊；平裝）

857.7　　105015223